Vom gleichen Autor erschienen außerdem als Heyne-Taschenbücher

HEINZ G. KONSALIK

EIN TOTER TAUCHER
NIMMT KEIN GOLD

Roman

Originalausgabe

WILHELM HEYNE VERLAG
MÜNCHEN

HEYNE ALLGEMEINE REIHE
Nr. 01/5053

21. Auflage

Copyright © 1976 by Autor und © 1983 by Hestia Verlag GmbH, Bayreuth
Printed in Germany 1986
Umschlagfoto: Mauritius / Eric Bach, Mittenwald
Umschlaggestaltung: Atelier Heinrichs, München
Gesamtherstellung: Ebner Ulm

ISBN 3-453-00374-8

Der Tote lag im Hinterzimmer seines Ladens unter dem Schreibtisch. Nur die Füße des kleinen, faltigen, verhutzelten Mannes ragten unter der Tischplatte hervor. Er war sehr stolz gewesen auf diesen Schreibtisch, ein Prunkstück aus Nußbaum, echte Hochrenaissance, mit dem Politurglanz der Jahrhunderte. Jetzt war er tot, und der Mörder hatte die Leiche unter den geschnitzten Tisch geschoben. Für den alten Hubert Drexius hatte es zwei Orte gegeben, wo er einmal sterben wollte: draußen in seinem kleinen Sommerhaus mit dem verwilderten, romantischen Garten, oder hier, hinter seinem Schreibtisch, mitten zwischen seinen geliebten Antiquitäten.

Drexius' Geschäft lag in einer stillen Querstraße. Nur wenige kannten es, wirkliche Liebhaber alter, erlesener, mit Liebe zusammengetragener Sammlerstücke. Das Schaufenster zeigte wenig von den Schätzen, die in den zwei kleinen Räumen verborgen waren. Oft stand nur eine große chinesische Vase auf einem Ebenholzsockel hinter der ungeputzten Scheibe, oder ein paar Kupferstiche lagen auf altem schwarzem Samt, mit dem das Schaufenster ausgeschlagen war. Aber drinnen öffnete sich dem Kenner eine Welt vergessener Schönheit. Der Glanz vergangener Epochen kehrte wieder, zwar etwas verstaubt, aber einen stillen Zauber verbreitend. Von den Uniformen schwedischer Reiter aus dem Dreißigjährigen Krieg bis zu den winzigen, kunstvoll geschnitzten japanischen Elfenbein-Miniaturen, von Ausgrabungen in Ninive bis zum Halsschmuck einer Rokokogräfin, von der Brustspange eines Inkas mit dem Sonnengott bis zur einfachen Milligrammwaage eines biedermeierlichen Apothekers fand der Sammler alles, was sein Herz begeistern konnte.

Er mußte nur geduldig sein, sich durch all die unordentlich herumliegenden Schätze hindurchwühlen, dann eröffneten sich ihm längst vergangene Welten und Schicksale.

Nun war Hubert Drexius tot. Irgend jemand, der keine Münze der Konquistadoren, sondern modernes Bargeld gesucht hatte, mußte dem Alten mit einem harten Gegenstand den Schädel zertrümmert haben. Das weiße, lange Haar war kaum blutbefleckt, nur eine Schramme zog sich von der Stirn über den Scheitel. Aber die Kopfschale war eingedrückt ...

Hans Faerber war ein junger Mann, der Antiquitäten sammelte. Das ist für einen 26jährigen Studenten der Medizin ein seltenes Hobby, aber der Sohn eines Herrn über 4000 Menschen einer Maschinenfabrik konnte es sich leisten, Kunde von Drexius zu sein. Das war nämlich das Besondere an Drexius gewesen: Er suchte keine Käufer, und er behandelte alle, die seinen Laden betraten, nach Sympathie, nicht nach dem Geldbeutel. Es konnte vorkommen, daß er einem vornehmen Herrn den Verkauf eines geschnitzten heiligen Hahnes aus Sumatra verweigerte und daß er den gleichen Hahn dann einem Mann verkaufte, der heimlich hinter einem Regal sein Geld zählte, weil er nicht sicher war, ob es auch reichte.

Drexius war eben ein Sonderling gewesen.

Mit Hans Faerber verband ihn seit zwei Jahren ein besonderes Verhältnis. Faerber kaufte mit der Liebe des echten Sammlers, beriet Drexius ab und zu bei seinen kleinen Krankheiten, Grippe, Rheuma und einmal sogar eine leichte Lungenentzündung, und Drexius schloß ihn mit einer merkwürdigen Liebe in sein Herz. War es ein Vaterkomplex? Er war nie verheiratet gewesen, und jetzt im Alter sehnte er sich heimlich nach einem Sohn wie Hans Faerber.

An diesem Morgen betrat Faerber vor Beginn der Vorlesung in der Hämathologie das Antiquitäten-Geschäft und rief schon an der Tür, die sich beim Klang eines altmodischen Glockenspiels öffnete:

»Ich bin's nur, Herr Drexius. Heute keinen Schnupfen? Draußen ist ein Sauwetter! Die Ärzte stehen am Fenster, reiben sich die Hände und sagen: ›Welch ein schönes Grippewetterchen!‹«

Der alte Drexius antwortete nicht. Hans Faerber sah die Tür zum Hinterzimmer, dem Büro, offenstehen und nickte. Er sitzt wieder über seinen uralten, vergilbten Büchern und studiert den Geist der Jahrhunderte, dachte er. Dann gibt es keine Gegenwart für ihn.

»Ich seh mich etwas um, Herr Drexius!« rief Faerber wieder. »Etwas Neues hereingekommen? Ich suche für meine medizinische Sammlung ein altdeutsches Schröpfgerät. Wenn Sie's nicht haben, Drexius – wer sonst?«

Wieder keine Antwort. Faerber zuckte die Schultern und begann, die Regale und offenen Schränke zu durchstöbern. Er sah auf den Tischen nach, auf denen Drexius seine ›Neuheiten‹ auszustellen pflegte.

Nach einer Viertelstunde wurde Faerber unruhig. Drexius war zwar ein Mann, der immer anders reagierte als andere Menschen, aber er war noch nie hinter seinen alten Büchern geblieben, wenn Faerber im Laden erschienen war.

»Ich habe etwas gefunden!« rief Faerber deshalb und klopfte gegen einen der Schränke. »Fantastisch! ›Lehre der Chirurgie von Regimentsmedicus Christopher Bolte 1743. Wo haben Sie denn das ausgegraben?«

Stille. Sie wirkte plötzlich bedrückend und unheilvoll.

Faerber ließ das alte Buch auf einen Tisch fallen und lief in das Büro. Das kleine, fensterlose Zimmer war leer, unordentlich wie immer, nur ein paar Schubladen standen offen, aber das war bei Drexius normal.

Da stimmt doch was nicht, dachte Faerber verwirrt. Drexius hat nie seinen Laden verlassen, selbst das Essen wurde ihm von einer benachbarten Wirtschaft gebracht. Wenn er mal weggehen mußte, schloß er ab und ließ sogar das Eisengitter vor dem Fenster herab. Ein offener, verlassener Laden . . . Bei Drexius unmöglich!

Es war Faerber, als griffe etwas Kaltes nach ihm. Es

kroch ihm bis unter die Haut. Ein leises, ekelhaftes Kribbeln, ein entsetzliches Gefühl.

»Herr Drexius –«, sagte er noch einmal. Seine Stimme war rostig geworden.

Es waren nur drei Schritte um den Schreibtisch herum, dann entdeckte Faerber die Füße. Er bückte sich, kroch, ohne den Körper zu berühren, unter die Tischplatte und beugte sich über das Gesicht des Toten.

In den starren Augen lag noch das Erstaunen, das den alten Mann beim Anblick des Mörders erfaßt hatte. Faerber sah, daß die Schädeldecke zertrümmert war, diese dünne Knochenschale unter den schlohweißen, langen Haaren. Es war wenigstens ein schneller Tod gewesen.

»Drexius –«, sagte Faerber leise und richtete sich auf. »Mein Gott, Drexius . . .«

Mit zitternden Händen tastete Faerber nach dem Telefon, das im Laden an einer Wand hing. Ein alter Apparat, für den die Post eine Sondererlaubnis ausgestellt hatte, speziell für Drexius.

»Mordkommission –«, sagte Faerber mit heiserer Stimme. Es knackte ein paarmal in der Leitung. »Hier ist Faerber. Ich stehe im Laden des Antiquitätenhändlers Drexius in der Salvistraße. Salvistraße, ja. Drexius ist heute morgen ermordet worden. Und leise fügte er hinzu: »Ein ganz sinnloser Mord –«

Kommissar Perthes und seine Beamten hatten wenig zu tun. An Spuren gab es kaum etwas zu sichern . . . Ein paar herausgezogene Schubladen, die leere Tageskasse (vermutlich hatte sie nur Wechselgeld enthalten). Keine Fingerabdrücke im Büro außer denen von Drexius. Im Laden brauchte man gar nicht erst anzufangen, hier klebten auf allen Gegenständen Hunderte von fremden Fingerspuren. Eine Antiquität faßt man an, bevor man sie kauft, dreht sie hin und her, bekommt eine Beziehung zu ihr – das ist das Geheimnis und der Zauber eines solchen Kaufes.

Kommissar Perthes saß auf der Kante des Renaissanceschreibtisches und wartete, bis der Leichenwagen des Gerichtsmedizinischen Institutes den alten Drexius abgeholt hatte. Er lag in einem schmalen Zinkblechsarg mit gewölbtem Deckel. Als der Deckel zufiel, zuckte Faerber zusammen.

»Sie haben ihn gut gekannt, Herr Faerber?« fragte Perthes.

»Ich war sein Stammkunde, ärztlicher Berater, seine wandelnde Klagemauer. Manchmal schien es« – Faerbers Stimme schwankte etwas –, »als betrachte er mich heimlich als seinen Sohn. Man spürt so etwas an vielen Kleinigkeiten. Drexius war ein Sonderling, eingesponnen in seine zusammengesammelte, versunkene Welt aus vier Jahrtausenden, aber er war ein selten guter Mensch. Sie brauchen sich nur umzublicken, Kommissar – er brauchte die laute Welt nicht, um glücklich zu sein.«

Perthes nickte. »Ich fürchte«, sagte er, »wir werden den Mörder nie finden. Höchstens durch einen Zufall. Ein glatter Raubmord. Irgendein junger Bursche, der Zigarettengeld brauchte oder sich eine Pulle kaufen wollte! Heute bringt man Menschen um wegen einer Schachtel Zigaretten. Oder auch nur so zum Spaß, um zu sehen, wie es ist, wenn ein Mensch stirbt.« Er rutschte von der Schreibtischplatte und nahm seinen Hut von dem vergoldeten Haken an der Wand. Ein Barock-Haken. Aus einem Schloß in Oberfranken.

»Erben hatte Drexius nicht?«

»Er hat nie davon erzählt. Er war einer der Menschen, die allein auf der Welt sind. Auch das scheint es zu geben.«

»Mehr als Sie denken, Herr Faerber.« Kommissar Perthes holte aus einer Mappe einen Briefumschlag hervor. »Das haben wir im Schreibtisch gefunden. Obwohl es zu den Asservaten gehört, will ich mal eine kleine Dienstverfehlung begehen und den Brief öffnen. Sehen Sie mal, was drauf steht.«

»An Hans Faerber –«, las Faerber leise. »Das bin ich.«

»Natürlich. Gucken wir mal rein.« Perthes schlitzte das Kuvert auf und holte einen der typischen Drexius-Zettel heraus. Irgendwo abgerissen, mit einem Fettfleck, mit Bleistift beschrieben. »Bitte ... lesen Sie vor, Herr Faerber.«

»Mein Junge –«, las Faerber, dann stockte seine Stimme. Perthes wartete ein paar Sekunden und legte ihm dann den Arm auf die Schulter. »Holen Sie tief Luft, und dann weiter ...«

»Mein Junge ... wenn ich einmal tot bin, schenke ich dir den goldenen Teppich ... Drexius.«

Faerber gab den Zettel an Perthes zurück. Sie sahen sich an. »Was ist der goldene Teppich?« fragte Perthes nach einer Weile.«

»Ich weiß nicht, Herr Kommissar.«

»Sehen Sie hier einen goldenen Teppich? Kennen Sie einen? Hat Drexius so etwas gehabt? Was heißt goldener Teppich. So etwas gibt es nicht. Höchstens einen goldfarbenen oder einen mit Goldfäden durchwebten. Aber der müßte uns aufgefallen sein. Wir haben den Laden systematisch untersucht. Vielleicht in seinem Sommerhaus? Da gehen wir gleich noch hin.«

»In seinem Sommerhaus sicher nicht. Drexius erzählte mir mal, daß er draußen in seinem Häuschen wie ein Gärtner lebe. Bestimmt nicht auf einem goldenen Teppich.«

»Ein Sonderling. Bevor das Nachlaßgericht und ein Notar sich darum kümmern: Nehmen Sie das Erbe an?« Es sollte sarkastisch klingen, aber Faerber nickte ernst.

»Ja. Für die Abwicklung aller Dinge schlage ich unseren Hausnotar vor. Er regelt alles für unsere Familie. Was wird aus dem Laden?«

»Er wird versiegelt, bis Erben gefunden sind. Gibt es keine, wird das hier alles versteigert und der Erlös caritativen Zwecken zugeführt. Alles – bis auf Ihren goldenen Teppich.« Kommissar Perthes steckte den Zettel wieder in das Kuvert. »Das wird noch eine umständliche Schreiberei und Suche. Tote ohne Angehörige sind ein Kreuz für die Behörden!« Er blickte sich um und sah, daß seine Beamten nichts mehr tun konnten. Der bescheidene Lebensraum des Hubert Drexius war schnell durchforstet. »Gehen wir . . .«

»Und mein Erbe?« Faerber lächelte bedrückt.

»Das hat Zeit. Hier läuft Ihnen nichts weg. Von jetzt an ist alles ein behördlicher Vorgang.«

Faerber blickte den beiden Wagen der Mordkommission nach, bis sie um die nächste Ecke bogen. Hinter ihm war die Ladentür mit zwei polizeilichen Siegeln verschlossen. Die Fenstergitter waren nicht heruntergelassen worden. Die Polizisten hatten die Kurbel für den alten Drehmechanismus nicht gefunden. Die Salvistraße lag so still da wie vorher. Niemand schien überhaupt die Anwesenheit der Mordkommission bemerkt zu haben.

Hans Faerber wartete eine halbe Stunde, dann rang er sich zur ersten und letzten kriminellen Tat seines Lebens durch: Vorsichtig löste er mit einem Taschenmesser die amtlichen Siegel. Zwei kräftige Stöße genügten, und das alte Schloß hakte aus.

Als er jetzt wieder den Laden betrat, kam er ihm wie eine überladene Gruft aus alten Zeiten vor. Er verriegelte die Tür von innen und machte sich sofort an den Regalen und Tischen zu schaffen. Er wühlte in den Ecken und holte tausenderlei Kleinkram aus den Schränken. Nach einer Stunde gab er auf. Er setzte sich auf einen der Tische, steckte sich eine Zigarette an und begriff nicht, warum der alte Drexius ihm ein Erbe vermachte, das es nicht gab. Aber es mußte ihm ernst damit gewesen sein. Er hatte geschrieben: ›Mein Junge . . .‹, und in diesen zwei Worten lag so viel stille, nie gezeigte Zärtlichkeit . . .

Faerber wollte den Laden schon wieder verlassen, als er in einer Ecke, zwischen zwei altdeutschen Schränken, ein kleines, verstaubtes, vom Alter dunkel verfärbtes

Bild bemerkte. Hundertmal war er daran vorbeigegangen. Es war ein Bild, so wertlos und kitschig, daß Drexius es nie verkaufen konnte. Es hatte auch keiner danach gefragt.

Ein Maler, anscheinend von billigen Abenteuererzählungen inspiriert, hatte einen Araber auf die Leinwand gepinselt. Hinter dem Araber stand ein Kamel, umgeben von Palmen und einem blauen Himmel. Der Araber hockte auf dem Boden und rauchte aus einer Wasserpfeife. Aber er saß nicht im naturalistisch gemalten gelben Wüstensand – er saß auf einem goldenen Teppich . . .

»Drexius, das ist doch nicht wahr –«, sagte Faerber leise. »Das ist doch ein Witz! Ich wußte gar nicht, daß Sie so einen unterkühlten Humor hatten.«

Er nahm das Bild von der Wand – auch der Rahmen war scheußlich und schwülstig – und schüttelte den Kopf. Dann drehte er es um, um zu sehen, ob der Maler wirklich so eingebildet gewesen war, ein Schildchen zu hinterlassen.

Es war ein Schildchen da. Es klebte auf dem Rahmen. Und Drexius hatte es beschrieben:

»Mach es auf, mein Junge . . .«

Mit zitternden Fingern löste Faerber das Bild aus dem Rahmen. Dabei zeigte sich, daß zwischen Leinwand und Rahmen eine Pappe eingespannt worden war. Und hinter dieser Pappe fiel ein vergilbtes Pergament mit ausgefransten Rändern heraus.

Eine Karte von Yukatan, der Halbinsel im Norden Mexikos. Eine uralte Karte, handgezeichnet, geografisch unvollkommen, aber doch deutlich: Yukatan.

Und dort, wo die Halbinsel nach Süden eine Landzunge bildete, in den Untiefen der Chinchorro-Bank, war ein rotes Kreuz eingezeichnet.

Hans Faerber merkte, daß seine Handflächen feucht wurden. Er hatte den goldenen Teppich gefunden . . .

*

Peter Damms war mit 26 Jahren schon das, was man einen Wissenschaftler nennt. Lang, hager, mit einem durchgeistigten Gesicht und ordentlich gekämmten braunen Haaren, war er der Prototyp des Gelehrten. So war er immer schon gewesen, auch beim Abitur ... der Klassenbeste, von dem Hans Faerber immer abgeschrieben hatte und dem immer ein Ausweg eingefallen war.

Damms schrieb bereits kluge Bücher über seine Ausgrabungen in der Türkei, die er in den Semesterferien betrieb. Er studierte Archäologie, kannte sich unter den Urahnen der Kultur besser aus als mit den eigenen Verwandten und war genaugenommen das junge Gegenstück zu dem alten Drexius. Er beriet seinen Freund Faerber manchmal bei seinen Antiquitätenkäufen. So geriet er einmal in Verzückung, als Drexius — keiner weiß woher — eine kleine, phönizische Tonfigur zeigte, die ein Liebespaar beim Liebesspiel zeigte. Eine knallharte Pornographie von vor über 2000 Jahren.

Peter Damms war an diesem Vormittag im mineralogischen Institut. Faerber wußte das. Er ließ ihn dort in die Diele rufen. Damms erschien in einem weißen Kittel. Dürr und bleich, wie er war, sah er fast selbst wie eine Mumie aus.

»Wo brennt's?« fragte er. »Wieder Krach mit Ellen?«

Faerber schüttelte den Kopf. Ellen Herder galt als seine Braut. Sie studierte Kunstgeschichte, war ein modernes Mädchen mit rotbraunen Haaren, langen Beinen, Rundungen, wo sie hingehörten, und einem offenen, gleichmäßigen Gesicht. Sie war so unkompliziert, daß ihre Lebensart mitunter unweigerlich mit der Hans Faerbers zusammenstoßen mußte, der seinen Individualismus intensiv und fast liebevoll pflegte.

Die Eltern Faerber-Herder waren sich einig, daß ihre Kinder einmal heiraten würden ... spätestens nach Faerbers Examen und Promotion. Es gab da keine Unklarheiten ... der alte Herder, Star-Architekt riesiger

Industriebauten, hatte schon Grundstück und Bauplan für das Landhaus der neuen Familie Faerber fertig.

»Sie weiß noch von nichts«, sgte Faerber jetzt. »Du bist der erste, Peter.«

»Danke. Wobei?«

»Bei dem Mord.«

Damms starrte seinen Freund verständnislos an. »Ich bin immer bereit, mit dir Pferde zu stehlen«, sagte er. »Aber wenn du einen umbringen willst, tu es bitte ohne mich. Ich kann dir zwar sagen, wie man den ägyptischen Pharao um . . .«

»Stop!« Faerber hob beide Hände. »Deine Altertumsmorde kenne ich. Peter« – er wurde sehr ernst –, »ich komme gerade von Drexius. Er ist erschlagen worden . . .«

»Mein Gott!« Damms lehnte sich an die Wand. »Du –?«

»Blödsinn! Ein Unbekannter. Aber Drexius hat mir etwas vererbt. Einen goldenen Teppich.«

»Junge, hast du gesoffen?« Damms schnupperte zu Faerber hinüber, aber dem war es bitterernst. Er griff in die Brusttasche und holte die alte Pergamentpapier-Karte hervor. Vorsichtig entfaltete er sie. »Das ist es. Die Karte lag hinter einem Gemälde, das einen goldenen Teppich darstellt. Ich ahne schon, was es ist . . . aber ich will es von dir hören, dem Archäologen. Guck sie genau an, Peter.«

Damms nahm die Karte mit spitzen Fingern, warf einen Blick darauf und schnaufte durch die Nase.

»So etwas gibt es doch gar nicht«, sagte er unsicher. »Hans, darüber haben Jack London und eine Masse anderer phantasievoller Schriftsteller geschrieben. Eine alte Seekarte mit einem versunkenen Goldschiff . . .«

»Genau das wollte ich von dir hören!« Faerber spürte, wie sein Herz schneller schlug. »Ein Goldschiff. Drexius hat es mir vererbt! Er konnte zeit seines Lebens nie etwas damit anfangen. Woher er die alte Zeichnung hat, wer sie angefertigt hat – einer von der Schiffsbesatzung? Ein Pirat, ein unbekannter Schatzsucher? ... Wer weiß es?«

»Silentium!« Damms faltete das Papier sorgfältig zusammen. »Das alles kann ein riesengroßes Windei sein, weißt du das? Und diese Karte ist so ungenau, daß man nichts damit anfangen kann. Yukatan, schön und gut. Die Chinchorro-Bank. Ein Mistgebiet bei Orkan. Da kann ein Schiff leicht auf Grund laufen und auseinanderbrechen. Aber ist das geschehen?« Er zog seinen weißen Mantel aus, knüllte ihn zusammen und schob das Bündel unter seinen linken Arm. »Komm mit.«

»Wohin?«

»In die Bibliothek. Ich will nachsehen, ob es irgendwo Berichte gibt, die von Schatzschiffen vor Yukatan sprechen. Hans, darüber sind wir uns doch einig: Der alte Drexius war ein Spinner, Friede seiner Seele. Aber man sollte als Wissenschaftler nüchtern denken.«

Das war ein beliebter Ausdruck von Damms. Danach lebte er, und er hatte bisher immer Erfolg damit gehabt. Was er auch anpackte – es gelang ihm. Zumindest in der Archäologie.

»Und wenn alles stimmt, Peter, was dann?« fragte Faerber draußen auf der Straße.

»Dann wissen wir, wo ein Goldschatz liegt. Dann können wir davon träumen, aber ihn nie heben.

Sie studierten in der Uni-Bibliothek alles durch, was an Berichten über die spanischen Gold- und Silberflotten vorhanden war. Eine versunkene Welt voller Abenteuer, Intrigen, Mord, Elend, menschlicher Tragödien und Habgier tat sich ihnen auf. Es war schon dunkel, als Peter Damms, die Hand in das schmerzende Kreuz gedrückt, sagte: »Ich hab's, Hans.« Er schwenkte ein Blatt eng beschriebenen Papiers. Notizen über Notizen.

»Von 1500 an pendelten spanische Schiffe zwischen dem Mutterland und den neu eroberten süd- und mittelamerikanischen Kolonien hin und her und brachten Gold, Silber, Platin, Perlen, Edelsteine und Münzen nach Spanien. Jahrhundertelang. Eine totale Ausbeutung der Kolonien. Zwei Flotten waren ständig unterwegs: Die eine segelte über Puerto Rico, Hispaniola und Kuba nach Vera Cruz, die andere klapperte die Antillen, Venezuela und Kolumbien ab und hatte ihren Haupthafen in Cartatena. Zubringer-Galeonen mit Seiden, Gewürzen, goldurchwirkten Stoffen und vor allem mit Edelsteinen kamen von Panama, Costa Rica und Nicaragua. Andere Schiffe brachten die fantastischen Onka-Schätze weg, die von geprügelten und später zu Tode gequälten Indianern zur Küste gebracht worden waren. Sie wurden nach Panama gesegelt, dort – auch ohne Panamakanal – durchs Land transportiert und dann auf die spanischen Schatzschiffe verladen. Und jetzt kommt's: Ein Teil der Schiffe, die sich alle am Kap Kennedy, den Bahamas und in Havanna, das sie den ›Schlüssel zur Neuen Welt‹ nannten, zu einer riesigen Gold-Armada vereinigten, nahm seinen Weg durch die Yukatanstraße. Was aber noch wichtiger ist: Im Frühling 1536 wurde in Mexico City die erste Münzprägeanstalt eröffnet, die den unvorstellbaren Goldreichtum der Kolonien gleich an Ort und Stelle zu Geld verarbeitete. Allein unter Philipp V. wurden jährlich 40 Millionen Golddollar geprägt. Dieser ganze Goldstrom, zusammen mit heute unschätzbaren Juwelen, wurde über das Meer geschippert, begleitet von schwerbewaffneten Kampfgaleonen.« Peter Damms ließ seine Notizen auf den Tisch flattern. »In dem Gebiet, wo deine Karte ein Kreuz trägt, in den Gewässern um die große Sandbank von Chinchorro, gibt es nur ein Schiff, das gesunken ist: die Karavelle ›Zephyrus‹, zu deutsch: Westwind. Sie hatte 15 Millionen in Goldmünzen an Bord und einige Säcke voll Smaragden und Perlen.«

»Das ist sie –«, sagte Faerber tonlos. »Peter, Mensch, das ist sie. Die ›Zephyrus‹.«

»Gesunken in einem mörderischen Orkan am 14. September 1540.« Damms zerknüllte seine Notizen und warf sie in einen Papierkorb unter einen der langen Lesetische. »Weißt du, was das heißt? Da liegen meterdick Schlamm und Sand drüber. Die ›Zephyrus‹ gibt es nicht mehr! Da müßte man – auf gut Glück – den Meeresboden absuchen und mit riesigen Saugern vom Schlamm befreien. Das ist teurer als der Schatz, den man heben will!« Damms lächelte müde, er hatte jetzt neun Stunden lang alte Bücher gewälzt. »Dein Drexius hat dir ein Millionenvermögen vermacht, aber du kommst nie an es heran! Rahm dir die Karte ein und häng sie übers Bett. Das ist Snobismus ... es hat noch keinter unter 15 Millionen in Gold geschlafen ...«

Vier Wochen lang bereitete Hans Faerber alles vor. Als er zu Ellen Herder darüber sprach, sagte sie nur: »Typisch Peter! Schatzsucher in Yukatan. Such lieber den Erreger der Grippe, dann wirst du reicher!«

Es schien wirklich eine Utopie zu sein. Aber sogar der alte Faerber wurde von dem seltsamen Abenteuerfieber angesteckt. Er konsultierte einige Fachgelehrte, sprach heimlich alles mit seinen Anwälten ab, traf sich mit Ellens Vater, Heinrich Herder, rechnete und zögerte, rechnete wieder und rief eines Abends seinen Sohn in den Salon.

»Ich kann dir für deinen Blödsinn 50 000 Mark geben ... kommst du damit aus, Hans?« fragte er.

»Ja, Vater.« Hans Faerber faltete einen Zettel auseinander, den er seit zwei Wochen mit sich herumtrug. »Ich habe aufgeschrieben, was wir brauchen. Mit 50 000 kommen wir hin. Natürlich nur für den Fall, daß wir mit normaler Taucherausrüstung arbeiten können. Sonst können wir gleich abbrechen.«

»Und was sagt dein Freund Peter dazu?«

»Er hält mich für einen Idioten, aber er fährt mit. Er hat schon Urlaub bewilligt bekommen.«

»Aber Ellen bleibt hier.«

»Sag ihr das selbst.« Faerber hob beide Hände. »Du kennst Ellen, Vater. Sie sagt: ›So ein Blödsinn!‹ – und packt bereits die Koffer.«

»Und was sagt Heinrich Herder dazu?«

»Viel und gar nichts. Wenn Ellen etwas will, sind Worte nur noch Zungenübungen.«

»Und die Gefahren, in die ihr geraten könnt?«

»Ellen wird kochen und auch sonst Hausfrau spielen. Schwerer hat es Peter. Er übt im Taucherclub wie ein Irrer, um ein richtiger Froschmann zu werden.«

»Auch daran habe ich gedacht.« Der alte Faerber griff in die Schublade und holte ein paar Briefe heraus. »Ihr werdet von Paris aus fliegen. Dort stößt ein Monsieur René Chagrin zu euch. Ich habe ihn engagiert.«

»Wer ist denn das?«

»Chagrin ist der zur Zeit beste Taucher in Europa. Über zwölf Ecken bin ich an ihn herangekommen und konnte ihn engagieren. Er hat sogar schon in der Karibischen See getaucht und kennt dort die Tücken. Haie, Barakudas, Rochen und mehr solche Viecher. Mit Chagrin zusammen vermindert sich euer Risiko gewaltig. Gut so, mein Sohn?«

»Gut so, Vater. Danke.«

Sie sahen sich zufrieden an ... der Sohn, der den geheimen, plötzlich erwachten Abenteuertraum des Vaters erfüllte, und der Vater, der stolz auf seinen Sohn war.

Wer konnte ahnen, daß das Meer vor Yukatan nicht nur aus ›Haien und anderen Viechern‹ bestand?

René Chagrin erwartete Faerber, Damms und Ellen Herder in seinem Hotel in Paris. Ein mittelgroßer, drahtiger, muskulöser, schwarzgelockter Südfranzose, 34 Jahre alt, die Haut von Wind und Meer gegerbt. Man sah ihm den Profi an ... als Froschmann mußte er unter Wasser so wendig sein wie ein Raubfisch.

Aber er war nicht allein.

Neben ihm aus dem Sessel erhob sich ein Mädchen,

bei dem Faerber und Damms die Augen übergingen – und Ellen ihre zusammenkniff. Ein rothaariges Luder, schön gewachsen wie die greifbar gewordene Sünde. Ein Gesicht, das das Überschreiten der Schwelle der Vernunft leichtmachte, ein Körper, dessen Anblick Männern die Kehle austrocknen ließ.

»Mademoiselle Pascale Dufour –«, stellte Chagrin vor. »Meine Braut. Sie wird uns begleiten.« Chagrin lächelte charmant. »Um Irrtümern vorzubeugen, Messieurs ... Pascales Aufenthalt bezahle ich! Haben Sie etwas dagegen?«

»Aber nein!« sagte Damms erstaunlicherweise als erster. »Du, Hans?«

»Natürlich nicht. Zwei Frauen an Bord unter drei Männern sind so etwas wie ein Gleichgewicht.«

Sie gaben sich alle die Hände, aber als sich Ellen und Pascale begrüßten, war ihr Händedruck wie der zweier Boxer im Ring vor dem Match.

Später sagte Ellen zu Faerber: »Yukatan scheint mehr zu verstecken als spanisches Gold. Man kann jetzt auch nach französischer l'amour tauchen.«

»Eifersüchtig, Ellen?« Hans Faerber lachte laut. »Das wäre ein ganz neuer Zug ...«

»Wir sind auch noch nie in einen so rasenden Zug gestiegen«, sagte sie. »Ich habe ein ganz dummes Gefühl, wenn ich an Yukatan denke.«

Zwei Wochen schwamm das kleine Motorboot ›Nuestra Señora‹ zwischen der Küste Yukatans und der Chinchorro-Bank auf einem stillen, in der glühenden Sonne dampfenden Meer.

Tage voller ungeheurer Belastungen lagen hinter Faerber und seinen Freunden. Die Fahrt von Chetumal, der letzten größeren Siedlung, zur Halbinsel von San Pedro, eine Fahrt durch Urland, Sümpfe, Fieberdschungel und alles überwuchernden Urwald; die Verhandlungen mit den Fischern der kleinen Siedlung Xcallak, bis man das Motorboot für einen Monat chartern konnte, und dann der Umbau des Schiffes zu einem behelfsmäßigen Wohnboot. Wände aus geflochtenen Blättern und Decken, eine Kücheneinrichtung, die man in Mexico City gekauft hatte ... Propangas, zwei Flammen, ein paar Töpfe, Geschirr, Gläser und Bestecke.

Das Wichtigste waren die Taucherausrüstungen und das Werkzeug für die Schatzsuche, waren Sauerstoffflaschen, Unterwasserscheinwerfer, Harpunen, Unterwassergewehre, ein Drahtkäfig, in den man bei Haiangriffen flüchten konnte, dicke Nylonseile, eine Winde, eine Radarsonde ... Der alte Faerber hatte tief in die Taschen gegriffen und alles nach Mexiko fliegen lassen.

Chagrin brachte seine eigene Ausrüstung mit. Peter Damms betrachtete sie argwöhnisch. »Damit ginge ich nicht mal einen Meter tief in den Swimming-pool«, sagte er zu Faerber. »Der Knabe hat Mut.«

An einem Sonntag – Ellen führte den Kalender – ließen sich Faerber, Damms und Chagrin zum ersten Tauchausflug von der Bordwand rückwärts ins Wasser fallen. Ellen winkte ihnen zu, Pascale, in einem glutroten, knappen Bikini, die roten Haare offen im Wind wie eine flatternde, blutgetränkte Fahne, warf Kußhändchen. Dann setzte sie sich an den Bug, ließ die schlanken, langen Beine über Bord baumeln und sonnte sich.

Mit langen, gleichmäßigen Fußschlägen schwammen Faerber, Damms und Chagrin nebeneinanderher. Sie waren erst fünf Meter tief, das Wasser unter ihnen war noch klar, Fischschwärme umspielten sie ... ein sandiger, muschelübersäter, von flachen Korallenkolonien bevölkerter Meeresboden. Aber dann fiel der Boden ab, schroff, senkrecht fast, grünliches Halbdunkel war unter ihnen. Das Unbekannte öffnete sich zum Kampf, zur Eroberung.

Chagrin knipste seinen großen Brustscheinwerfer an und stieß nach unten. Faerber folgte ihm sofort, zuletzt

Peter Damms, der eine Sekunde zögerte und dann bewies, was er gelernt hatte.

In dem Graben, in den sie hineintauchten, wimmelte
es von Fischen, als gäbe es hier eine warme Strömung, in
der sich jedes Lebewesen wohlfühlte. Chagrin winkte
nach links und nach rechts. Auseinander, hieß das. In
breiter Front weiterschwimmen. Tiefer! Bis zum Boden!
Es sind jetzt zwölf Meter. Ganz schöner Druck, was?
Aber wir können noch tiefer hinunter. Wenn die Karte
stimmt, liegt das Wrack bei 22 bis 25 Metern.

Peter Damms war der erste, der diesen Versuch auf-
gab. Er ließ sich vorsichtig nach oben treiben und tauchte
aus dem Meer. Troja ist auch nicht an einem Tag ausgegraben worden, sagte er sich. Der Hans, ja, das ist ein
Sportsmann, und Chagrin . . . ein Profi. Bei jeder Bewegung sieht man es. Aber in einer Woche bin ich mit unten.

Damms schwamm zum Boot zurück. Von weitem
schon erkannte er Pascales Wunderkörper in dem leichten, roten Bikini.

Zehn Minuten später schwamm Faerber zurück.
»Nichts!« rief er Ellen zu, die die Strickleiter über Bord
warf. »Nur Sand und Muscheln . . .«

Eine Viertelstunde später – mit dem letzten Zug
Sauerstoff – tauchte Chagrin auf. Mit weiten Stößen
schwamm er zur ›Nuestra Señora‹ und kletterte pru-
stend an Bord. Pascale und Damms schnallten ihm die
Sauerstoffflaschen vom Rücken.

»Zweihundertneunundzwanzig Meter von hier liegen
zwei Schiffe im Sand!« sagte er. Seine schwarzen Augen
glänzten. »Eines von ihnen *muß* die ›Zephyrus‹ sein!«

In diesem Augenblick waren sie alle eine große Familie . . . sie lagen sich in den Armen und küßten sich,
schrien vor Freude und tanzten über Deck. Ein Augenblick der großen Freundschaft – die letzte Brüderlichkeit
an Bord.

Von nun an war die ›Nuestra Señora‹ die Hölle.

In dieser Nacht schliefen sie alle nicht.

Es ist schon ein merkwürdiges Gefühl, in einem Bett zu liegen und zu wissen, daß zweiundzwanzig Meter tief unter der Matratze 15 Millionen in Gold und einige eisenbeschlagene Kisten und Säcke mit Edelsteinen warten.

Peter Damms hielt es nicht mehr in seiner engen Einmannkoje aus. Er ging an Deck, setzte sich auf eine Taurolle und steckte sich eine Pfeife an. Das Pfeifenrauchen hatte er sich auf dem Taucherlehrgang angewöhnt. Er blickte über das im Mondschein wie ein gekräuseltes, verwaschenes blaues Tuch wirkende Meer und fixierte die Stelle, an der das Wrack nach Chagrins Angaben liegen mußte.

Der Schatz interessierte ihn weniger als das Schiff. 1540, dachte Damms. 47 Jahre, nachdem Kolumbus Mittelamerika entdeckt hatte. Wenn der Orkan die ›Zephyrus‹ auf den Meeresgrund gedrückt hatte, dann war sie untergegangen mit Mann und Maus. Vielleicht hatten sich nur ein paar Seeleute retten können, die auf leeren Holzfässern oder in Kisten bis zur Küste gepaddelt waren. Wer konnte damals schon schwimmen? Der Mann, der Faerbers Karte gezeichnet hatte, mußte einer der wenigen Überlebenden sein. Wie aber sah es im Leib des Schiffes aus? Der Wasserdruck konnte es nicht zerquetscht haben, weil er nicht stark genug war, eine große Strömung gab es hier auch nicht. Aber die Jahrhunderte mußten die Planken zerfressen, das ewige Spiel des Wassers alle Formen aufgelöst haben. Wenn Wasser Steine zu Kieseln schleifen kann – was ist dagegen ein Schiff?

Und trotzdem hoffte Damms, in der Tiefe, dort unten im Sand, das unversehrte Bild einer Tragödie zu entdecken. So wie man in Pompeji die versteinerte Familie aus der Vulkanasche holte. Da unten lagen zweihundert oder dreihundert Menschen, vom Meer erschlagen, vom

Orkan in die Tiefe geschleudert, im Bauch ihres Schiffes ertränkt wie Ratten.

Peter Damms sog unruhig an seiner Pfeife. Ich werde ein Buch darüber schreiben, dachte er. ›Begegnung auf dem Meeresboden‹. Eine exakte, wissenschaftliche Arbeit.

In ihrer Doppelkoje lagen Hans und Ellen auf dem Bett. Die Nacht war schwül und warm, sie trugen nichts als kurze Slips, und diese auch nur, weil man damit rechnen mußte, daß Peter oder Chagrin hereinkamen und es genug war, wenn sie Ellens schöne Brüste sahen.

Sie lagen dicht nebeneinander und hielten sich an den Händen.

»Du hattest recht«, sagte Ellen. »15 Millionen. Smaragde und Saphire, Rubine und Perlen. Ob ihr das wirklich nach oben bringen könnt?«

»René meint, es könnte gelingen. Drei Wochen Wühlarbeit, dann werden wir vielleicht am Laderaum oder bei der Kapitänskajüte sein.« Faerber sah Ellen an. Ihr schönes Gesicht, von den braunen Haaren umrahmt, lag an seiner Schulter. Er küßte sie und war froh, daß sie neben ihm war, daß es sie gab, daß er jemanden hatte, mit dem er reden konnte.

»Ich habe die Zeichnung einer Karavelle aus dieser Zeit mitgebracht«, sagte er. »Es waren stolze Schiffe. Morgen werden wir mit dem Minensuchgerät tauchen und versuchen, die eisernen Kanonen zu finden. Dann haben wir schon viel gewonnen. Nach der Lage der Kanonen könnten wir berechnen, wie das Schiff im Sand steckt. Das erspart uns die Enttäuschung, am falschen Ende zu graben. Ellen, stellt dir das vor! 15 Millionen in Goldmünzen. Jede Münze wird heute mit 300 Mark gehandelt ... das sind – Ellen, mir wird schwindelig – 4,5 Milliarden Mark! Dazu die Juwelen. Das ist überhaupt nicht auszudenken. Wir werden zu den reichsten Menschen der Welt gehören! Ellen! 4,5 Milliarden!«

»Und wie ist die Rechtslage?« Ellen küßte Hans auf

die Augen. »Komm auf die Erde zurück, Liebling. Wem gehört der Schatz nach dem Gesetz?«

»Himmel, was bist du für ein nüchterner Mensch!« Faerber wälzte sich auf den Bauch und legte seinen Kopf zwischen Ellens Brüste. »Dem Finder natürlich.«

»Bist du so sicher? Es ist spanisches Gold –«

»Mit 4,5 Milliarden im Rücken würde ich es auf einen internationalen Musterprozeß ankommen lassen. Ist der spanische Staat der Rechtsnachfolger der blutigen Konquistadoren? Erhebt er jetzt noch Anspruch auf Gold, für das man Tausende von Indios abgeschlachtet hat?«

»Dann Mexiko. Du fischst den Reichtum aus seinem Gewässer.«

»Haben die Mexikaner die alte Karte oder ich? Keiner hat sich mehr an das Goldschiff erinnert ... Peter fand die Notiz in den alten Berichten auch nur als Randbemerkung. Dieses Schiff ist Niemandsland!«

»Hoffen wir es, Liebling. Wenn es um 4,5 Milliarden geht, hat niemand mehr ein Gewissen oder einen Rechtsstandpunkt, am allerwenigsten Behörden.« Sie schob Faerbers Kopf von ihren Brüsten weg und hob ihn mit beiden Händen hoch. Sie blickten sich an, und Ellens Augen hatten einen Ausdruck, der Hans völlig fremd war.

»Ich habe Angst –«, sagte sie plötzlich leise. »Ganz verrückte Angst.«

»Vor den 4,5 Milliarden?«

»Vor dem, was auf uns zukommt. Hans, man kann solch eine irre Summe nicht wegbringen, ohne hundertmal durch die Hölle gegangen zu sein.«

»Wer weiß denn, was wir da herausholen? Eine Handvoll Menschen!« Faerber lachte. Seine Sorglosigkeit tat Ellen fast körperlich weh. »Willst du Peter zum Teufel machen? Wenn er später zwei Milliarden bekommt, wird er herumsitzen und nicht wissen, was er damit anfangen soll. Vielleicht wird er Troja kaufen oder den Ararat, um nach der Arche Noah zu suchen.«

»Und Chagrin mit diesem Luder von Weib?«

»Mit einer Million Goldmünzen – das sind 300 Millionen Mark –, also seinem vertraglich vereinbarten Anteil, wird er sich bis an sein Lebensende von Pascale oder hundert anderen kleinen, süßen Biestern verwöhnen lassen. Ellen, du saure Gurke – wir haben ausgesorgt! Wenn wir die erste Handvoll Münzen ans Licht bringen, dann heißt das: Wir sind Milliardäre! Komm, sprich es mal nach, ganz langsam, ich will es von dir hören: Milliardäre . . .«

»Ich liebe dich –«, sagte Ellen statt dessen. »Auch wenn du ein Kindskopf bist! Noch liegen die Milliarden unterm Sand, und noch weiß keiner von euch, ob die beiden Wracks von 1540 stammen und welches die ›Zephyrus‹ ist.«

»Morgen wissen wir es!« Faerber hielt Ellens Hände fesst, die ihn wegdrücken wollten. Aber er war stärker, lachte sein jungenhaftes Lachen und besiegte sie in dem stummen Zweikampf.

»Wenn jetzt Chagrin oder Pascale kommen . . .«, sagte Ellen noch.

»Wenn René kein Idiot ist, hat auch er jetzt Besseres zu tun, als auf dem Schiff herumzulaufen. Und Peter schläft und träumt von Brustpanzern, die er finden wird . . .«

Sie lachte, krallte ihre Finger in seine zerwühlten blonden Haare und war glücklich trotz der Angst, die tief in ihr blieb.

Chagrin und Pascale hatten ihr Lager auf dem Heck des Bootes, ein Zimmer aus Holzplatten, Flechtwänden und Decken. Hier lagen sie auf zwei zusammenklappbaren Feldbetten. Aber regelmäßig nach spätestens einer Stunde räumten sie die Unterlagen auf die Erde und lagen dort eng zusammen, ineinander verschlungen wie zwei Polypen mit acht in der Luft herumtastenden nackten Fangarmen.

Chagrin schlief dann erst immer spät ein, aber er schaffte es jedesmal, am nächsten Morgen munter und kräftig zu sein. Seeluft potenziert ... es muß schon was Wahres daran sein. Chagrin war der lebende Beweis.

In dieser Nacht allerdings spielten sie nicht Polyp mit acht Armen. Sie lagen äußerst sittsam nebeneinander, rauchten jeder eine Zigarette und sprachen so leise miteinander, daß jeder ganz genau auf die Worte des anderen lauschen mußte.

»Ich habe das Schiff gesehen«, sagte Chagrin. »Um an den Schatz heranzukommen, werden wir arbeiten müssen bis zum Umfallen! Vom Morgengrauen bis zur Abenddämmerung. Wir alle. Allein schaffe ich das nie. Aber allein möchte ich den Schatz wegtragen.«

»Lohnt es sich wirklich?« fragte Pascale. Sie war zwar ein herrliches Stück Weib, aber die Schönheit ihres Körpers war ihr einziges Kapital. Nicht daß sie dumm war; im Erfinden von Gemeinheiten war sie sogar ein Genie, aber manchmal schlug ihr Herz schneller, als sie denken konnte. Das machte sie bei den Männern so begehrt, und auch Chagrin erlag dieser raffinierten Mischung von sinnlicher Weiblichkeit und kindhafter Wesensart. Genaugenommen war noch niemand dahintergekommen, daß Pascale, der rote Engel, ein vollendeter roter Teufel war.

»Für uns eine Million Francs —«, log Chagrin. »Aber immerhin — es sind schon für viel weniger Flöhe Kammerjäger bestellt worden.«

»Und die anderen?«

»Jeder zwei Millionen. Zusammen wären das fünf Millionen. Selbst bei dem schlechtesten Kurs des Francs und der jährlichen Inflationsrate können wir davon in einem schönen Landhaus in der Provence leben und Rosen züchten.«

»Provence!« sagte Pascale. Es klang so abfällig wie Mülleimer. »Ein Haus in St. Tropez, chérie! Ein Boot im Jachthafen.«

»Auch das.« Chagrin sah sie hinter fast geschlossenen Lidern an. »Aber nicht mit einer Million.«

»Willst du die anderen umbringen, René?«

Chagrin steckte die Zigarette in den Mundwinkel und kreuzte die Arme im Nacken. Auch er rechnete und kam auf die gleiche Summe wie Faerber. 4,5 Milliarden! Das war auf einmal gar nicht zu erfassen! Reich wie Onassis, nein, wie Ghetty, wie Gulbenkian, wie Hughes. Man brauchte nur zweiundzwanzig Meter tief ins Meer zu tauchen und den Schatz ans Licht zu holen.

»Man könnte es in Etappen machen, Pascale –«, sagte Chagrin nachdenklich.

»Was, chérie?«

»Die Eroberung der Millionen. Paß einmal auf: Dieser Peter Damms, dieses ausgewalzte Lexikon der Archäologie, verdreht die Augen, wo immer er dich sieht. Ich bin doch nicht blind, Püppchen. Er ist Station eins. Du läßt dich von ihm erobern. Damit ist er als Beschützer und Schatten seines Freundes Faerber ausgeschaltet.« Chagrin lachte leise. »Ich weiß, wie intensiv du jemand beschäftigen kannst. Das gibt den Weg frei für einen Unfall unter Wasser, den Faerber haben wird. Was da unten auch passiert . . . ohne einen Zeugen ist es immer ein Unfall. Weiter: Ich werde Ellen und ihren toten Liebling nach drüben zur Küste bringen. Dort ist Sumpfgebiet, Urwald, unerforschter Dschungel. Wie leicht gehen da zwei Menschen verloren . . .«

Was in dieser Nacht besprochen wurde, begriff auch Pascale sofort. Es war ein vollständiger Plan, und sie starrte Chagrin lange an, bevor sie antwortete: »Wo und wann bringst du mich dann um, René?«

»Du bist ein süßes Schaf –«, sagte Chagrin leichthin und zog sie an sich. Die Wärme ihres geschmeidigen Körpers war immer wieder ein Erlebnis, das er bis in die Zehenspitzen spürte. Es war eine Antwort, die Pascale nicht befriedigte. Auch süße Schafe sterben.

Peter Damms sah erstaunt auf, als sich eine kleine Hand auf seine Schulter legte. Eine Hand mit einem leichten, aber fordernden Druck. Er saß noch immer auf der Taurolle am Bug, starrte in das mondmilchige Meer und dachte an das Schiff und die dreihundert Mann in seinem Leib.

»Sie, Pascale?« sagte er. »Macht Ihnen der Mond auch so zu schaffen?«

»Nicht nur der Mond, Peter —« Sie setzte sich neben ihn. Sie trug eine ganz dünne Bluse und enge Hot Pants, und selbst in diesem ungewissen Licht von Sternen und Mond sah Damms ihre steilen Brüste durch den durchscheinenden Stoff. Ihm wurde plötzlich heiß, und er sah nach hinten.

»Was macht Chagrin?«

»Er schnarcht. Er schnarcht widerlich. Sie schnarchen nicht, Peter. Ich weiß, daß Sie es nicht tun.«

»Möglich!« Damms war so unsicher wie nie in seinem Leben. »Ich kenne die Turnkünste meines Gaumensegels nicht. Aber der Mond!« Er zeigte auf die große blanke Scheibe, einen Mond wie im Theater. »Schon als Kind war es so. Bei Mondschein saß ich stundenlang im Bett und mußte grübeln.«

»Darum sind Sie auch ein so kluger Mensch geworden«, sagte Pascale in einem Anfall von Witz. »Peter, ich habe irgendwie eine Schwäche für kluge Männer. Ich kann's nicht erklären. René ist ein Bulle, weiter nichts. Aber Sie, Peter — Sie graben Altertümer aus. Das muß herrlich sein. Die ganzen alten Könige kennenzulernen . . .«

Es wurde eine merkwürdige Nacht.

Peter Damms erzählte Pascale von Nebukadnezar und den Ausgrabunben von Qumran am Toten Meer. Pascale berichtete von ihrer freudlosen Jugend in Saint-Germain-de-Près, dem versoffenen Vater, der Mutter, die zehn Stunden lang Wäsche wusch. Eine traurige Geschichte, mit der Pascale schon viel Erfolg gehabt hatte.

Nach drei Stunden gegenseitigen Interessenaustausches küßten sie sich. Es war ein Kuß, der Peter Damms von der Taurolle zog. Er hatte so etwas noch nicht erlebt und kannte das nur aus Schilderungen, die sich um die Königin von Saba drehten.

Erst gegen Morgen kroch Pascale wieder in den Verschlag am Heck des Bootes und weckte Chagrin.

»Na?« fragte er kurz.

»Er ist erledigt.« Pascale streckte sich genußvoll aus. »Nun bist du dran, chérie –«

Am nächsten Morgen um sieben weckte Chagrin die Mannschaft. Er schlug an die Bordglocke und brüllte: »Aufstehen! Millionen verdienen!«

Eine halbe Stunde später tauchten sie wieder ins Meer. Faerber und Chagrin allein. Peter Damms blieb an Bord. Er klagte über Kopfschmerzen. Wer aber seine verliebten Blicke bemerkte, wußte genau, wo sein Schmerz saß.

Faerber winkte noch einmal aus dem Wasser zu Ellen hinauf, dann stieß er nach Chagrin in die Tiefe. Das große Abenteuer, das Aufrollen des goldenen Teppichs, hatte begonnen.

*

Chagrin schwamm voraus, schnell, elegant, ein großer schwarzer Fisch mit dicken, leuchtend orangefarbenen Rückenflossen ... dem Sauerstoffbehälter. Ein paarmal blickte er sich um, ob Faerber ihm folgen konnte, und wies dann mit der Hand weiter in das grünliche Dunkel.

Sie hatten die Scheinwerfer angestellt und die Harpunen schußbereit an der Seite. Ein langes, scharfes Messer steckte in den breiten Gürteln. Chagrin hatte auch eine Unterwasserpistole bei sich, eine Waffe, die das Geschoß mit konzentrierter Kohlensäure herausdrückte.

Der Meeresboden, über den sie hinwegschwammen, war mit Korallenstämmen, Muschelbänken und großen

Steinen übersät. Dazwischen immer wieder große Sand-
flächen, gefährlich wie ein Sumpf, von kleinen Strudeln
durchzogen. Fischschwärme begleiteten Chagrin und
Faerber, kleine, bunt schillernde, pfeilschnelle Wesen,
ohne Angst vor den Menschen, die ihnen unbekannt
waren.

Chagrin räusperte sich. Er hatte aus Paris eine Neu-
heit mitgebracht, eine Art Kehlkopfmikrofon, das mit in
Gummi gebetteten Kopfhörern verbunden war, Empfän-
ger und Sender zugleich. Mit dem Gerät konnten sich die
Taucher untereinander verständigen, aber auch oben an
Bord konnte man mithören und Weisungen durchgeben.
Chagrin hob den Arm.

»Verstehen Sie mich, Hans?« fragte er.

Faerber nickte. »Ja.«

»Hallo, Zentrale. Hallo, Zentrale! Melden!« rief Chagrin.

Auf der ›Nuestra Señora‹ saßen Peter Damms und
Pascale vor dem Funkkasten und strahlten sich an, wie
es auf der ganzen Welt nur sinnlos Verliebte können.

»Wir hören!« sagte Damms. »Was ist los da unten?
Die Verständigung ist gut.«

»Wir nähern uns der ungefähren Lage des Schiffes.
Ich lasse einen Markierungsballon hoch. Kommt langsam in die Nähe der Stelle und laßt einen Transportkorb
herunter. Verstanden?«

»Verstanden.«

Es knackte, die Verbindung zum Meeresboden brach
ab. Damms gab Pascale einen Kuß und ging hinüber
zum Ruderhaus. Er stellte den Motor an und wartete auf
das Auftauchen des roten Ballons.

Ellen Herder kam aus der kleinen Küche die schmale
Treppe herauf. Sie trug einen hellgelben Badeanzug und
hatte die rotbraunen Haare auf dem Kopf zusammenge-
bunden.

»Du bist wohl total verrückt, was?« sagte sie.

Peter Damms starrte auf die leicht bewegte Oberfläche

des Meeres. Sein langer hagerer Körper in der knappen Badehose wirkte wie ein mit rötlicher Haut bespanntes Skelett. »Was ist los?« fragte er zurück.

»Du hast Pascale geküßt. Ich hab's von der Küche aus gesehen.«

»Kümmere dich um das Essen . . .«

Der rote Ballon tauchte auf und schaukelte auf dem Wasser. Damms nahm langsamen Kurs darauf und schien sich ganz auf dieses einfache Manöver zu konzentrieren.

»Willst du an Bord ein Eifersuchtsdrama spielen?« fragte Ellen. »Wenn Chagrin dich mit Pascale überrascht, ist der Teufel los!«

»Wieso?« Damms schüttelte den Kopf. »Was hat Chagrin damit zu tun?«

»Du Rindvieh! Pascale ist seine Geliebte!« rief Ellen grob.

»Irrtum. Er ist Pascales Pflegevater. Sie hat's mir erzählt.«

»Er hat ein gepflegtes Bett, jawohl.« Ellen lehnte sich neben Damms an das Fenster des Ruderhauses. »Ich hatte sofort ein ungutes Gefühl, als ich das rote Teufelchen sah. Aber daß es so schnell geht . . . Sie legt ein Tempo vor, als könne sie nicht abwarten, daß Chagrin und du sich die Köpfe einschlagen.«

»Keiner schlägt Köpfe ein.« Damms grinste Ellen verlegen an. Das Boot hatte den Markierungsballon erreicht und hielt dicht daneben. Pascale kletterte zwischen den auf Deck aufgebauten Geräten herum und suchte den großen Drahtkorb an der langen Nylonleine. In ihrem engen Bikini schien sie fast nackt zu sein – ein Anblick, den selbst Ellen erregend fand, wie sie sich widerwillig eingestand.

»Und wie soll das weitergehen?« fragte sie. »Wenn wir hier noch Wochen herumliegen . . .?«

»Ihr Frauen denkt immer an später! Alles, was man

tut, muß ein Morgen haben! Das Zukunftsdenken der Frau, sagte Nietzsche . . .«

»Peter, quatsch nicht.« Ellen legte Damms die Hand auf den Arm. Es war ein fester Druck, und Damms wandte ihr erstaunt den Kopf zu. »Heb deine Angelegenheit mit Pascale auf, bis wir wieder an Land sind. Wir werden noch genug Probleme an Bord bekommen.«

»Du magst Pascale nicht, ich weiß.« Damms stellte den Motor ab. Das kleine Schiff schaukelte hin und her. Pascale winkte vom Bug herüber und warf einen Schwimmanker über Bord. »Sie ist die herrlichste Frau in meinem Leben, Ellen.«

»Wieviel Frauen hast du schon gehabt, Peter?«

Damms blickte wieder geradeaus. Er war froh, sich hinter seiner großen Sonnenbrille verstecken zu können. Wieviel, dachte er. Drei kleine Erlebnisse, sonst nur das Studium, das völlige Versinken in den Geheimnissen des Altertums. Archäologie, Ausgrabungen als sexueller Ersatz . . . erst ab heute wußte er, daß eine Frau wie Pascale eine ganze Welt verändern kann.

»Ich liebe sie«, sagte Damms laut.

»Wie ein Blinder, der eine Blume riecht und nicht sieht, daß sie giftig ist!«

»Wenn ihr Weiber euch nicht gegenseitig die Augen auskratzen könnt, ist die Welt nicht in Ordnung!« Er stellte das Ruder fest und ging zur Tür. »Natürlich wirst du es Hans sagen«, meinte er, schon halb an Deck. »Ich habe auch vor Hans keine Angst. Und wenn du Moral predigen willst . . . warum hat Hans dich mitgenommen? Nur wegen des Kartoffelschälens?«

Ellen sah Damms ernst an. Er hielt ihrem Blick einen kurzen Augenblick stand, dann drehte er sich um.

»Du hast dich sehr verändert, Peter —«, sagte sie leise. »Erschreckend schnell verändert. Schade um dich, Peter.«

Er warf die Tür zum Ruderhaus zu und ging hinüber zu Pascale. Sie hantierte mit dem Drahtkorb herum.

Damms nahm ihr das Gerät weg, küßte sie lange, zog sie an sich und blickte dabei hinüber zu Ellen.

Es war eine Aufforderung. Nun tu etwas. Bring den Stein ins Rollen! Klage Hans dein Leid und drücke Chagrin mitfühlend die Hand. Ihr ändert nichts mehr.

Eine Teufelssaat ging auf.

Unten, im Meer, hatten sich Chagrin und Faerber nach einigen Erkundungsrunden wieder getroffen. Die Stelle, die Chagrin als Wrackstätte betrachtete, war ein Grabeneinbruch, eine weite Felsspalte, spitz und gezackt, mit Muscheln überwuchert, auf dem Grund wieder ein Sandboden. Hier schien keinerlei Strömung zu sein, aber in Jahrhunderten war der wirkliche Meeresboden zugeschüttet worden.

Chagrin schwamm in die breite Felsspalte hinein und winkte Faerber. Dann zeigte er nach unten.

»Wenn wir ein Sonar-Gerät hätten, wäre das alles keine Schwierigkeit«, sagte er über Funk. »Sehen Sie die dunklen Flecke im Sand? Ich war gestern unten, hatte aber nicht mehr genug Luft. Es kann eine beim Zerbrechen des Schiffes weggeschleuderte Eisenkanone sein, die bisher hier irgendwo in den Felsen lag und dann doch tiefer sank. Hinter der Felsspalte auf der anderen Seite liegt ein zweites Wrack. Ich habe drei eiserne Kochkessel und irgendwelche Eisenteile gesehen. Dort arbeitet eine dauernde leichte Strömung und fegt den Meeresboden wie mit einem Staubsauger.«

Chagrin blickte nach oben. In sechs Metern Entfernung sank der Transportkorb in die Tiefe und schlug dann auf dem Meeresboden auf.

»Kommen Sie mit?«

»Welche Frage!« antwortete Faerber. Er starrte in die Felsspalte und hielt sich an einer der Felsspitzen fest. »Wenn die ›Zephyrus‹ da unten liegt, ist sie völlig zusammengedrückt.«

»Kaum! Die Spalte hat unten immer noch eine Breite

von etwa siebzehn Metern. So breit war keine Fregatte oder Karavelle. Wenn sie dort unten liegt, haben wir sie in voller Größe vor uns. Das zweite Wrack da draußen allerdings dürfte von der Strömung zerteilt worden sein. Wenn das die ›Zephyrus‹ ist, können wir alles abbrechen. Da helfen nur Sauger, die über einige hundert Meter den Boden umwühlen . . .«

In den Kopfhörern knackte es. Ellen meldete sich.

»Wie sieht es unten aus?«

»Fantastisch, Liebling.« Faerber lachte. »Vor uns liegt wahrscheinlich der ganze Schatz . . . wir müssen ihn nur herausholen. Aus einer breiten Spalte.«

»Ist das gefährlich, Hans?«

»Da mußt du Chagrin fragen.«

»Alles ist gefährlich!« sagte Chagrin ruhig. »Auch über eine Straße zu gehen, ist gefährlich. Wir gehen tiefer.«

Er stieß sich vom Felsen ab und wedelte nach unten. Faerber folgte ihm. Neben ihm ragten jetzt die messerscharfen Felswände auf, die Korallen- und Muschelbänke, die den Gummianzug oder den Atemschlauch aufschlitzen konnten, wenn man ihnen zu nahe kam und an ihnen hängenblieb.

Auf dem Boden der Felsenspalte leuchtete Chagrin bereits den Sand ab, als Faerber neben ihm erschien. Er zog den Drahtkorb hinter sich her.

Chagrin hatte bei einem langgestreckten Muschelhaufen angehalten und kniete nun im Sand. Es war ein weicher Boden, aber er schien nicht wie ein Sumpf grundlos zu sein, sondern unter der sandigen Oberfläche noch eine härtere Schicht zu haben.

Faerber ließ den Korb los und schwamm ein Stück, so daß er sich gegenüber von Chagrin befand.

»Das kann eine Kanone sein«, sagte Chagrin. »Sehen Sie sich die Form an. Los, gehen wir an die Arbeit, Hans!«

Sie holten das Werkzeug aus den breiten Gürteln und

den umgeschnallten Taschen. Hämmer, Meißel, kleine Brechstangen, breitbackige Zangen, Kneifzangen, mit Kohlensäurepatronen betriebene Bohrer.

Es war eine mühselige Arbeit, die ersten Muscheln abzuschlagen. Unter Wasser zu arbeiten ist etwas anderes als oben unter der Sonne. In der Tiefe vermindert sich jede Kraft, fängt das Wasser jeden Schlag auf, nimmt die flüssige Wand, in die man zuerst hineinschlagen muß, bevor man den Gegenstand trifft, den größten Teil der Energie weg.

Chagrin gelang es zuerst, ein großes Stück der Muschelkolonie abzubrechen. In dieses Loch steckte Faerber die Brechstange. Gemeinsam drückten sie, bis sie das Nachlassen des Widerstandes spürten und sich ein breites Muschelbrett löste. Darunter schimmerte Eisen, noch nicht einmal stark verrostet. Als Fundament der Muschelwelt war es vom völligen Zerfall verschont geblieben.

»Eine Kanone!« sagte Faerber. Sein Atem flog, er hielt immer wieder die Luft an und saugte sie dann aus seinem Atemmundstück ganz langsam wieder in sich hinein. Tief und ruhig durchatmen, dachte er. Der Sauerstoff aus den beiden Flaschen auf dem Rücken ist begrenzt.

Chagrin kniete noch immer im Sand und hieb jetzt mit Hammer und Meißel schräg die in acht Stockwerken übereinandergebauten Muschelkolonien ab.

»Was ist unten los?« fragte Damms' Stimme von Bord. »Habt ihr was gesagt?«

»Wir haben eine Kanone!« rief Faerber. »Chagrin legt sie frei. Verdammt, wenn wir das Glück haben, ein Gußzeichen oder einen Namen zu finden!«

»Könnt ihr das Ding bewegen?« rief Damms zurück. Man hörte seiner Stimme an, daß sie bebte. Der Archäologe in ihm war wieder erwacht.

»Unmöglich.« Chagrin hörte mit dem Abmeißeln auf.

»Sie wissen doch am besten, Damms, was so eine guß-
eiserne Kanone wiegt.«

»Mit einer Winde geht es! Ich setze das Boot über
euch und lasse die Stahltrossen hinunter! Einverstanden?«

»Einverstanden. Aber vorsichtig. Wir haben wenig
Platz, um auszuweichen. Keinen Anker, um Gottes willen keinen Anker. Er erschlägt uns!«

Chagrin und Faerber schwammen zurück an die schüt-
zende Felswand und warteten. Über ihnen dröhnte eine
Schiffsschraube, dann glitt ein langer Schatten über die
Felsspalte und blieb in ihr hängen. Der Motor ver-
stummte, dafür pendelten kurz darauf vier Stahlseile
mit Bleikugeln und Spreizgreifern mitten in die Felsenspalte hinunter.

»Gut so!« rief Faerber. »Fabelhaft, Peter. Das ist
Maßarbeit.«

Sie schwammen zu der Eisenkanone zurück und zogen
die Stahltrossen mit sich. Von oben tauchte etwas Neues
herab. Ein dritter Lichtschein erhellte den Grund der
Spalte.

»Du sollst doch oben bleiben, Peter!« rief Faerber entsetzt. »Du Idiot! Du bist noch nie so tief getaucht!«

Er sah Chagrin an, tippte sich an die Stirn und ließ
sich nach oben treiben, wo Damms herumschwamm, ein
langer, dürrer, schwarzer Fisch.

Damms lachte Faerber durch das breite Fenster der
Taucherbrille an. Seine wasserhellen Augen glänzten.
»Glaubst du, ich lasse mich oben in der Sonne braten,
während ihr in vergangene Jahrhunderte vorstoßt?«
sagte er. »Ich habe in Anatolien ganze Dörfer ausgegraben . . .«

»Hier ist nicht die Türkei, hier ist Meeresboden. Du
hältst den Druck nicht aus, Peter. Zurück!«

»Auf gar keinen Fall.« Damms kippte nach unten, seine Schwimmflossen begannen zu wedeln. Vom Grund
der Felsenspalte starrte ihnen Chagrin entgegen. »Ich

bin Archäologe! In Anatolien war Sand, hier ist Sand . . . Leute, wo ist das Kanönchen?«

»Und wer steht oben an der Winde?« schrie Faerber.

»Ellen und Pascale. Ich habe mit ihnen einen Schnellkurs gemacht in ›Hebel vor‹ – ›Hebel zurück‹.«

Er winkte Faerber fröhlich zu und ließ sich zu Chagrin hinabsinken. Faerber schwamm hinter ihm her. »Hast du das gehört, Ellen?« fragte er. Aber am Gerät an Bord saß Pascale und antwortete:

»Gehört, Monsieur. Peter ist ein mutiger Mann. Ich bewundere ihn. Ellen steht an der Winde. Ende.«

Damms kniete bereits neben der Kanone und legte den ersten Greifer um das Rohr, als Faerber neben Chagrin den Meeresboden berührte.

»Ihr Freund ist wie ein leidenschaftlicher Jäger –«, sagte Chagrin. Den seltsamen Unterton in seiner Stimme konnte man durch das Mikrofon nicht hören. »Wenn er ein schönes Wild sieht, vergißt er alles um sich herum.«

Hans Faerber nickte. Er verstand jedoch den Doppelsinn dieses Satzes nicht.

Oben an Deck aber sagte Ellen zu Pascale:

»Sie sind ein rücksichtsloses Luder!«

Die Fronten waren abgesteckt. Der Vernichtungskrieg konnte beginnen.

*

Nach zwei Stunden schwerster Arbeit lag das eiserne Kanonenrohr endlich an Bord der ›Nuestra Señora‹. Erst der zweite Versuch hatte geklappt. Beim erstenmal war die Kanone aus den Greifern gerutscht, weil die Gewichtsverteilung nicht stimmte, und hätte Hans Faerber fast erschlagen. Chagrin reagierte schneller als Damms, der eine Sekunde zu lange brauchte. Diese Sekunde hätte Faerber das Leben gekostet.

Chagrin riß Faerber mit beiden Händen an den Sauerstoffflaschen zurück, als das schwere, mit Muscheln überwucherte Rohr aus den Stahlseilen glitt und senkrecht herunterkam. Faerber kniete gerade auf dem Boden und sammelte die Werkzeuge ein, stopfte sie in die Tasche am Gürtel und stocherte mit der Brechstange im Sand herum. Bis zur Hälfte ungefähr verschluckte sie der Sand, dann stieß sie auf etwas Hartes und federte zurück.

»Das ist merkwürdig, Chagrin!« wollte er gerade sagen, da traf ihn der Stoß. Er fiel auf den Rücken, ruderte hilflos mit den Armen und vergaß vor Schreck zu atmen. Dann sah er, wie sich das Eisenrohr genau dort in den Sand bohrte, wo er eben noch gekniet hatte. Er wälzte sich herum, schwamm ein Stück weg und kehrte dann um.

Damms' Gesicht hinter dem großen, ovalen Brillenglas war verzerrt vor Entsetzen. Er ruderte mit den Armen, als sei er der Getroffene, und krächzte etwas Unverständliches ins Mikrofon. Chagrin schwamm ruhig um die Kanone herum und winkte Faerber beruhigend zu.

»Danke, René –«, sagte Faerber heiser. »Das vergesse ich Ihnen nie.«

Sie schwammen aufeinander zu, reichten sich die Hände und holten dann die Greifarme wieder herunter. Von oben erscholl in den Kopfhörern Pascales fröhliche Stimme.

»Habt ihr ein Problem da unten? Das Seil war leer.«

Nichts in ihrer Stimme verriet etwas von dem Haß, der gerade zwischen den beiden Frauen ausgebrochen war. Ellen stand an der Winde, ließ die Greifer wieder hinunter und wartete, was Pascale vom Sprechgerät melden würde.

»Ist es abgerutscht?« fragte sie, als Pascale den Daumen nach unten streckte.

»Ja.«

»Und sonst?«

»Sonst nichts.«

»Sie sind wie eine Schlange, die ein goldenes Kaninchen frißt. Und Peter ist dieses dämliche Kaninchen.«

»Wollen Sie es verhindern?« Pascale lachte. Ihr Lachen war eine Folge von an- und abschwellenden Tönen, eine Perlenkette aus Koloraturen, kalt, gläsern und faszinierend zugleich. Sie hatte die Angewohnheit, sich beim Lachen zurückzubeugen. Dann spannten sich ihre schönen Brüste, schienen alles zu sprengen und mit den perlenden Tönen zu wachsen.

»Ich weiß, wie schön ich bin«, sagte Pascale. »Ich weiß, daß ein Mann, den ich anfasse, weiche Knochen bekommt und ich ihn modellieren kann, wie ich will. Und ich weiß, daß Sie keine Chance gegen mich haben, Ellen. Was nun?«

»Chagrin wird Sie grün und blau prügeln.«

Wieder dieses kalte, kaskadenhafte Lachen. »René ist auch nur ein Mann . . . ein Brot reicht für einen Hungrigen und auch für zwei . . .«

»Wollen Sie aus dem Schiff ein Bordell machen?« rief Ellen. Die Greifer waren wieder auf dem Meeresboden angelangt, die Drahtspannung hatte nachgelassen. »Wir wissen alle, wo Sie herkommen!«

Pascales Lachen erstarb. Ihre grünlichen Augen veränderten sich. Das Glitzern des Triumphes verwandelte sich zu einem gefährlichen, starren Glanz. Sie kam langsam zur Winde und stellte sich neben Ellen, so nahe, daß sich ihre Arme berührten. Ein Strom von Haß und aufgeladener, knisternder Elektrizität verband sie plötzlich, als seien zwei Magnete aufeinandergestoßen.

»Mein deutsches Mädchen –«, sagte Pascale langsam, »ich habe Nägel an den Fingern, die dir dein verfluchtes sauberes Gesicht zerreißen können.«

»Und ich habe Kraft genug –«, sagte Ellen ebenso langsam, »deinen zerbrechlichen dünnen Hals zuzudrücken.«

Sie sahen sich an, der Wind zerzauste ihre Haare und trieb sie ineinander, als würden sie bereits den Kampf beginnen. Wer sie so nebeneinander stehen sah, mußte sie bewundern ... zwei in ihrer Art vollkommene Menschen, ein Bild der Schönheit.

Wo steht, daß die Hölle immer häßlich sein muß?

»Was willst du tun?« fragte Pascale. »Alles hinausschreien? Pascale hurt mit Peter? Wer ist dann schuld, wenn auf dem Schiff fünf Teufel leben?«

»Ich werde mit Peter allein sprechen!«

»Welche Energieverschwendung!« Pascale riß ihren Kopf zurück und damit ihr wehendes Haar aus Ellens Haaren. »Wer kann vernünftig mit einem Mann sprechen, wenn er zwischen den Schenkeln einer Frau liegt!«

Das war vor zwei Stunden.

Jetzt war das Kanonenrohr an Bord, lag auf einem Tisch, und die drei Männer hieben mit Meißel und Hammer die Muscheln ab.

Die Mittagssonne brannte unbarmherzig von einem wolkenlosen, blaßblauen Himmel. Ein Gewölbe aus kochender Luft und flimmerndem Dunst. Obgleich sie unter dem breiten Sonnensegel arbeiteten, floß Chagrin und Faerber der Schweiß über die Körper, als wären sie eben erst aus dem Meer getaucht und tropften wie vollgesogene Schwämme. Peter Damms untersuchte mit einer Lupe die freigelegten Eisenteile nach Spuren von Namenszeichen oder Prägungen. Er schwitzte kaum, es wäre auch verwunderlich gewesen, wenn aus seinem knochigen Körper noch ein Tropfen Flüssigkeit herausgekommen wäre.

Pascale saß auf einer Kiste, die Beine angezogen, das Kinn auf die Knie gestützt, eingehüllt in ihr leuchtendrotes Haar ... eine Galionsfigur der Sünde.

Ellen stand neben Faerber und goß immer wieder Wasser über die von Muscheln freigemeißelten Eisenstellen, schrubbte sie mit einer Stahlbürste ab und befreite sie von den letzten Kalkresten.

»Halt!« sagte Damms plötzlich. Seine Stimme klang

wie ein Trompetenstoß. »Chagrin, halt! Da kommt etwas vor. Lassen Sie mich an den Meißel. Das kann ich jetzt besser als Sie. Ich habe mal ein Pergament ausgegraben, da mußte ich mit einem weichen Pinsel die Jahrhunderte wegwedeln, so zerbrechlich war die Rolle.« Er begann zu meißeln, mit ganz vorsichtigen Schlägen, Millimeter um Millimeter, als sei kein Eisen unter seinen Händen, sondern eine weiche, ägyptische Wachstafel.

Die anderen standen um ihn herum, schwitzend, müde von der Anstrengung des Tauchens. Sie zuckten zusammen, als Damms plötzlich ausrief:

»Da haben wir es! Da haben wir es! Kinder ... es ist ganz deutlich.« Er schabte die Stelle frei und umklammerte das Eisenrohr, als wolle er es an sich drücken.

Kaum sichtbar, ein paar Kratzer nur, vielleicht ausgeprägter als die anderen Schrunden in dem Eisen, für einen Laien völlig nichtssagend, waren einige Vertiefungen hervorgekommen. Faerber starrte seinen Freund fasziniert an. So viel Glückseligkeit in einem Männergesicht war geradezu ergreifend.

»Das Zeichen der königlichen Waffengießerei von Kastilien«, sagte Damms feierlich. Seine Finger strichen über die Runzeln des Eisens. »Und die Jahreszahl. Nehmt eine Lupe, ihr Blinden, verdammt, nehmt doch eine Lupe, seht es euch an. 1539. Da steht es doch ... da ...«

Faerber riß die Lupe an sich und beugte sich über das Kanonenrohr. Er sah ein paar Prägungen und die Andeutung einer Jahreszahl. Aber wenn Damms daraus 1539 las, stimmte es auch.

»Ja –«, sagte er heiser vor Erregung. »Die Prägung.« Er reichte die Lupe an Chagrin weiter. Der beugte sich vor, blickte durch das Glas und legte es dann zur Seite. Sein schmales, verwittertes Gesicht zuckte leicht.

»Es stimmt. 1539«, sagte er. »Und das bedeutet –«

»Wir liegen direkt über dem Wrack der ›Zephyrus‹!« rief Damms.

»Und es liegt in der Felsenspalte! Nur mit einer dünnen Sandschicht darüber. Höchstens fünfundzwanzig Meter tief ... ein konserviertes Wrack.« Chagrin warf einen schnellen Blick hinüber zu Pascale. Sie senkte den Kopf etwas tiefer, mehr nicht. Und keiner bemerkte es.

»Das ist ein einmaliger Glücksfall, Freunde«, sprach Chagrin weiter. »Wir werden ein Schiff ausgraben, das fast vollständig erhalten ist. Natürlich nicht die Masten und die Takelage, die sind bei dem Orkan weggeflogen. Aber der Rumpf. Er ist in die Felsenspalte hinabgesunken wie ein Stein, in ein völlig stilles Gewässer, und ist dort versandet.« Er lehnte sich gegen den Tisch und blickte in das Meer. Es glänzte in der Mittagssonne wie Messing. »Wir werden durch die Laderäume schwimmen und die Millionen aufsammeln, als lägen sie auf der Straße. Freunde – in einer Woche sind wir im Schiff!«

Auch in dieser Nacht schlief niemand an Bord der ›Nuestra Señora‹. Damms hatte sich vor lauter Glückseligkeit betrunken ... das war bei der Hitze kein Kunststück. Drei Whisky und zwei Flaschen Bier genügten, und Chagrin und Faerber trugen ihn in seine Koje. Dort lag er nun, hellwach, aber betrunken, und erzählte in die Dunkelheit hinein die Geschichte der Könige von Kastilien.

Im Heck des Schiffes, hinter den Bambusmatten und Decken des Kabinenaufbaues für Chagrin, ging es weniger akademisch zu.

»Du bist ein Idiot!« sagte Pascale und stieß Chagrin weg, der nach ihr faßte. »Fällt das Rohr auf seinen Kopf, und du rettest ihn! Eine bessere Gelegenheit kommt nie wieder ... ein Unfall unter Zeugen!«

»Ich konnte nicht anders.« Chagrin saß auf dem Bett und betrachtete Pascales nackten Körper. »Es war merkwürdig ... aber als das Rohr wegrutschte, waren wir da unten alle Kameraden. Das wirst du nie verstehen. Es gibt im Leben eines Mannes Sekunden, da wird jeder des anderen Bruder.«

»Ich bin ganz gerührt!« Pascale zog das linke Bein an. Ihre Stellung war aufreizend, sie wußte es, und sie stellte sich darauf ein, Chagrin auf die Finger zu schlagen, wenn er sie anfaßte. Kameraden, dachte sie. Alles Brüder! Es geht um Millionen. Man hat für geringere Summen schon Vater und Mutter erschlagen.

»Es ist alles noch zu früh«, sagte Chagrin. »Wenn der ganze Schatz an Bord ist . . . dann, mein Liebling!«

»Wenn keiner mehr ins Wasser geht, kann keiner mehr ertrinken, du Affe!«

Chagrin starrte sie an. Sie lag mit leicht gespreizten Beinen neben ihm und schien zu warten, daß er kam. Aber er kannte sie genau . . . ihre Augen warnten ihn. Sobald er sich über sie beugte, würde sie ihn mit Armen und Beinen wegstoßen. Die Strafe einer Katze, der man die Maus verweigert.

»Kannst du schießen?« fragte Chagrin plötzlich. Pascale hob den Kopf. Ihre innere Angespanntheit ließ deutlich nach, die Muskeln erschlafften. Er sah es am Bauch und an den Innenseiten ihrer langen Schenkel.

»Ich weiß, wie man den Finger krumm macht – genügt das?« antwortete sie.

»Vielleicht. Ich werde Faerber und Ellen überrumpeln können, aber Damms wird nach zwei Schüssen Zeit haben, sich auf den dritten einzustellen. Du mußt Damms erschießen, Pascale.«

Sie sah ihn aus ihren grünen, im Licht der kleinen, von der Decke hängenden Schiffslampe schwärzlich glitzernden Augen lange an. Dann schüttelte sie den Kopf.

»Nicht Peter«, sagte sie. Und plötzlich war ihre Stimme kalt und bar allen weiblichen Charmes, nur noch ein Ton, der Chagrin traf wie ein Geschoß. »Ich möchte Ellen erschießen!«

Chagrins Kopf fuhr vor wie ein zustoßender Raubvogel. »Was war hier an Bord, während wir unten waren?!«

Pascales Finger trommelten auf der Unterlage. »Sie hat mich eine Hure genannt.«

»Seit wann beleidigt dich das?«

»Du bist ein Miststück! Ein Saukerl! Ein ausgekotzter Dreck!« Sie sprang hoch, stürzte sich auf Chagrin und versuchte, ihn zu kratzen. Er wehrte sie lachend ab, drückte sie aufs Bett zurück, hielt sie mit seinem Körper fest und streckte ihre Hände von sich weg.

»Du verfluchter Hund!« stammelte sie, heiser vor Wut. »Du ekelhaftes Schwein . . .«

Chagrin fühlte ihren herrlichen Körper, und das versöhnte ihn. Pascale wehrte sich noch und schrie Unflätigkeiten, die er alle kannte. So wie er auch Pascales Wutausbrüche kannte und die Möglichkeiten, sie zu beenden.

»Ich schenke dir Ellen«, sagte er leise und küßte sie. Sie wollte beißen, aber plötzlich war sie ganz ruhig. Als er ihre Hände losließ, zerkratzten sie ihm nicht das Gesicht, sondern legten sich zärtlich um seinen Nacken.

»Wann, mein Liebling?« fragte sie. Ihre Stimme war wieder warm und dunkel und voll höllischer Vorfreude.

»Wenn wir auf den Millionenkisten sitzen. Solange wirst du noch mit Ellen leben müssen.«

Sie lächelte. So kann das Grauen lächeln, dachte Chagrin plötzlich. Es wird sich nicht vermeiden lassen: Der vierte Schuß an Bord muß Pascale treffen. Und das wird echte Notwehr sein.

Dann schlang Pascale die Beine um Chagrins Hüfte, und er ergab sich ihrer satanischen Liebe.

In der Kabine unter dem Ruderhaus saßen um diese Zeit Faerber und Ellen noch an einem Klapptisch zusammen. Hans zeichnete die ungefähre Lage des Wracks, wenn es so gesunken war, wie es Chagrin annahm. Er zeichnete die Felsenspalte, den Sandboden und darunter, zusammengedrückt, aber doch noch in deutlicher Form, den Rumpf der Karavelle ›Zephyrus‹.

»Wenn das stimmt, Ellen«, sagte Faerber, zufrieden mit seinen zeichnerischen Visionen, »hat mir der alte Drexius ein unschätzbares Erbe hinterlassen! Der alte, zerknitterte, arme Drexius, der nur zwei Oberhemden zum Wechseln hatte. Er hatte den Weg zu den Milliarden an der Wand hängen, wer weiß, wie lange schon? Und er sagte keinem etwas davon. Vielleicht aus Angst, daran zugrunde zu gehen?«

»Ich habe auch Angst, Hans.« Ellen nahm ihm den Bleistift aus der Hand und strich kreuz und quer über das schöne Bild des Wracks. »Wenn es möglich wäre – würde ich sagen – laß alles, wie es ist, und laß uns nach Hause fliegen.«

»Es ist nicht mehr möglich!« Faerber starrte auf seine zerkritzelte Zeichnung. Er war nicht abergläubisch, aber irgendwie verdarb ihm die zerstörte Zeichnung die Stimmung. Etwas lastete wie ein Gewicht auf ihm. »Mein Gott, vor wem hast du Angst?«

»Chagrin –«

»Er hat mir heute das Leben gerettet.«

»Pascale und ich könnten uns jede Minute umbringen!«

»Wie typisch!« Faerber lachte. Der Druck war weg. Weibergetratsche. »Hundert Männer können zusammen sein, und die Welt behält Tag und Nacht. Aber wenn man zwei Frauen, die sich nicht riechen können, zusammenläßt, wird die Schöpfung auf den Kopf gestellt!«

»Du kommst dir wohl sehr klug vor, was?« Ellen warf den Bleistift hin und kroch in ihr Bett. »Ihr seid alle so naiv wie Kinder, die mit Sand Kuchen backen . . .«

In der Nacht kam ein leichter Wind auf, das Schiff schaukelte. Das Meer zeigte zum erstenmal richtige Wellen, es regnete sogar sehr heftig, und Chagrin und Faerber ließen den Anker fallen, da der Treibanker nicht mehr ausreichte.

Am nächsten Morgen war der Windsturm vorüber. Die Sonne hing wieder am wolkenlosen Himmel, es war schon sehr früh heiß und drückend schwül. Nur das Meer bewegte sich noch stärker als bisher. Es gab zwar keine großen Wellen, aber man war eine fast glatte Fläche gewöhnt und sah jetzt, daß sich drüben an der Chinchorro-Bank weiße Schaumkronen bildeten.

Chagrin ging an diesem Morgen allein ins Meer. »Ich will nur nachsehen, ob sich in der Spalte was geändert hat«, sagte er.

Nach zehn Minuten tauchte er wieder auf, schoß aus der Tiefe ohne Rücksicht auf den Druckunterschied. Er schwamm zur Leiter, kletterte an Bord und ließ sich auf die Planken fallen. Faerber riß ihm das Atemmundstück vom Kopf.

»Das wird einen Kampf geben«, keuchte Chagrin. Er lag da wie ein erstickender Fisch. »In der Felsspalte haust ein Risenkrake –«

*

Chagrin brauchte eine halbe Stunde, um sich von dem schnellen Auftauchen zu erholen. Ahnungslos war er in die Gefahr hineingeschwommen. Damms und Faerber trugen ihn unter Deck, wo er mit blauen Lippen und hervorquellenden Augen auf dem Bett lag.

Faerber hörte mit einem Stethoskop Renés Lungen und den Herzschlag ab, gab ihm eine Injektion zur Kreislaufstabilisierung und hielt ihm eine Maske mit reinem Sauerstoff vor das verzerrte Gesicht. Dann warteten sie, wie Chagrin reagierte, aber der gefürchtete Koller blieb aus. Er atmete tief durch und war schlaff, als habe er Knochen aus weichem Gummi.

»Ein Krake ist an sich nichts Gefährliches«, sagte er später. Ellen hatte einen starken Tee gekocht, sie saßen unter dem Sonnensegel, und das Meer war so grünblau und still wie in den vergangenen Tagen. Nur um die riesige Chinchorro-Sandbank schäumten noch die Wellen.

»Wir haben schon viele Kraken erlegt – aber der da unten ist ein Prachtexemplar. Der muß mindestens acht Meter groß sein! Mit zehn Fangarmen. Plötzlich war er da, stand wie ein Ungeheuer mit hundert zugreifenden Fingern vor mir. Ich konnte mich im letzten Moment herumwerfen und wegschießen. Einer der Fangarme berührte noch meinen Fuß, aber ich war schneller.« Chagrin trat an die Reling, starrte ins Meer und spuckte dann aus. »Du Aas, du verdammtes!« sagte er laut. »Verlaß dich drauf ... auch an dir kommen wir vorbei!«

»Wir haben Harpunen und Unterwasserpistolen«, sagte Damms. »Genügt das nicht?«

»Wollen Sie den Burschen kitzeln, Peter?« Chagrin lachte böse. »Um dieses Ungeheuer tödlich zu treffen, müßten Sie nahe genug heran. Aber da sind zehn Arme ... wenn er sie ausstreckt, sind sie fast halb so lang wie unser Schiff. Und wenn er merkt, daß es ernst wird, stößt er seine Tintenwolken aus und nebelt uns völlig ein! Wissen Sie, was wir dann sind? Hilflose, im Wasser herumtorkelnde Idioten, ohne Orientierung, die er dann mit seinen Armen zu sich heranzieht. Nein, gefressen werden wir nicht, aber er drückt uns zusammen wie gekochte Kartoffeln! Es gibt nur eine Möglichkeit.«

»Ihn wegsprengen ...« Faerber blickte auf seine Zeichnung. Ellens Striche hatte er wieder wegradiert. »Wir haben genug Plastiksprengstoff, um uns den Weg freizudonnern.«

»Mit einem Fingerhut voll kriegen Sie ihn nicht weg, Hans!« Chagrin beugte sich über die Zeichnung. Sein Finger tippte auf die Felswand, etwas oberhalb der Stelle, wo sie die Kanone gefunden hatten. »Hier wohnt er!«

Chagrin, Faerber und Damms starrten sich an. Sie dachten alle das gleiche.

»Wir haben gearbeitet mit dem Biest im Rücken!« sagte Damms. Seine Stimme war unsicher. »Er hätte uns von hinten ohne Schwierigkeiten umklammern können.«

»Wir sprengen die ganze Höhle weg!« rief Faerber.

»Nichts einfacher als das. Aber wer weiß, wie sich das auf das Wrack auswirkt? Bis jetzt herrschten da unten Ruhe und Ordnung wie im Paradies ... jetzt kommen wir und verändern die Landschaft!«

»Wie wollen Sie den Kraken anders bekommen, Chagrin?« Faerber lächelte schief. »Ich kann ihm keine Betäubungsinjektion geben.«

Chagrin blickte wieder ins Meer. Da unten liegen Milliarden Francs, dachte er. Wären wir hier mit der Ausrüstung moderner, professioneller Schiffsheber, würde man jetzt eine kleine Wasserbombe werfen, den ekelhaften Burschen einfach wegblasen und einen Dreck darauf geben, ob sich der Meeresboden verändert. Mit Sandsaugern würde man das Schiff freilegen und sich in richtigen Taucheranzügen vorkämpfen. Aber was hatten sie denn hier auf der ›Nuestra Señora‹? Eine bessere Sporttaucherausrüstung, mehr nicht. Sie würden sich wie die Maulwürfe hineinwühlen müssen.

»Wir werden kämpfen«, sagte er hart. »Nicht Mann gegen Krake ... das wäre Blödsinn! Sondern mit List. Wir müssen beweisen, daß wir ein Gehirn haben und er nicht!«

Am frühen Nachmittag hatten sie alles vorbereitet. So lautlos wie möglich glitten Faerber, Damms und Chagrin ins Meer und tauchten weg. Oben standen Pascale und Ellen an der Reling und blickten ihnen nach, bis ihre Schatten in der Tiefe verschwanden. Dann setzten sie sich an das Funkgerät und warteten. Als sich ihre Blicke begegneten, sagte Pascale plötzlich:

»Ich habe Angst um ihn, Ellen.«

»Dann schwimmen Sie René nach. Hoffentlich erwischt Sie der Krake!«

»Nicht René ... Peter! Und ich kann gar nicht schwimmen.« Sie lächelte, aber um ihre Lippen war jenes verräterische Zucken, das entsteht, wenn man sich das

Weinen verbeißt. »Ellen, ich bin ein Luder . . . aber auch ein Luder kann einmal ehrlich sein und lieben . . .«

»Das glaube ich Ihnen nicht!« Ellen drehte an den Schaltknöpfen und beugte sich über das Mikrofon. »Hallo, melden! Hallo, melden! Was ist unten zu sehen?«

»Sie lieben Hans doch auch«, sagte Pascale.

»Das ist etwas anderes.«

»Natürlich. Sie sind keine Hure. Sie sind das feine, reine, ehrbare Mädchen aus gutem Hause. Die Madonna im Rosengarten. Glauben Sie, daß nur Sie ein Herz haben?«

Ellen tippte nervös auf den Signalgeber. Aus der Tiefe meldete sich niemand, der Lautsprecher blieb stumm, nur ein leises, zermürbend eintöniges Summen klang aus dem Apparat.

»Seien Sie doch endlich still!« sagte Ellen nervös. »Wollen wir uns wieder streiten?«

»Nein!« Pascale beugte sich vor. Ihr feuerrotes Haar wehte um sie wie eine zerfetzte Piratenflagge. »Sie haben auch Angst um Hans. Aber Sie sind mutig, können schwimmen und tauchen . . . warum gehen Sie nicht auch hinunter?«

Es war eine Frage, mit der Ellen sich seit dem Augenblick beschäftigte, in dem Faerber, bewaffnet, als müsse er eine Unterwasserschlacht schlagen, über die Treppe ins Meer geklettert war. Durch Pascales Frage wurde aus diesem Gedanken fast ein Entschluß.

»Ziehen Sie sich um«, drängte Pascale.

»Und die Geräte, die zu bedienen sind?«

»So vollkommen dämlich, wie Sie mich einschätzen, bin ich nicht. René hat mir das Funkgerät genau erklärt. Ich rühre mich nicht von der Stelle. Ich weiß genau, welche Knöpfe man bedienen muß.«

Ellen zögerte. Sie trat wieder an die Reling und blickte ins Meer. Ein klares, blaugrünes Wasser, das keine Geheimnisse hatte, so tief es der Glanz der Sonne durchdrang. Aber dann begann die Dämmerung, und unter ihr lag die Gefahr. Daran änderten auch die Fischschwärme nichts, die mit goldglitzernden Leibern, in herrlich rhythmischer Bewegung, hin und her schwammen.

»Zieh dich um ...«, sagte Pascale hinter Ellen. »Ich mache die Sauerstoffflaschen fertig ...«

Nach zehn Minuten war Ellen wieder an Deck. Ihr gelber Gummianzug hatte dicke, blaue Streifen an den Seiten. Pascale stand schon bereit, schnallte ihr das Sauerstoffgerät auf den Rücken, zog den breiten Gürtel mit dem zweischneidigen Messer darin um Ellens Körper und band das Kehlkopfmikrofon und die Kopfhörer fest.

»Noch keine Nachricht von unten?« fragte Ellen. Pascale schüttelte den roten Feuerkopf.

»Nichts! Ich habe Angst um Peter, Ellen ...«

Es war ein gemeiner Satz ... Ellen dachte an Hans, und ihre Angst um ihn drückte ihr fast das Herz ab.

Sie ging zur Treppe, kletterte über Bord und ließ sich ins Wasser gleiten. Elegant tauchte sie weg ... die Sonnenstrahlen ergriffen sie und ließen sie aufleuchten wie einen riesigen goldenen Fisch. Dann sank ihr Körper tiefer und wurde zu einem Schatten, der sich plötzlich auflöste.

Pascale stand an der Reling und wartete, bis Ellen verschwunden war. Dann legte sie den Kopf in den Nacken und lachte. Es war ein perlendes Lachen, aber ein hysterischer Mißton schwang in ihm mit.

Lachend ging Pascale zurück zum Funkgerät und stellte alle Schalter auf Null. Die Verbindung zum Meeresboden riß ab.

Es gab keine Hilferufe mehr ... und sie würden kommen, in ein paar Minuten, erst erstaunt, dann ärgerlich, schließlich ängstlich, in immer größerer Panik, um am Ende in verzweifelten Todesschreien zu enden.

Ellen Herder trug auf ihrem Rücken ein Sauerstoffgerät, das nur für zehn Minuten Luft enthielt.

»Du schöner stolzer Engel!« schrie Pascale übers Meer. Sie klammerte sich mit beiden Händen an der Reling fest. Ihr hysterisches Lachen schüttelte ihren Körper wie in Krämpfen. »Verrecke! Hörst du?! Verrecke!«

Die schrägstehende Sonne begann das Meer rötlich zu färben. Der Himmel zerfaserte in Streifen.

In weiter Entfernung, nur ein Punkt auf dem Meer, schaukelte ein kleines Motorboot. Zwei Männer, Indiomischlinge in bunten Ponchos, standen zwischen den Sitzen und beobachteten durch Ferngläser die ›Nuestra Señora‹.

»Jetzt sind sie alle getaucht«, sagte der eine und setzte das Fernglas ab. »Nur die Frau ist noch oben. Die mit den roten Haaren . . .«

»Señor Santilla hat recht: Es muß dort etwas geben!« Der andere setzte sich und rückte seinen Poncho zurecht. »Wir werden nachsehen, Emanuele. Heute nacht!«

Chagrin, Faerber und Damms pirschten sich von hinten an die Felsenspalte heran. Sie kamen aus der Richtung, wo das zweite Wrack lag, auseinandergerissen, von der Strömung zertrümmert, auf dem Meeresboden verteilt über Hunderte von Metern. Sie spürten die starke Strömung, als sie sich, eng beieinander, dicht über dem Sand an den Felsen heranschlichen.

»Da muß es sein!« sagte Chagrin und zeigte nach vorn. »Vorsichtig jetzt!« Er blieb zurück, aber die beiden anderen schwammen munter weiter, als hätten sie Chagrin nicht verstanden.

»Hierbleiben!« rief Chagrin. »Hans . . . Peter . . . seid ihr verrückt geworden? Zurück!«

Die beiden schwammen unbeirrt weiter. Chagrin fluchte, streckte sich und schoß hinter ihnen her. Als er sie eingeholt hatte, machte er zu Faerber ein deutliches Handzeichen. Er tippte sich an die Stirn. Faerber nickte und zeigte auf sein Mikrofon.

»Scheiße!« sagte Chagrin laut. »Auch das noch!« Er

begriff, daß der Funkverkehr gestört war und sie nur auf Handzeichen angewiesen waren. Peter Damms klammerte sich an einer Steinzacke fest und schien immerfort nach oben zum Boot zu rufen, als könne er die Störung wegreden.

»Das verbraucht viel zuviel Luft und Energie, dachte Faerber. Er schwamm zu Damms und winkte mit beiden Händen. Damms verstand und nickte zurück. Dann formierten sie sich wieder und glitten lautlos in die Schlucht. Unter ihnen, in der schräg abfallenden Felswand, mußte die Höhle des Kraken liegen.

Sie setzten sich auf einen Vorsprung und waren sich einig, daß das Abreißen der Verständigung ein großes Handikap bedeutete. Jeder Handgriff, den man sonst besprechen konnte, mußte nun durch Zeichen erklärt werden. Vor allem aber gab es ein Grundproblem: Wer übernahm jetzt die Führung? Wer hatte im richtigen Moment die besten Ideen?

Chagrin stieß den Daumen der rechten Hand nach oben. Auftauchen, hieß das. Abbrechen. Der Krake läuft uns nicht weg. Im Gegenteil. Erst den Mistkasten von Funkgerät reparieren. Einen Tag mehr oder weniger, was spielt das für eine Rolle? Wir sitzen auf Milliarden, Leute. Und keiner drängt uns! Für uns gibt es keine Zeit mehr. Warum also ein Risiko eingehen?

Faerber schüttelte den Kopf und zeigte den Felsen hinunter.

Angriff hieß das. Wer weiß, was morgen ist? Der leichte Sturm heute nacht ... kann das nicht ein Vorbote eines Wetterumschwungs sein? Was dann? Wenn es blitzt und donnert, wenn das Meer verrückt spielt, wenn wir zurück müssen an Land, in dieses fieberdünstige Sumpfgebiet von Yukatan, in den Mangrovendschungel, der uns alle krank machen wird ... Nein! Jetzt! Vor einem Kraken kapitulieren? Mit Pistolen, Harpunen und Sprengstoff in den Händen?

Faerber schwamm nahe an Chagrin heran. Durch die großen, ovalen Brillengläser sahen sie sich fragend an.

»Jetzt hast du Angst, mein Junge, was?« dachte Faerber laut.

Es war, als könne Chagrin es hören. Er hob beide Schultern.

Du bist der Boß! Du bezahlst. Geh voran, du Held ...

Faerber wandte sich um. Er holte aus der Umhängetasche eine kleine Scheibe Plastiksprengstoff und schloß sie an den dünnen Draht für die elektrische Zündung an. Damms, der den Batterie-Apparat trug, schwamm heran und schraubte den Draht in den Kontakt ein.

Chagrin übernahm die Sicherung ... er ließ sich langsam seitlich tiefer sinken, bis er ungefähr auf gleicher Höhe mit der Höhle des Riesenkraken war. Er zeigte aufgeregt auf den Felsen, anscheinend sah er etwas ... einen Arm, eine Bewegung am Höhlenrand. Es war schwierig, das zu unterscheiden ... sie hatten die starken Scheinwerfer ausgestellt und arbeiteten nur mit kleinen Stichlampen, die sie vor die Stirn geschnallt hatten.

Faerber hob die Hand. Damms nickte mehrmals.

Fertig. Es kann gesprengt werden.

Sie schlichen sich langsam die letzten Meter an die Höhle heran ...

Ellen schwamm ein Stück über den von der Sonne noch schwach beleuchteten, sandigen Meeresboden. Hier wuchsen auf verstreuten Steinen Kolonien von Seeanemonen und bizarre Korallengebilde. Sie schwamm an Tangfeldern und einem niedrigen Wald sich rhythmisch hin und her schwingender, rosafarbener, fingerdicker Stengel vorbei, deren Namen sie nicht kannte, von denen sie aber wußte, daß sie mit Nesselhaaren übersät waren, mit denen sie alles lähmten, was sie berührten. Kleine Fische, die in den wogenden Wald gerieten, wurden verschlungen, indem die Stengel sich über ihnen zusammenschlossen wie eine Falltür.

Der Boden senkte sich. Ellen folgte ihm und kam in die Region der Dämmerung. Hier stellte sie ihren Brustscheinwerfer an und erinnerte sich an Hans' Zeichnung. Die Schlucht mußte ganz nah sein ... plötzlich würden die Felsen den Meeresboden unterbrechen, und der merkwürdige Grabeneinbruch würde beginnen.

Sie holte noch einmal tief Atem und spürte kaum, daß sie weniger Sauerstoff bekam, als sie angefordert hatte. Aber schon der dritte und ganz deutlich der vierte Atemzug war ein Saugen am Mundstück, aus dem nur noch ein Hauch von Sauerstoff kam.

Ellen tastete über den Atemschlauch, atmete noch einmal tief durch und bekam so viel Luft, wie gerade ausreichte, um noch einmal die Lungen zu blähen.

Plötzlich packte sie eine wahnsinnige Angst. Statt aufzutauchen, sich langsam hochtreiben zu lassen – denn so lange reichte der Luftvorrat noch –, verwandelte sie die Panik völlig und ließ sie nur noch einen Gedanken fassen: hinunter zu Hans!

Sie streckte die Arme aus und schoß vorwärts. Aus dem Mundstück wehte nur noch ganz wenig Sauerstoff.

Hilf mir, schrie es in ihr. Hans, hilf mir ...

Faerber und Damms hatten einen Vorsprung oberhalb der Kraken-Höhle erreicht. Chagrin lauerte seitlich unter ihnen, Harpune und Pistole schußbereit.

Der Felsen war rissig, von Muscheln überwuchert, und bot Möglichkeiten genug, die Plastiksprengladung so in das Gestein zu bringen, daß die Sprengwirkung verstärkt wurde. In einem geschlossenen Raum ist eine Explosion immer wirksamer als im Freien, das gilt auch unter Wasser.

Vorsichtig ließ sich Faerber tiefer sinken, bis er fast unmittelbar über dem Höhleneingang hing. Chagrin machte ein paar Zeichen.

Der Bursche merkt noch nichts . . . er ist im Bau.

Faerber steckte die Sprengtafel vorsichtig in eine tiefe Spalte und verschloß sie dann mit einem dicken Strang Werg aus der Materialtasche. Über ihm hing Damms im Wasser, durch den dünnen Zünddraht verbunden. Und dann überstürzten sich die Ereignisse.

Zuerst war es ein heller Lichtschein, der plötzlich gegenüber auftauchte. Der Strahl eines Scheinwerfers, der genau auf die Höhle, auf Chagrin und Faerber traf.

Und im gleichen Augenblick brach die Hölle los.

*

Der Krake wälzte sich aus seiner Höhle.

Zuerst erschienen vier wogende Fangarme, riesige, baumstammdicke Gebilde, an denen die Saugnäpfe wie große, glotzende Augen saßen. Dann folgte der Körper, eine schwarze, trichterförmige Masse, ruckartig durch das Wasser schießend, so, wie sie das Wasser einsog und wieder ausstieß. Im freien Raum vor der Höhle breiteten sich die zehn Arme aus, und es war wirklich ein Ungeheuer aus greifenden Fingern, wie Chagrin es geschildert hatte. Ein acht Meter großes, grauenhaftes Ungetüm.

»Ellen!« schrie Faerber. »Es ist Ellen! Chagrin, tun Sie was!«

Es war ein Aufschrei in einem leeren Raum. Durch den Ausfall der Funkanlage hörte ihn niemand, aber es mußte etwas geschehen. Der Krake stand zwischen Faerber, Chagrin und Ellen. Ein Hindernis, das kaum zu überwinden war.

Auch Ellen starrte fassungslos auf das Ungetüm. Es schwebte im Lichtstrahl ihres Scheinwerfers auf sie zu, fast elegant, mit den riesigen Armen nach ihr winkend.

Sie versuchte auszuweichen, aber da war die Luft nicht mehr da, sie saugte an dem Mundstück, die Panik, zu ersticken, wurde übermächtig. Sie taumelte durch das

Wasser, sah die Fangarme mit den glotzenden Saugnäpfen auf sich zukommen und hatte keine Kraft mehr, sich herumzuwerfen.

Vom Felsen stieß sich Faerber in dem gleichen Augenblick ab, in dem Chagrin seinen ersten Harpunenschuß abfeuerte. Es war ein sinnloser Schuß ... der Harpunenpfeil mit den Widerhaken bohrte sich in die geballte, gallertartige Masse. Der Krake zuckte zusammen, die Fangarme verkrampften sich, wie bei einem Menschen, der die Hände gegen eine Wunde drückt ... dann wogten sie wieder nach allen Seiten und griffen nach den Feinden.

Gleichzeitig quoll eine schwärzliche, konzentrierte Brühe aus dem Kraken und verteilte sich schnell wie ein dichter Schleier im Wasser.

Das Monstrum nebelte sich und seine Gegner ein.

Chagrin schoß wieder. Er benutzte die Kohlensäuredruck-Pistole und hoffte, daß es Faerber gelang, an Ellen heranzukommen. Sehen konnte er ihn nicht mehr ... die Tinte des Kraken färbte das Wasser nachtschwarz. Auch als er seinen Scheinwerfer anstellte, stieß der Lichtstrahl gegen eine dunkle Wand, undurchdringlicher als jeder Nebel oben auf dem Land.

Allein auf dem Felsen hockend, den Plastiksprengstoff, Zünddraht und Zündgeber in den Händen, blieb Peter Damms zurück und versuchte noch einmal, Kontakt zum Boot zu bekommen.

In diesem Augenblick wuchs er über sich hinaus. Er hätte es vorher nie für möglich gehalten, und er hätte jeden einen Spinner genannt, der ihm Taten zugetraut hätte, die außerhalb des wissenschaftlichen Bereiches lagen. Jetzt, umwallt von schwarzen Nebeln, allein gelassen mit einem Ungeheuer, das ihn zwar nicht fressen, aber erwürgen konnte, handelte Peter Damms: Er drückte die sprengbereite Ladung an seine Brust, stieß sich von dem Felsen ab und schoß ohne Nachdenken in den Mittelpunkt des Chaos.

Faerber hatte indessen den Kraken unterlaufen. Da das Riesentier seine Feinde von oben kommend ansah, tauchte Faerber unter ihm, dicht über dem Meeresboden, durch und stieß auf der anderen Seite ins Freie. Er sah Ellen hilflos im Wasser taumeln. Sie schlug mit den Händen um sich, und ihr Gesicht hinter der Brillenscheibe war starr vor Entsetzen, verzerrt in Todesangst.

Jetzt ging es um Sekunden. Faerber erkannte sofort ihre Luftnot, riß Ellen an einem Arm zu sich, saugte seine Lungen voller Sauerstoff, zog ihr das Mundstück ab, drückte sein Mundstück zwischen ihre Zähne und ließ sie kräftig Luft holen.

Ein paar volle, köstliche Atemzüge. Leben! Leben!

Er ließ sie Sauerstoff trinken, solange er es ohne Luft aushalten konnte. Dann wechselten sie wieder die Mundstücke, Faerber umfaßte Ellen und trieb mit ihr, unter kräftigen Flossenschlägen, nach oben.

Während sie die Oberfläche des Meeres erreichten, während Ellen das Mundstück ausspuckte und, an Faerber hängend, rasselnd atmete und dabei wie ein Kind weinte, kämpften zwanzig Meter tiefer Chagrin und Damms mit dem Kranken.

Chagrin hatte seine Pistole leergeschossen. Er hatte keine Patronen mehr, und es war eingetreten, was er prophezeit hatte: Die Kugeln schlugen in den riesigen Leib wie in eine Puddingmasse, ohne irgendeine Wirkung zu zeigen.

Es ist eine Sage, wenn man aus früheren Zeiten hört, daß Riesenkraken ganze Schiffe auf den Grund des Meeres zogen, daß Schwertwale Schiffsrümpfe durchbohrten oder – wie Moby Dick, der weiße Wal – ein Schiff mit Schwanzschlägen zertrümmerte.

Doch in dieser Stunde, da Chagrin hilflos an den Felsen lehnte und vor ihm das zehnarmige Ungeheuer, hoch wie ein Haus, aufwuchs und nach ihm griff, mit Hunderten fürchterlichen Saugnäpfen, aus dem wirbelnden, schwarzen Wasser herausgleitend, war er bereit, alles zu glauben, was man von Polypen erzählte.

Dann war plötzlich alles vorbei. Mit vor Schreck geweiteten Augen sah Chagrin, wie der Riesenkrake zerplatzte. Es gab kein anderes Wort dafür ... der massige Körper spritzte auseinander, die Fangarme lösten sich, das ganze Gebilde aus der Urzeit der Schöpfung löste sich auf in schwammige Stücke, die ziellos umhertrieben. Nur die Fangarme zuckten noch nach, als gehörten sie noch zu einem Körper.

Dann erst erreichte die Druckwelle der Explosion Chagrin. Er wurde gegen den Felsen geschleudert, riß die Arme vor sein Gesicht und wunderte sich Sekunden später, daß er noch lebte.

Über ihm trieb der Körper von Peter Damms langsam nach oben, umgeben von den zersprengten Teilen des Kragens.

Chagrin stieß sich ab, packte Damms unter dem Kinn und zog ihn mit sich nach oben.

Das erste, was er sah, war Pascale. Sie winkte mit beiden Armen und half dann Faerber, die fast ohnmächtige Ellen an Bord zu ziehen.

Am Abend untersuchte Faerber das Funkgerät. Ein Transistor war zerbrochen, ein Draht aus der Lötstelle gesprungen.

»Kann vorkommen«, sagte Chagrin, als Faerber ihm das zeigte. »Gestern der Sturm. Es ist irgendwo angeschlagen.« Er wischte sich über die Augen und legte den Kopf nach hinten an die Wand. »Mein Gott, haben wir ein Glück gehabt. Wie geht es Peter?«

»Er schläft. Pascale ist bei ihm. Sie hat Ellen abgelöst. Er hat keine inneren Verletzungen, ich befürchtete zunächst einen Lungenriß. Aber er hat einen gewaltigen Schock abbekommen.« Faerber begann, das Funkgerät zu reparieren. Eine Lötstelle ausbessern, einen Transistor auswechseln, kein Problem.

Das hatte auch Pascale gedacht, als sie die Schäden verursachte. Das Prinzip der kleinen Ursachen mit den großen Wirkungen – es war immer noch das beste. Ein altes, gutes Hausmittel.

»Wie hat er das bloß gemacht?« fragte Faerber.

»Er muß direkt in den Kraken hineingeschwommen sein, hat die Sprengladung dem Biest in den Saugtrichter gelegt und dann gezündet. Anders ist das gar nicht möglich.« Chagrin schüttelte den Kopf. »Ein Wahnsinn! Aber er hat es geschafft. Der Weg ist frei zu den Millionen –«

Er gähnte, klopfte Faerber auf den Rücken und ging hinunter zu den Eignerkabinen. Ellen lag erschöpft auf ihrem Bett und schlief. In der Nebenkabine saß Pascale an Peter Damms Bett und hielt die Hand des Schlafenden. Obgleich Faerber ihm ein Beruhigungsmittel gegeben hatte, zuckte sein hagerer Körper immer wieder, als durchjagten ihn noch Explosionen.

»Die gütige Krankenfee«, sagte Chagrin gedämpft. »Findest du das nicht ziemlich blödsinnig?«

»Er schläft endlich«, sagte Pascale zärtlich. Es war ein Klang in ihrer Stimme, der Chagrin aufhorchen ließ.

»Sag mal – bist du verrückt?« fragte er laut.

»Mach, daß du rauskommst!«

»Er kann allein schlafen, ohne deine Handmassage. Übertreib nicht deine Rolle.«

»Es ist keine Rolle, René.« Sie sah ihn aus traurigen grünen Augen an, und plötzlich wußte Chagrin, daß sich alles um ihn geändert hatte, daß er allein auf der Welt war . . . allein mit 4,2 Milliarden Francs unter sich, allein mit vier Gegnern, denen er diesen Reichtum abjagen mußte.

»Du Miststück!« sagte er schwer atmend. »Verliebt sich in einen knöchernen Wurm!« Er setzte sich auf die Bettkante, weil er es einfach nicht begreifen konnte. Er weigerte sich, es als Tatsache hinzunehmen. »Das ist doch alles nicht wahr, Pascale. Chérie, du willst mich bloß in die Form kneten, die dir paßt. Ein denkbar ungünstiger Augenblick ... ich bin hundemüde! Komm, ich brauche dich, Pascale ...«

»Selbst ist der Mann!« sagte sie gemein.

Er starrte sie an, stand auf, gab ihr beim Weggehen eine schallende Ohrfeige und warf die Tür hinter sich zu.

Oben an Deck reparierte Faerber noch immer das Funkgerät. Er lötete gerade.

»Ihr Freund ist ein Masochist«, sagte Chagrin im Vorbeigehen und tippte gegen die Stirn. »Oder der geborene Vollidiot: Einen Kraken sprengt er auseinander, und einen riesigen Blutegel setzt er sich an den Hals. Gute Nacht!«

»Gute Nacht, René.«

Faerber blickte ihm nach. Er verstand den Sinn seiner Rede nicht. Aber heute waren sie alle mehr oder weniger verrückt, da kam es auf Worte nicht an.

Gegen 23 Uhr erlosch auf der ›Nuestra Señora‹ das letzte Licht. Selbst die Positionslichter brannten nicht. Wozu auch? Wer sollte hier, an der gefürchteten Chinchorro-Bank, das Boot rammen? Hier gab es nichts als Einsamkeit ...

Kurz nach Mitternacht trieb ein ebenfalls unbeleuchtetes Boot, viel kleiner als die ›Nuestra Señora‹, backbord an, und eine Hakenstange klickte in die Holzleiter, die ins Meer führte.

Die beiden Männer in den dunklen Ponchos, die das letzte Stück gerudert warten, warteten noch einen Augenblick, griffen dann unter die Sitze, holten Gewehre hervor und stiegen langsam an Deck.

Auf geflochtenen Sandalen schlichen sie lautlos herum, musterten alle Geräte, fotografierten mit Blitzlichtern die auf Deck liegenden Ausrüstungen und widmeten sich besonders dem kastilischen Kanonenrohr, das noch immer auf dem Tisch unter dem Sonnensegel lag.

Sie fotografierten es von allen Seiten, waren dann so dreist, sogar zu den Kabinen hinabzusteigen und sich dort umzusehen.

Sie fanden zwei tief schlafende Paare ... in dem Aufbau am Heck lag ein einzelner Mann und schnarchte laut.

Die beiden Männer sahen sich an und schlichen auf ihren geflochtenen Sandalen zurück zur Leiter.

Amerigo Santilla würde sich wundern, wenn er die Fotos sah.

Lautlos, wie sie gekommen waren, verschwanden die beiden Männer mit ihrem kleinen Boot wieder in der Nacht.

Noch wußte es keiner: Ein größerer Krake als der in die Luft gesprengte hatte seine Fangarme um die »Nuestra Señora« gelegt.

*

Der nächtliche Besuch blieb unbemerkt. Zwar wunderte sich Faerber, daß der große Drahtkorb mit der Klapptür, in den man sich bei plötzlichen Haiangriffen flüchten wollte, auf einem anderen Platz stand – die nächtlichen Besucher hatten ihn aus dem Gerätestapel hervorgezogen, um ihn besser fotografieren zu können –, aber er maß dem keine Bedeutung bei. Es konnte sein, daß Peter Damms ihn bereitgestellt hatte, damit Ellen und Pascale ihn sofort bei einem Notsignal herunterlassen konnten.

Der Schock, den Damms erlitten hatte, war schwerer, als Faerber angenommen hatte. An Tauchen war nicht zu denken. Hans untersuchte den Freund noch einmal, verordnete ihm strenge Bettruhe und injizierte wieder ein Kreislaufmittel.

»Legen wir eine Pause ein«, sagte auch Chagrin. Er fühlte sich auch noch elend und hatte wenig Lust, allein zu dem Wrack zu tauchen. »Die Milliarden laufen uns nicht mehr weg. Und klauen kann sie uns auch niemand – wir sitzen wie eine Glucke über ihnen.«

Die Unterbrechung kam Chagrin gerade richtig. Pascale wurde zu einem echten Problem – er sah es wieder, als sie am Morgen nicht von Damms Bett wich, ihn wie ihr eigenes Kind umsorgte und eine Zärtlichkeit entwickelte, die nichts mehr zu tun hatte mit der berechnenden Erotik, die Damms langsam, aber stetig zersetzen sollte.

»Wie kann man nur so ein Gerippe lieben!« sagte er böse zu Pascale, als sie sich auf Deck begegneten. »An gewisse Perversionen habe ich mich bei dir gewöhnt – aber das ist ja fast eine Mumienschändung.« Und als er sah, daß Pascale nicht darüber sprechen wollte und an ihm vorbeiging, hielt er sie am Arm fest und zog sie brutal zu sich.

»Du setzt auf das falsche Pferd, chérie«, sagte er gefährlich leise. »Überleg es dir. Er bekommt die Hälfte des Schatzes, aber er überlebt es nicht. Den ganzen Klumpen da unten kassiere ich! Und ich lasse mich nicht von dir ausbooten. Es wäre idiotisch, mit mir allein übrigzubleiben und dann zu überlegen, was man falsch gemacht hat.«

»Du willst auch mich umbringen«, sagte sie. »Aber dem komme ich zuvor.«

»Du herrliches, rotes Rindvieh!? Chagrin schüttelte den Kopf. »Du bist zu hübsch, um Fischfutter zu werden. Wenn du dich an mich hältst, kannst du als Millionärin sterben –«

Es war ein doppelsinniger Satz. Chagrin glaubte nicht, daß Pascale ihn verstand. Sie ist nur Körper, nicht Gehirn, dachte er. Sie denkt mit dem Unterleib, aber da hat sie den Intelligenzquotienten 200! Auch das muß es geben. Was wäre die Welt ohne solche sinnlichen Weibchen . . .

Ellen Herder erholte sich schneller als Damms. Auch sie blieb noch einen Tag liegen und sagte zu Faerber:

»Ich begreife nicht, wie das passieren konnte. Diese plötzlich Anhäufung von Pannen. Und Pascale war allein auf dem Schiff.«

Faerber verstand diesen Wink. Er nutzte die Ruhezeit aus, um den Fall zu untersuchen. Das Funkgerät war eindeutig ausgefallen, das hatte er gesehen. Er selbst hatte es ja repariert. Aber wie es möglich war, daß Pascale gebrauchte Sauerstoffflaschen auf Ellens Rücken geschnallt hatte, wollte ihm nicht in den Kopf. Die leeren Flaschen waren von den ungebrauchten deutlich getrennt . . . vorn am Bug lagerten die neuen, hinten am Heck die alten. Es konnte gar keine Verwechslung geben.

»Weiber!« sagte Chagrin abfällig, als Faerber mit ihm darüber sprach. »Ellen wollte unbedingt zu Ihnen runter, der Ausfall des Funkgerätes hat die Weiber in Panik versetzt. Wenn Pascale zu den leeren, statt zu den vollen Flaschen gelaufen ist, wer kann ihr das verübeln? Sie ist ja völlig am Boden zerstört von diesem Vorfall. Sie macht sich Selbstvorwürfe, die schon nicht mehr gerechtfertigt sind. Nein, Hans, das war wieder so eine typische Verkettung von Zufällen, die das Leben manchmal so sauer machen und vor denen man machtlos dasteht.«

Damit war der Fall erledigt. Faerber sagte nach dem Mittagessen zu Ellen – er hatte gekocht, Nudeln und Gulasch aus der Dose – und war davon auch überzeugt:

»Wir werden von heute an auf jede gebrauchte Flasche einen großen roten Strich malen. Da kann es keine Verwechslungen mehr geben. Mein Gott, Ellen, vertragt euch doch! Wir sind hier alle aufeinander angewiesen. Wenn wir anfangen, uns gegenseitig aufzufressen, fallen wir wieder in das Primitivalter der Menschheit zurück.«

»Sag es Pascale«, antwortete Ellen verbissen. »Ich bleibe dabei: Es war *kein* Unfall!«

In diesen stillen Tagen – es wurden vier heiße, langweilige, zähflüssige Tage voller geheimer Krisen in jedem von ihnen – entwarfen Faerber und Chagrin einen Bergungsplan. Um an das Wrack der ›Zephyrus‹ heranzukommen, mußte die etwa eineinhalb Meter dicke Sandschicht durchstoßen werden – dann würde man an Deck des Schiffes stehen ... nach 432 Jahren würden wieder Menschen die geteerten Planken betreten. Sie würden so morsch sein, daß man sie ohne Schwierigkeiten durchbrechen konnte. Was man dann sehen würde ... Faerber und Chagrin vermieden es, jetzt schon darüber zu sprechen.

»Einen kleinen Sandsauger«, sagte Chagrin. »Ein Saugerlein nur ... und in ein paar Stunden säßen wir auf den Goldkisten. Aber mit der Hand über einen Meter Sanddecke in zwanzig Meter Meerestiefe wegschaufeln, das ist eine Sauarbeit.«

»Rechnen Sie sich mal den Stundenlohn aus, den wir dafür bekommen, Chagrin«, sagte Faerber sarkastisch. »So viel verdienen Ghetty, Onassis, Gulbenkian und Ford zusammen nicht in einem Monat! Und wenn wir den Sand schüppchenweise wegtragen und hier ein halbes Jahr graben ... wir sind die bestbezahlten Arbeiter aller Zeiten.«

»Wenn die Millionen wirklich in dem Schiff liegen«, sagte Chagrin sauer. Faerber starrte ihn ungläubig an.

»Die Zeichnung, die ich habe ...«

»Sie kann soviel wert sein wie ein Arschwisch! Wer sagt Ihnen, daß die ›Zephyrus‹ so viel Geld an Bord hatte.«

»Die Berichte in den Archiven. Da gibt es detaillierte Angaben. Die Spanier waren erstaunliche Bürokraten: Sie haben alle Gewinne und Verluste genau verbucht. Eine Wonne für heutige Finanzprüfer.«

»Und wenn schon andere vor uns unten waren?«

»Ausgeschlossen.«

»Sind Sie so sicher?«

»Davon hätte man gehört.«

»Wird man von uns was hören?«

Das war ein unleugbares, gutes Argument. Faerber blickte ins Meer. Er dachte an die Berichte über die leeren Gräber der Pharaonen, die man nach zweitausend Jahren ausgrub und die leer waren bis auf wertlose Krüge und Eßschalen.

Konnte sich so etwas auch auf dem Meeresgrund wiederholen?

»Morgen fangen wir an, Chagrin!« sagte er. »Peter bleibt an Bord. Wenn er uns doch nachkommt, prügele ich ihn aus dem Wasser, verlassen Sie sich drauf!«

Am Morgen des fünften Tages nach dem Krakenkampf glitten Faerber und Chagrin wieder ins Wasser. Vorher hatte man alles durchgeprobt, um neue Pannen auszuschalten. Der Sprechverkehr klappte, die Flaschen waren voll Sauerstoff, der große Drahtkorb wurde heruntergelassen, dann einige Seile mit den großen Werkzeugsäcken. Peter Damms korrigierte noch einmal die Lage des Schiffes ... er ließ die ›Nuestra Señora‹ direkt über der Felsenschlucht ankern. Faerber verhakte den Stahlanker in einer zerklüfteten Korallenkolonie.

»Alles in Ordnung«, rief er nach oben. Dort saß Damms am Funkgerät. Ellen stand an den drei Transportwinden, ebenfalls durch ein Sprechgerät mit dem Meeresgrund verbunden.

Pascale kochte diesmal. Sie schälte Kartoffeln, öffnete eine große Dose Bohnen und zerkleinerte einen Batzen Suppenfleisch, nachdem er in der starken Sonne schnell aufgetaut war. Sie hatten zwei tiefgefrorene Rinderviertel mitgenommen. Sie hingen in einem kleinen Kühlraum, den ein Benzinaggregat speiste.

Nachdem sie das Essen vorbereitet hatte, trug Pascale die Kartoffelschalen und einige Fettstücke des Fleisches zur Reling und kippte alles ins Meer. Dann stieg sie hinunter in die kleine Kombüse, setzte die Suppe auf den Propangasherd und blickte wartend durch das ovale Fenster aufs Meer.

Jetzt müssen sie gleich kommen, dachte sie. Wenn es stimmt, was Chagrin immer erzählt. Wenn die Biester riechen können, werden sie das blutige Fleisch wittern.

Oben hörte sie die kleine Winde knirschen. Vom Meeresboden wurde etwas heraufgezogen. Peter Damms sprach laut in das Mikrofon, aber sie verstand die Worte nicht.

Mit dem Transportsack kam auch Faerber nach oben. Er tauchte auf und stieg über die Leiter an Bord. Chagrin war unten geblieben.

»Wir haben in zwanzig Zentimeter Sandtiefe einen Helm gefunden!« rief Faerber schon im Wasser. »Peter, du Jahrhundertwühler, jetzt bist du dran! Welches Zeitalter! Liegen wir wirklich über der ›Zephyrus‹?«

Die Winde kreischte, der Korb kam an die Oberfläche. Ein verbeultes, verrostetes, bewachsenes, unförmiges Ding klatschte auf Deck.

»16. Jahrhundert!« rief Damms, als blase er in eine Trompete. »Das sehe ich schon jetzt! Das Zeitalter stimmt! Wo ist der Kopf zu dem Helm?«

Es sollte ein Witz sein, aber Faerber wurde plötzlich sehr ernst und setzte sich auf eine Kiste. Er nahm den Helm in beide Hände und betrachtete ihn lange.

»Chagrin gräbt weiter. Ich gehe gleich wieder runter. Wir werden dir hundert Schädel heraufbringen.«

Pascale stand am Kombüsenfenster, hatte die Fäuste gegen den Mund gepreßt und wartete. Chagrin war jetzt allein unten ... wann kamen sie endlich! Verflucht, wann kamen sie.

Und die Haie kamen!

Zuerst ein einzelner, ein Vorbote, ein Späher gewissermaßen. Er umkreiste das Schiff, roch das Fleisch, schnappte nach einem Klumpen und schoß wieder weg. Und dann tauchten hintereinander die gefürchteten dreieckigen Rückenflossen auf. Fast militärisch, in Kiellinie, schwammen die Haie heran, teilten sich dann und bildeten eine breite Angriffsfront. Die Rückenflossen tauchten weg ... die schlanken, torpedoähnlichen, schnellen Leiber schossen in die Tiefe.

Peter Damms sah die dreieckigen Flossen zuerst. Ein Schauer lief ihm über den Rücken, dann brüllte er in das Mikrofon.

»Chagrin! Haie! Haie! Ein ganzes Rudel! In den Käfig! Schnell! Sie haben keine Zeit mehr, aufzutauchen! Hören Sie mich?«

»Ich höre!« Chagrins Stimme aus der Tiefe klang erregt und heiser.« Einer ist schon hier. Er umkreist mich. Der Käfig ist drei Meter entfernt. Keine Sorge – ich schaffe es ...«

Er sprach nicht davon, was der Hai, ein kleiner, noch junger Bursche, im Maul trug, wieder auspuckte, wegtreiben ließ, ihm nach oben nachschoß, damit spielte wie eine Katze mit der Maus.

Eine große Kartoffelschale ...

Chagrin schien es geschafft zu haben. Als Pascale an Deck erschien und unschuldig fragte, was los sei, begann die große Winde zu knirschen, an der der Rettungskäfig hing.

»Gratuliere, René!« hörte sie Damms rufen. »Wie viele sind's?«

»Sechs. Darunter zwei kapitale Burschen.« Chagrin hockte in dem Käfig und wurde langsam nach oben gehievt. Die Haie umkreisten ihn, griffen an, stießen mit ihren Köpfen gegen die Metallstangen und rissen die zahnbespickten Mäuler auf. Ihre Augen starrten kalt und gnadenlos den zusammengekauerten Menschen an.

Chagrin hatte das lange, zweischneidige Messer in der rechten Hand. Es war leicht, durch das Gitter zuzuschlagen und in die immer wieder anrennenden Köpfe der Mordfische zu stechen. Er hätte jeden von ihnen treffen können, und es wäre ein fürchterliches Sterben geworden, ein kochendes Blutmeer, das nur noch mehr Haie anlocken würde. Genau das wollte Chagrin vermeiden.

Er ließ die Haie gegen den Käfig schwimmen, es waren gewaltige Schläge, die ihn durchschüttelten, und er hoffte, daß der Riegel der Klapptür hielt und nicht von den ständigen Erschütterungen aufsprang.

»Schneller!« schrie er ins Mikrofon. »Schneller! Die Bestien sind wie irr!«

Dann durchstieß der Drahtkorb die Wasseroberfläche, begleitet von den herausschnellenden Köpfen der Haie, Chagrin schwebte in der Luft und wurde an Bord geschwenkt.

»Jetzt ist die Sauerei komplett«, sagte er, als er aus dem Käfig kletterte. »Bis wir die wieder los sind, vergehen Tage.«

Er warf die Ausrüstung auf den Boden und tappte unter Decke. Dort begegnete er Pascale, die bleich im Gang neben der Kombüse lehnte. Er sah sie kurz an, packte sie dann an den langen roten Haaren, zog sie hinter sich her und trat die Tür zu Damms Kajüte zu.

»Da bin ich wieder!« keuchte er. »Küchenabfälle über Bord werfen . . . die Haie anlocken . . . du wolltest mich umbringen, was? Du Aas! Du gemeines Aas! Aber um einen Chagrin umzubringen, genügt ein Hai nicht! Du verdammtes Luder!«

Er schlug zu. Sie hob schützend die Arme vor ihr Gesicht, aber er kannte kein Erbarmen, wie sie auch keins gekannt hatte, und schlug mit beiden Fäusten auf sie ein, bis sie umfiel und auf den Boden rollte.

Erst da ließ er von ihr ab, gab Pascale noch einen Tritt und stieg wieder nach oben.

»Ellen –«, sagte er ganz ruhig. »Bitte, übernehmen Sie wieder die Küche. Pascale hat einen Herzanfall bekommen.«

Er verhinderte es nicht, sondern verzog nur leicht sein Gesicht, als Peter Damms an ihm vorbei unter Deck rannte.

*

Es dauerte nicht lange, und Damms erschien wieder an Deck. Sein langes, hageres Pferdegesicht mit der randlosen Gelehrtenbrille war verschlossen. Er ging ruhig auf Chagrin zu, der gerade seinen Gummianzug ausgezogen hatte und sich abfrottierte. Ellen trug den Anzug weg. Faerber malte auf die Sauerstoffflaschen einen roten Streifen. Gebraucht.

»Ich muß mit Ihnen reden, Chagrin«, sagte Damms heiser.

»Bitte. Was gibt's?« Chagrins Augen funkelten.

»Sie sind ein riesengroßes Schwein!«

»Und Sie der vollkommenste Idiot unter der Sonne.«

»Dann ist meine Reaktion ja verzeihbar!«

Ehe Chagrin mit einem Seitenschritt ausweichen konnte, hatte Damms zugeschlagen. Es saß nicht viel Kraft hinter diesem Hieb, jedenfalls nicht so viel, daß Chagrin davon umfiel, aber er taumelte doch etwas zurück, schüttelte sich wie ein nasser Hund und knurrte gefährlich. Dann sprang er vor, um Damms einfach wegzuwischen. Seine Muskeln waren gespannt.

Aber mitten im Satz hielt Chagrin an. Damms hatte ein langes Messer in der Hand und starrte ihn kaltblütig an.

»Kommen Sie!« sagte er leise. »Kommen Sie, Sie Saukerl! Eine Frau halb totzuschlagen –«

Fast gleichzeitig schrien auch Faerber und Ellen auf. Sie ließ den Gummianzug fallen, Faerber stieß die Sauerstoffflaschen zur Seite.

»Peter!«

Faerber war mit ein paar Sätzen bei ihm. Chagrin und Damms umkreisten sich wie zwei Ringer. Chagrin hatte die Finger gespreizt, sah Damms ins Auge und kümmerte sich nicht um das Messer. Einen Angriff sieht man zuerst in den Augen ... das ist eine alte Weisheit von Boxern, Ringern und anderen Zweikämpfern. Bevor die Hand vorzuckt, hat das Auge diesen Stoß schon vollzogen.

Auge in Auge mit dem Gegner, Auge in Auge mit dem Tod . . . das hat seinen Sinn und ist keine Redensart. Zuerst töten die Gedanken, dann die Hand.

»Bist du wahnsinnig geworden?« schrie Faerber. Er wollte Damms festhalten, aber der stieß ihn mit den Ellenbogen weg. Es war eine Kraft in diesem Stoß, die Faerber seinem ruhigen, bis jetzt immer sehr besonnenen Freund nie zugetraut hätte.

»Geh hinunter in meine Kajüte –«, sagte Damms heiser vor Wut. »Sieh sie dir an. Er hat Pascale fast zum Krüppel geschlagen. Hilf ihr, Hans . . . sie hat einen Arzt nötig. Das hier mache ich allein!«

»Ist das wahr?« Faerber sah Chagrin an. »Sie haben Pascale . . .«

»Ja, ich habe! Ich habe mir erlaubt, meine Meinung auszudrücken.«

Chagrin sprang leichtfüßig zurück. Damms hatte schon zugestochen, aber er traf ins Leere. Chagrin duckte sich wie ein Raubtier.

»Halten Sie Ihren Freund zurück, Hans! Das ist jetzt wichtiger. Pascale kommt wieder auf die schönen Füßchen, auch ohne Ihre Hilfe. Katzen sind zähe Tiere. Aber Ihr Freund wird unglücklich sein, wenn er über Bord zu den Haien geht. Und wenn er zwei Messer hat und am Hintern ein Schwert und zwischen den Beinen eine Kanone . . . er hat keine Chancen. Machen Sie ihm das endlich klar!«

»Geh unter Deck, Peter!« sagte Faerber und trat zwischen Chagrin und Damms.

»Geh weg!« Damms atmete rasselnd. Seine Augen hinter den Brillengläsern waren unnatürlich weit. »Du weißt nicht, wie Pascale aussieht. Was dieses Tier aus ihr gemacht hat. Das kann man nicht mit schönen Worten wegwischen! Wir sind hier ganz allein, Hans. Fünf Menschen auf einer Nußschale, in einem von Haien verseuchten Meer zwischen einer Sandbank und einem undurchdringlichen Sumpfdschungel. Was hier passiert, geht nur uns fünf etwas an! Und es wird auch unter uns fünfen bleiben! Das ist das ganze Problem: Fünf sind zuviel auf diesem Schiff . . . es dürfen nur vier sein. Diesen Fehler will ich berichtigen. Geh weg, Hans!«

Faerber wirbelte herum. »Chagrin!« rief er. »Seien Sie wenigstens der Klügere, wenn mein Freund sich schon zum Verrückten entwickelt. Gehen Sie in ihre Heckhütte.«

»Das könnte Ihnen so passen!« Chagrin lachte heiser. »Soll ich Tag und Nacht wach bleiben und auf diesen Idioten warten, bis er endlich kommt, um mich umzubringen? Darin hat er wenigstens recht: Wir können nicht weg! Wir fünf sind hier aneinandergekettet auf Gedeih und Verderben. Keiner kann ausbrechen . . . weil jeder weiß, daß der andere einmal zurückkommt und sich die Millionen vom Meeresboden abholt. Wir werden erst wieder Menschen werden, wenn wir das Gold auf dem Tisch liegen haben. Passen Sie auf, Hans! Ihr Freund kann auch Sie in den Rücken stechen. Liebe und Wahnsinn sind Geschwister. Wenn er der Ansicht ist, daß hier einer zuviel ist, dann tragen wir das aus!«

»Ich bürge dafür, daß Peter Sie nicht anrührt, Chagrin! Bitte, gehen Sie nach hinten.«

»Dann legen Sie den Verrückten in Ketten!«

»Es wird nicht nötig sein. Er ist ein intelligenter Mensch.«

»Das sind die Schlimmsten, wenn sie durchdrehen! Aber bitte . . .«

Chagrin hob die Schultern und ging langsam rückwärts von Damms und Faerber weg.

»Wer mir nachkommt«, sagte er dabei, »riskiert mehr, als nötig ist. Aha! Die erste Meldung.« Ellen kam die Treppe hinauf. Sie sah verstört und doch merkwürdig tatkräftig aus. »Wie geht es der roten Hexe?«

»Du mußt kommen, Hans —«, sagte Ellen langsam. »Sie sieht furchtbar aus.«

Damms stieß einen dumpfen, geradezu unmenschli-

chen Schrei aus, stürzte nach vorn, Chagrin wich schnell
zurück und rannte die Treppe hinunter. Unten hörte
man seine zerbrechende Stimme: »Pascale! Pascale!
Mein Liebling —«

»Wir werden das Unternehmen abbrechen, Hans!«
sagte Ellen hart. »Dieses verdammte Gold da unten
bringt uns alle um!«

»Die Idee ist gut«, sagte Chagrin. »Aber undurch-
führbar. Ich für meinen Teil werde nur an Land gehen,
um mir ein eigenes Boot zu chartern und dann zurückzu-
kommen.«

»Nehmen Sie das Gold, Chagrin. Ich verzichte darauf!« sagte Ellen laut. »Ich kann ohne Millionen leben.«

»Brav, mein Mädchen!« Chagrin zeigte auf Faerber.
»Dann fragen Sie ihn mal danach!«

Faerber zögerte. Er sah Ellen kurz an und wandte sich
dann ab zur Treppe. »Es ist unmöglich«, sagte er leise.
»Wir müssen zusammenbleiben.«

»Aber nicht aus Liebe!« schrie Chagrin. Er lachte
schallend, wandte sich ab und lief nach hinten zu seinem
Baumbusverschlag. Erst als die Tür zufiel, erstarb auch
sein widerliches Lachen.

Faerber senkte den Kopf. Er fühlte Ellens Blick in seinem Nacken und schämte sich.

Er wußte selbst, daß er sich verändert hatte. Es hatte
begonnen, als Chagrin auftauchte und rief: »Ich habe
das Wrack entdeckt!«

Von dieser Stunde an dachte er nur noch in goldenen
Zahlen.

Wer kann das nicht verstehen? 4,5 Milliarden Mark!
Die meisten wissen nicht einmal, wieviel Nullen das
sind:

4 500 000 000!

Viertausendfünfhundert Millionen!

In zwei Händen.

Wer würde sich nicht da verändern?

»Begreifst du das wirklich nicht?« fragte Faerber und zog Ellen an sich.

Sie schüttelte den Kopf. »Nein.«

»Dann bist du kein Mensch, Ellen!«

»Ich liebe dich, Hans«, sagte sie leise. »Das ist mir mehr wert als aller Reichtum der Welt . . .«

Pascale sah auf den ersten Blick wirklich furchtbar aus, aber als Faerber ihr blutüberströmtes Gesicht gewaschen, die Kopfplatzwunde geklammert und gegen Infektionen mit Penicillin eingepudert hatte, als er ihre anderen Hautrisse mit Merfen bepinselt hatte, sah sie wieder wie ein Mensch aus. Allerdings wie ein Mensch, dessen Kopf über ein Reibeisen geschabt worden war. Damms hielt Pascales Hände fest, küßte ihre Augen, sagte eine Masse dummes und verliebtes Zeug und benahm sich wirklich wie ein Verrückter. Faerber mußte ihn mit sanfter Gewalt aus der Kabine drängen, damit Ellen und Pascale allein blieben. Er hatte Pascale eine starke Schmerztablette gegeben, sie mußte bald wirken.

»Und wenn du noch so verliebt daherstammelst«, sagte Faerber oben im Ruderhaus, »es bleibt die Tatsache: Sie hat Küchenabfälle über Bord geworfen und damit die Haie angelockt.«

»Unkenntnis!« sagte Damms. »Gedankenlosigkeit . . . willst du Pascale daraus einen Strick drehen?«

»Ja! Bei aller Verblendung von dir, bei allem Aufruhr deiner Hormone – es muß gesagt werden: Es war keine Unkenntnis. Pascale zieht seit vier Jahren mit Chagrin über die Meere. Sie ist als Pflegetochter Chagrins – wenn das überhaupt stimmt! – in einer Taucheratmosphäre aufgewachsen. Sie kennt nichts anderes als den Beruf des Tauchens . . . und sie sollte nicht genau wissen, daß man in Haigewässern keine Abfälle über Bord werfen kann?«

Damms starrte durch das Fenster über das Meer. Die Haie umkreisten in bestialischer Geduld noch immer das

Schiff. Nach Chagrins Meinung würde das in den nächsten Tagen so bleiben.

»Du kannst sagen, was du willst«, knurrte Damms. »Ich glaube es nicht. Nie!« Er schielte zur Seite. »Fang nicht an und hänge Pascale auch noch das Unglück mit Ellen an den Hals!«

»Jetzt bin ich fast sicher, daß sie bewußt die Sauerstoffflaschen verwechselt hat.«

»Danke!« Damms' Stimme war kalt, wie eingefroren. »Das genügt. Wir sind keine Freunde mehr, Hans! Es ist vorbei!«

»Das habe ich erwartet.« Faerber ging hinaus auf Deck. »Dieses Weibsstück hat dich total verhext!«

»Wenn schon! Ich bin zum erstenmal in meinem Leben glücklich.«

»Und wann fängst du an, ihr zu helfen, uns systematisch umzubringen?«

»Vielleicht morgen schon! Ich werde jeden töten, der Pascale etwas zuleide tut! Ist das klar?«

Sie sahen sich an, und sie wußten beide, daß damit eine zwanzigjährige Freundschaft zu Ende war.

Chagrin hatte sich in seiner Deckhütte verbarrikadiert. Er hatte alle leeren Kisten von innen vor der Tür aufgestapelt, hatte sein Bett mit Kartons umgeben und unmittelbar neben seinen Kopf die Säcke mit Mehl und Zucker aufgestellt.

»Als Ersatz für Sandsäcke!« rief er durch die Tür, als Faerber anklopfte. »Ich weiß, Ellen reklamiert Mehl. Die Säcke stehen neben meinem Kopf. Wenn Sie etwas haben wollen, gebe ich es portionsweise heraus. Aber fünf Schritte weg von der Tür! Ich schieße sofort. Ich habe eine 38er bei mir, das wissen Sie.«

»Wollen Sie ab jetzt immer dort leben, René?« fragte Faerber.

»Ja. Ihre Garantie ist mir nichts wert. Verliebte Verrückte versichert nicht einmal Lloyds, und bei denen

74

können Sie sich sonst sogar eine Veränderung an Ihrem Hintern versichern lassen!«

»Und wenn wir tauchen?«

»Vorläufig fällt das aus. Das rote Luder hat die Haie verrückt gemacht. Blutiges Rindfleisch hat sie ins Meer geworfen! Das berechtigte mich, sie blutig zu schlagen. Erklären Sie das Ihrem Freund.«

»Ich habe keinen Freund mehr, Chagrin. Auf dem Schiff leben nur noch feindliche Gruppen. Es ist die Hölle geworden.«

»Irrtum, Faerber!« Chagrin lachte bitter. »In der Hölle weiß jeder, was los ist. Wir sind noch total im ungewissen!«

Am Abend flog ein kleines, einmotoriges Sportflugzeug vom Land her über die ›Nuestra Señora‹. Es hatte gelbe Tragflächen, eine grellrote Schnauze und an beiden Seiten einen Jaguarkopf aufgemalt.

Über dem Schiff ging es tiefer und überflog mehrmals das Deck in so geringer Höhe, daß Faerber meinte, er könne die runden Räder ergreifen. Zwei Männer in Lederkappen saßen in den offenen Sitzen und reagierten nicht auf Faerbers Winken. Chagrin kam aus seiner Kistenburg heraus und schoß ohne Warnung mit seiner 38er auf die Maschine. Sie machte sofort kehrt und flog zur Küste Yukatans zurück.

»Sie sind wohl total übergeschnappt?« rief Faerber. »Was haben Ihnen die Männer getan?«

»Nichts. Noch nichts. Aber warten Sie ab!« Chagrin griff in die Hosentasche und lud den Revolver nach. »Drüben ist man munter geworden. Überlegen Sie mal, Faerber: ein Schiff, das jetzt fast zwei Wochen still, ohne sich zu rühren, zwischen der Küste und der Chinchorro-Bank liegt. Wenn wir nicht Idioten sind, müssen wir hier etwas vorhaben. Und genau das denken die da drüben!« Chagrin steckte den Revolver in seinen Gürtel. »Lieber Freund-Feind: Wir werden unsere Millionen noch verdammt hart verteidigen müssen . . .«

Amerigo Santilla und Pedro Dalingues flogen zur Küste zurück.

Ein Schuß Chagrins hatte ihren linken Flügel getroffen, ohne aber viel Schaden anzurichten. Die Kugel hatte nur ein kreisrundes Loch in den Flügel geschlagen. Aber das war nicht das Entscheidende – wichtiger war, daß man jetzt wußte, daß keine Fremden auf dem Schiff willkommen waren. Das wiederum bestätigte, was die Fotos, die Emanuele und Domingo auf der ›Nuestra Señora‹ aufgenommen hatten, deutlich zeigten: Irgendwo da unten im Meer lag ein versunkenes Schiff, und eine Handvoll Fremder machte sich daran, es zu heben.

Santilla, der die kleine Sportmaschine flog, war extra aus Mexico City nach Chetumal in Yukatan gekommen, um sich persönlich von der Wahrheit der Meldung zu überzeugen. In Chetumal unterhielt er eine Zweigstelle seiner Handelsfirma. Wenn man hörte, was er exportierte, wunderte man sich über seinen Reichtum: Santilla vertrieb steinerne, tönerne, hölzerne und eiserne Nachbildungen alter Maya-Kunstwerke. Vom Kopf des Regengottes bis zur Sonnenscheibe. Von der heiligen Schlange bis zur Darstellung des Mädchenopfers von Chichén-Itzá.

Das Geschäft lief gut – aber wer kann sich davon einen Palast in Mexico City, eine Hazienda an der Küste, drei Sommersitze, über das ganze Land verteilt, einen Düsen-Jet und zwei Sportflugzeuge leisten? Von den Autos sprach schon gar keiner mehr. Ein Bentley gehörte zur Alltagsausstattung.

Es mußten also andere Geldquellen angebohrt worden sein, und genau das war das Geheimnis von Santillas Erfolg.

Er war – schlicht gesagt – der letzte große Pirat an Mexikos beiden Küsten. Für ihn fuhren vierzehn schnelle, mit Kanonen bestückte Motorjachten die Küsten auf und ab und kaperten alles, was Geld brachte. Die Seepolizei kam notorisch zu spät, außerdem waren Santillas private Kriegsschiffe schneller ... und die Marine lag immer woanders als dort, wo Santillas Piraten auftauchten. Bis sie am Tatort war, hatten die Piraten die Waren schon längst ausgeladen, rollte die Beute bereits in Lastwagen zu den einzelnen ›Filialen‹ des cleveren Santillas.

Jeder Polizist an der Küste wußte von diesen Geschäften, aber niemand sprach darüber. Zu viele Hände mischten mit, vom kleinsten Hafenbeamten bis zum angesehenen, einflußreichen Bankier. Man munkelte sogar, daß hohe Polizeibeamte beim Auftauchen von Santillas Piratenflotte auf beiden Augen blind wurden.

Wie gefährlich es war, Santillas Geschäfte zu stören, erfuhr auch ein amerikanischer Reporter. Was an Mittelamerikas Küsten gemunkelt wurde, wollte er ganz genau wissen und begann mit seinen Recherchen über das moderne Freibeutertum.

Der Reporter verschwand spurlos. Niemand suchte ihn ... es wäre bare Zeitverschwendung gewesen.

Und Santillas Schnellboote kreuzten weiter vor den Küsten, kaperten oder verlangten einen ›Schutzzoll‹.

Bereits vor Wochen, als Faerber in Yukatan die ›Nuestra Señora‹ charterte und umbauen ließ, als die Handwerker von Xcalak und die Fischer an der Küste von Quintana Roo das Geschäft ihres Lebens machten, indem sie das Schiff mit Waren belieferten, bekam Santilla in Mexico City einen Wink von seinem Vertreter in Yukatan, dem Erzhalunken Pedro Dalingues.

Dem war eine lange Sitzung der ›Sektion Yukatan‹ vorausgegangen, von der Santilla natürlich nichts wußte. Auf dieser Sitzung waren sich alle über eines einig: Der Fisch, der da draußen an den Chinchorro-Bänken herumschwamm, war zu groß, um ihn allein und ohne Santillas Segen an Land zu ziehen. Auch fuhren seine Schnellboote nicht die fieberverseuchte Küste von Yukatan ab, denn hier gab es nichts zu kapern als arme Fischer, Schwammtaucher und ein paar selbständige, aber nicht sehr erfolgreiche Perlenfischer. Es war die unlukrativste Strecke ganz Mittelamerikas. Man mußte also mit konservativen Mitteln vorgehen, so wie vor hundert Jahren die berühmten Kollegen mit der schwarzen Flagge.

Nun war der große Santilla selbst gekommen, hatte die ›Nuestra Señora‹ besichtigt und sagte zu Dalingues, nachdem sie auf dem kleinen Flugplatz von Chetumal gelandet waren:

»Ich überlasse die Sache dir, Pedro. In diesem Fall beteilige ich dich ausnahmsweise mit 10% am Gewinn. Was du brauchst, fordere an. Nur eines wollen wir vermeiden: Aufsehen. Noch weiß keiner, was diese Ausländer eigentlich vorhaben. Aber ich werde mich erkundigen.«

10 Prozent Beteiligung ... Santilla ahnte nicht, daß er damit Dalingues zum Millionär machen würde.

Den ganzen Tag telefonierte Santilla dann herum, ließ seine Beziehungen bis in die Ministerien spielen ... und erfuhr nichts. Nur so viel war herauszubekommen: Es handelte sich um Deutsche. Drei Männer, zwei Frauen. Santillo lachte zufrieden:

»Über diese fünf Finger ziehe ich meinen Handschuh!« rief er gutgelaunt. Er machte oft solche Bonmots. »Aber die ältesten, Señores! Was können fünf Menschlein schon aus diesem Mistmeer holen? Alte Kanonen und Kochtöpfe. Pedro – ich schenke dir die komplette Ausrüstung, die du ihnen abnimmst. Mehr kannst du nicht holen!«

Wie ein so kluger Mensch wie Santilla sich so irren konnte!

Am Abend noch stieg er mit seinem Düsen-Jet auf und flog zurück nach Mexico City. Seine ›Küstengeschäfte‹ waren ihm wichtiger. Dabei lag vor seiner Tür der größte Schatz, der je aus einem Wrack gehoben werden konnte.

Pedro Dalingues rief seine kleine Mannschaft zusammen: Emanuele, Domingo, das Aztekenhalbblut Paulus und das Mayahalbblut Jesus Maria. Lauter getaufte Männer, die gläubig dem Padre die Hand küßten, im Kirchenchor von Xcalak sangen und bei der Prozession den Himmel trugen.

»Freunde«, sagte Pedro feierlich. »Wir haben das Glück gepachtet. Santilla hat das Interesse an der merkwürdigen Sache da draußen verloren – aber ich glaube, wir werden noch eine Überraschung erleben.«

Die kleine Truppe begann ihre Vorbereitungen. Sie rüstete drei Boote aus und wartete dann ab, was sich weiter da draußen auf dem Meer tat. Ein Boot war ständig unterwegs zur Überwachung der ›Nuestra Señora‹. Tag und Nacht lag es in Sichtweite.

»Wir haben Zeit, Freunde«, sagte Dalingues. »Unser großer Tag kommt, wenn die da drüben aus dem Meer holen, was ich erträume. Dann brauchen wir nur zu kassieren.«

»Sie sind bewaffnet«, warf Jesus Maria ein.

»Wir nicht, ha? Außerdem sind wir nur bis heute die Wachtposten. Wenn es ans Stürmen geht, werden wir zwanzig, dreißig, fünfzig Mann sein! Wo gibt es hier an der Küste einen Mann, der für 1000 Pesos nicht einen Menschen umbringt?!«

Emanuele, der die Klosterschule besucht hatte und rechnen konnte, sah Pedro lange an. Dann sagte er:

»1000 Pesos mal 50 Mann sind 50 000 Pesos! Du hast den Verstand verloren, Pedro.«

»Wir werden ihn zusammenhalten müssen, wenn meine Vermutungen stimmen. Dann werden wir mit den Pesos unsere Betten füllen.«

Die anderen braven Männer starrten Pedro an, wunderten sich, daß er nicht nach Xtabentun, dem süßen Honiglikör Yukatans stank, obgleich er ganz klar besoffen war, und einigten sich, weiter zu warten.

So begann die vierte Woche.

Die Haie waren wieder abgezogen.

Nach einer Woche Belagerung sagte ihnen ihr Instinkt, daß hier nichts zu holen war. Die Front löste sich auf ... als Chagrin nach sieben Tagen ein Stück Holz ins Meer warf, schoß keine dreieckige Rückenflosse mehr heran und schnappte kein widerliches, zahnblitzendes Maul nach dem provozierenden Gegenstand.

»Jetzt können wir wieder«, sagte Chagrin zu Faerber. »Aber nur gemeinsam, mein Lieber. Einschließlich meines Erzfeindes Peter Damms! Und wenn er nur auf dem Felsen herumsitzt wie Ihre Loreley ... ich habe ihn unter Wasser, und unter Wasser bin ich euch allen überlegen, als sei ich fünffach vorhanden.«

»Das ist mir klar, Chagrin.« Faerber zog den Reißverschluß seines Gummianzuges zu. »Also alle. An etwas anderes habe ich auch nicht gedacht. Und Ellen bedient oben das Funkgerät.«

»Wir sollten für die Zeit, wo wir unten sind, Pascale fesseln und einsperren«, sagte Chagrin böse. »Ich weiß, Ellen wird mit ihr körperlich leicht fertig ... aber diese Katze ist so listenreich, daß sie noch gefährlich ist, wenn sie in der Pfanne liegt! Was meinen Sie, Hans?«

»Wir haben Peter bei uns ... das ist der beste Schutz gegen Pascale.«

»Und womit schützen Sie sich vor mir?« fragte Chagrin aggressiv.

»Mit dem Millionenschatz. Sie allein schaffen es nie, René.«

»Das stimmt. Aber nachher ...«

»Nachher werden wir von dem Reichtum so friedlich sein ...«

»Das wäre geradezu unmenschlich. Das wäre pervers!« Chagrin lachte bitter. »Sie glauben, es ist für alle genug?«

»Genau. Es ist wie mit der Atombombe. Als einer sie hatte, zitterte die ganze Welt. Jetzt, wo mehrere sie haben, ist sie ein Garant des Friedens. Jeder weiß, was ihm blüht, wenn sie losgeht. Wir werden auch wissen, was mit uns wird, wenn wir das Wrack erobert haben.«

»Hinein!« Chagrin kletterte die Treppe hinunter. An Deck erschien Damms im Taucherzeug, hinter ihm Pascale. Ihr Gesicht war wieder abgeschwollen, nur der Stirnverband lag noch um ihren Kopf. Chagrin wartete, bis Damms seine Sauerstoffflaschen auf den Rücken geschnallt hatte und startbereit neben Faerber stand. Dann erst tauchte er weg.

Ihm folgte Damms, als letzter ließ sich Faerber ins Wasser gleiten. Ellen kurbelte den großen Schutzkäfig hinunter. Sie winkte Faerber zu, aber sie sah sehr ernst aus. Es war kein fröhliches Winken.

In dem Boot, das als dunkler Punkt vor der Küste lag, hob Paulus, der heute Wache hatte, das Walky-Talky an den Mund.

»Sie steigen wieder runter, Pedro«, rief er zur Küste. Dort saßen in einer armseligen Hütte Dalingues und seine Mannschaft und spielten Karten. »Was soll ich tun?«

»Über Bord scheißen!« sagte Pedro gemütlich. »Paß auf, ob sie was hochziehen! Kannst du alles klar sehen?«

»Ganz klar. Die Rote läuft herum, und die andere sitzt an einem Funkgerät.«

Es war ein Freitag.

Man soll nicht abergläubisch sein, aber selbst vor Yukatan hat ein Freitag sein besonderes Image.

Schon beim dritten Tauchen, nach einem Wechsel der Sauerstoffflaschen, stießen Damms und Faerber nach einem halben Meter Tiefe im Sand auf Holz.

Das Schiffsdeck der ›Zephyrus‹ oder nur ein langes, breites, abgesprengtes Brett?

Chagrin schwamm heran. Er hatte an einem anderen Platz gegraben. Er brachte ein langes Brecheisen mit und stieß es in das Holz. Nach sechs Stößen brach es ein ... ein Loch, umgeben von faulenden Splittern, und darun-

ter ein Hohlraum. Dunkel, geheimnisvoll, eine unbekannte, warnende, gefährliche Tiefe.

»Den Scheinwerfer«, sagte Faerber zitternd vor Erregung. »Peter, den Scheinwerfer her!«

Schweigend reichte Damms den großen Scheinwerfer
herüber. Chagrin erweiterte das Loch noch durch einige
kräftige Stöße, bis es so groß wie ein Teller war.

Faerber leuchtete mit dem Scheinwerfer hinein, und
Chagrin schwamm ganz nah neben ihm, um in das Loch
zu blicken. Der starke Lichtschein geisterte durch das
Wasser, das schwarz wie Tinte aussah. Hier war seit 432
Jahren kein Licht mehr hereingefallen, hier war bis heute
ewige Nacht gewesen.

Chagrin stieß sich ab und kam zu Faerber und
Damms. Hinter seinem großen, ovalen Brillenglas waren
seine Augen weit geöffnet. Fahle Blässe lag über seinem
Gesicht. Als er jetzt sprach, klang es wie ein Krächzen.

»Wir sind mittendrin –«, sagte er stockend. »Mittendrin! Im mittleren Mannschaftsraum . . . Ich habe einen
Berg von Gerippen gesehen . . . Mein Gott, welch ein
Anblick! Sie liegen zu mehreren übereinander, als . . . als
hätten sie sich gegenseitig erwürgt –«

*

Eine Weile ruhten sie sich aus, setzten sich auf eine Fels-
nase und sagten kein Wort. Daß sie so schnell ans Ziel
kommen würden, hatten sie nicht erwartet. Da lag ein
fast erhaltenes Schiff über 400 Jahre auf dem Meeresgrund, konserviert durch Sand und eine geisterhafte
Ruhe des Wassers, vielleicht auch durch eine besondere
Präparierung des Holzes. Man hatte ja auch schon Wi-
kingerschiffe gefunden, in denen sich weder Holzwurm
noch Schimmel festgesetzt hatten. Es lag da mit einem
Millionenschatz, und der Gedanke an seinen jetzigen
Wert machte sie schwindelig. Sie hatten nur einen halben Meter Sand wegschaufeln müssen, um ein vergan-

genes Jahrhundert vor ihren Augen wieder lebendig werden zu lassen.

Das war so fantastisch, im Augenblick auch so unbegreiflich, daß sowohl Chagrin wie auch Faerber eine Atempause brauchten, um das zu verkraften.

Peter Damms war der erste, der sich rührte. Er hatte als Archäologe Erfahrungen mit den Überresten vergangener Jahrhunderte.

Er hatte in Anatolien gegraben, in Ninive und am Niederrhein, nördlich von Xanten, wo er ein germanisches Grab freigelegt hatte. Für ihn war die Begegnung mit den Toten fast eine Leidenschaft geworden . . . er konnte sich in ihr Zeitalter zurückversetzen, als habe er die Uhr zurückgedreht.

»Die Transportkörbe, Ellen!« rief er nach oben. »Die beiden Backbordwinden. Und schick zwei Äxte herunter und die kleine Elektrosäge.«

»Er ist wie ein Jäger, der das Wild in der Fallgrube hat«, sagte Chagrin. »Faerber, was gäbe ich dafür, wenn man unter Wasser rauchen könnte. Jetzt eine Zigarette . . . ich würde eine Million dafür hinlegen.«

»Werfen Sie nicht jetzt schon mit Ihrem Geld herum, René.« Aber Faerber war in der gleichen Stimmung. Außer einer Zigarette hätte er auch einen großen Kognak vertragen. »Wieviel Tote sind es?«

»Ein ganzer Berg.« Chagrins Stimme nahm wieder an Festigkeit zu. »Wie hoch war die Besatzung einer solchen spanischen Karavelle?«

»Das ist Peters Fachgebiet.«

»Es war unterschiedlich.« Damms blickte nach oben. Der erste Transportkorb sank neben dem Rettungskäfig langsam in die Tiefe. »War es ein reines Transportschiff, hatten sie nur eine militärische Begleitung an Bord, wegen der Piraten. War es eine Kriegskaravelle, dann können bis zu dreihundert Mann auf dem Schiff sein. Die ›Zephyrus‹ war beides . . . Handelsschiff und Kriegsschiff. Ein reiner Goldtransport aus dem Eldorado der eroberten Gebiete. Wir werden es ja sehen.«

»Und wo liegen die Schatzkisten?« fragte Chagrin.

»Im Kommandantenteil meistens. Am Bug kaum, das war zu gefährlich. Damals gehörte zur Seekriegstaktik das Rammen, und das geschah mit dem eisenbeschlagenen Bug. Es gab Schiffe mit weitausladenden, massiven, dicken Eisenspitzen. Überdimensionierte Speere, die sich in die Gegner bohrten.«

»Das heißt also: Wenn wir durch das Loch einsteigen, müssen wir – falls möglich – durch das Schiff nach hinten wandern.« Chagrin blickte über den sandigen Meeresboden. »Wenn man jetzt wüßte, wo da unten hinten und was vorn ist!«

»Ich werde vorausschwimmen.« Peter Damms zog den Transportkorb an dem Nylonseil zu sich heran. Chagrin hatte recht behalten: Hier unten gab es keine Gegnerschaft mehr, keine Todfeindschaft, nur noch das alle miteinander verbindende Erlebnis, auf einem goldenen Teppich zu stehen. »Gut«, sagte Chagrin. »Sie schwimmen voraus. Aber wir binden Ihnen ein Seil um den Leib, damit wir Sie immer in der Nähe haben. Ich bin zwar noch nie durch ein versunkenes Schiff gegangen, aber ich weiß aus Berichten anderer Taucher, daß sie plötzlich irgendwo festgeklemmt waren und nur unter größten Schwierigkeiten oder durch die Hilfe ihrer Kameraden mit dem Leben davonkamen. Stellen Sie sich vor, ein Teil des Schiffes bricht hinter Ihnen zusammen und schneidet Ihnen den Rückweg ab!«

»Das ist möglich.« Damms Stimme klang fast gleichgültig. »Man kann da unten eine Tür öffnen, und alles stürzt ein.« Er sah durch seine große Brillenscheibe Chagrin fragend an. »Scheuen Sie auf einmal das Risiko, Chagrin?«

»Ich war nie ein Feigling! Aber wenn ich zwischen Vorsicht und Leichtsinn wählen muß, entscheide ich mich für das weniger Heldische.«

Von oben tönte Ellens Stimme in die Kopfhörer. »Korb zwei mit Elektrosäge kommt. Ich habe alles mitgehört. Wenn es so gefährlich ist, überlegt um Gottes willen genau, was ihr tut! Pascale steht an der Winde. Seht ihr den Korb?«

Von oben schwebte der zweite stählerne Behälter herunter. Chagrin stieß sich vom Felsen ab. »Hoffentlich hat sie die Säge nicht mit Sprengstoff geimpft!« sagte er böse. Es war das erste Wort über die fast vergessenen Geschehnisse an Bord. Der heilige Schock der Entdeckung war verflogen. Die Fronten wurden wieder abgesteckt.

»Ich werde die Säge bedienen«, sagte Damms. »Wenn ich in die Luft fliege, brauchen Sie sich nicht in die Hose zu scheißen, Chagrin.«

»Stimmt. Ich hatte vergessen, daß Pascale weiß, wer die Säge bekommt. Unsere Sicherheit ist garantiert.« Sie schwammen zu dem freigelegten Deckteil zurück. Faerber stellte den großen Scheinwerfer wieder an, und Damms holte die Elektrosäge aus dem Behälter. Er erweiterte das Loch, bis man bequem einsteigen konnte. – Das Holz ließ sich wie Butter schneiden, es war völlig durchgeweicht, aber es hatte doch seine Form behalten, bis jetzt die moderne Technik kam und es zerstörte.

Damms reichte die Säge an Chagrin weiter und zeigte dann in die schwarze Tiefe. »Ich gehe hinein.«

»Erst Ihr Rettungsseil, Damms.« Chagrin schwamm um ihn herum, verknotete einen weiß-blauen Nylonstrick um Damms' Leib und kontrollierte dann den Inhalt der Sauerstoffflaschen. »Noch für zwanzig Minuten Luft. Leisten Sie sich keine Einbrüche, Damms. Wenn wir Sie irgendwo herausholen müssen, kann es verdammt knapp werden.«

»Wir werden dicht zusammenbleiben«, sagte Faerber.

»Ich bin anderer Meinung. Einer sollte immer in einem Sicherheitsabstand bleiben, um im Notfall eingreifen zu können. Was nutzt es uns, wenn wir in treuer Kameradschaft alle in der Scheiße sitzen?«

»Akzeptiert! Wer bleibt draußen?« fragte Damms.

»Chagrin!« sagte Faerber ohne Zögern.

»Danke für das Vertrauen. Haben Sie keine Angst, daß ich das Kontrollseil loslasse und mit einem Bums das Schiff zum Einsturz bringe? Dann bin ich Sie beide los.«

»Und die Millionen auch, René.« Faerber lächelte hinter seiner Brille. »So ein Riesenidiot werden Sie nicht sein.«

Faerber nahm den großen Scheinwerfer und wartete, bis Damms in das Loch hinuntergeglitten war. Dann folgte er und zog unwillkürlich die Schultern hoch.

Chagrin hatte nicht übertrieben ... In dem großen Raum – es war einer der Mannschaftssäle – lagen unzählige Gerippe. Einige Knochenfinger deuteten noch in die Halsgegend der anderen Gerippe, ganz so, als habe hier unten im Augenblick des Sinkens ein verzweifelter Kampf um das Leben stattgefunden. Den Grund sahen sie sofort ... ein Berg von Knochen lag aufgetürmt vor einer dicken Bohlentür. Sie war der einzige Ausgang aus diesem Raum, der zum fürchterlichen Grab geworden war ... eine Tür, die nach innen aufging und die nicht zu öffnen war, weil sich in kopfloser Panik ein Knäuel Männer auf einmal gegen sie geworfen hatte. Jeder wollte den anderen wegstoßen, wollte nach oben, wollte leben ... man hatte sich getreten und gewürgt, gebissen und mit den Fäusten aufeinander eingeschlagen und damit die letzten Minuten verloren. Dann brach die Wasserflut durch die aufreißenden Kanonenschächte, und eine gewaltige Druckwelle ertränkte alle. Peter Damms schwamm langsam zu den Knochenhaufen und kniete neben ihnen nieder. Helme, Degen, breite Schlagschwerter, Gürtelschnallen, Brustpanzer, Schlösser und Läufe von Flinten lagen zwischen den Gerippen, eine Hand hielt noch einen Degen umklammert, dessen Schneide tief in den Rippen des gegenüberliegenden Toten stak.

Ein Kampf Mann gegen Mann um die paar Meter bis zur Tür –

»Es ändert sich nichts auf der Welt«, sagte Damms mit rostiger Stimme. »Nur die Jahreszahl.« Er zeigte auf die dicke Bohlentür. »Da müssen wir durch, Hans. Erst dann wissen wir, wo Vorschiff und Heck sind.«

»Dann stimmt hier etwas nicht.« Faerber schwamm zu dem Knochenberg. »Das Heck mit den Kapitänsräumen war der höchste Teil des Schiffes. Die ›Luxusklasse‹. Das Prunkstück jedes Schiffes. Es müßte, wo es auch ist, aus dem Wasser ragen, wenn wir hier in der Mitte sind.«

»Die ›Zephyrus‹ muß auseinandergebrochen sein. Das Heck ist tiefer abgesunken. Der Boden hier ist nicht gleichmäßig ... wo das Heck liegt, muß der Meeresgrund schräg abfallen. Das ist die einzige Erklärung, wenn man an nichts anderes denken will.«

»Und das andere wäre?«

»Das ganze Heck ist abgerissen und weggetrieben worden.«

Faerber starrte Damms an. »Und mit ihm die Millionen ...«

»Ja.« Damms lachte gluckernd. »Das wäre ein Fest, wenn wir nur Gerippe an die Sonne holten. Kriegsgräberfürsorge nach 432 Jahren.«

»Gibt es ein Problem?« hörten sie Chagrins Stimme. Faerber leuchtete nach oben. Chagrins Kopf zeigte sich in dem Loch.

»Es kann sein, René«, sagte Faerber, »daß wir keine Millionäre, sondern Totengräber werden.«

»Machen Sie keine dämlichen Witze, Hans!« sagte Chagrin grob.

»Wenn das Heck weg ist, können wir Knochen sammeln. Wir werden von Spanien eine Verdienstmedaille bekommen. Das ist doch schon etwas.«

»Ihr Humor ist Mist, Hans! Warten Sie, ich komme nach.« Chagrin trieb nach unten und bemühte sich, nicht auf den Boden des Raumes zu kommen, wo die Toten herumlagen. Er schwamm herum und beobachtete Damms, der mit einer Gleichmäßigkeit, als grabe er einen Garten um, die Gerippe mit beiden Händen von der Bohlentür wegwarf. Die Knochen schwebten durch das Wasser. Oberschenkel, Unterschenkel, Rippenbögen, Oberarme, Beckenknochen, Schädel mit grinsenden' Zähnen ... Ein Anblick wie eine höllische Vision, als sie durch das Wasser tanzten.

Chagrin stieß Faerber an. »Ich wußte gar nicht, daß Peter einen so absurden Spieltrieb hat«, sagte er rauh. »Gerippe um sich werfen ... wenn sich das in der High Society durchsetzt, gibt es keine Begräbnisprobleme mehr.«

»Wir müssen durch die Tür, Chagrin. Der einzige Weg. Was dahinter liegt, entscheidet alles! Kommen Sie, helfen Sie mit –«

Sie warfen die Knochen zurück in den großen Raum und hatten die Tür bald freigelegt. Öffnen ließ sie sich nicht. Das dicke, handgeschmiedete Schloß war verrostet und rührte sich nicht. Auch die Türangeln mit den breiten Beschlägen waren unbeweglich.

»Eine Axt?« fragte Chagrin.

»Zu gefährlich. Die Säge!«

Chagrin tauchte durch das Deckenloch weg und kam kurz danach mit der Elektrosäge wieder. Diesmal übernahm Faerber die Arbeit. Er setzte die Spitze über dem Schloß an und schnitt in das Holz. Die dicken Bohlen waren fester als die Deckenplanken, aber auch hier fraß sich die Säge leicht hinein. Nach zehn Minuten stieß Chagrin mit dem Axtstiel das Schloß heraus. Aber die Tür rührte sich noch immer nicht.

»Das ist nicht möglich«, sagte Damms. »Himmel, das ist doch nicht möglich.« Er griff durch das ausgesägte Loch und tastete die Rückseite der Tür ab. Dann zog er die Hand zurück und lehnte sich gegen die Wand. Sein Blick glitt über die Gerippe. Ein paar der in den Raum geworfenen Knochen schwebten noch schwerelos im Wasser. Eine Beckenschaufel, am Rande vom Lichtkreis des Scheinwerfes, sah aus wie eine verkrüppelte Manta.

»Das hier ist ein Massenmord«, sagte Damms mit völlig fremder Stimme. »Als das Schiff zu sinken begann, haben die Männer an Deck die Tür von außen verriegelt. Die Eisenriegel liegen noch in den Schlaufen. Die hier« – er machte eine weite Handbewegung –, »sind alle ermordet worden –«

»Welch eine schicksalhafte Begegnung –«, sagte Chagrin bissig. »Kameraden, ich grüße euch!«

»Lassen Sie den Quatsch!« fauchte Faerber. »Wir müssen die Tür auch auf die Gefahr hin einschlagen, daß uns die ganze Wand entgegenfällt.«

Chagrin blickte auf das Manometer von Damms' Sauerstoffgerät.

»Er hat noch für zehn Minuten Luft!«

»Das reicht!« Damms nahm ihm die Axt aus der Hand. »Halten Sie sich in der Nähe des Ausstiegs auf, Chagrin.«

»In Ordnung.« Chagrin schwamm nach oben und befand sich mit dem Kopf unmittelbar unter dem Loch.

Damms nahm die Axt in beide Hände und schlug zu. Die Tür federte, aber sie hielt noch. Der zweite und dritte Schlag brach ein großes Stück aus ihr heraus ... die Lautlosigkeit, mit der das alles geschah, das Gespenstische der gleitenden Bewegungen legte sich Faerber erdrückend aufs Herz.

Beim fünften Schlag war die Tür zertrümmert. Die Decke hatte gehalten, nichts stürzte ein. Die ›Zephyrus‹ war ein gutes Schiff gewesen.

Damms und Faerber schwammen gleichzeitig durch die Tür. Der Scheinwerfer ergriff einen großen Vorraum, von dem eine eingesunkene Treppe nach oben zu einer Falltür und nach unten in eine noch unbekannte

Tiefe des Schiffsrumpfes führte. Gegenüber lag eine breite Treppe mit geschnitztem Geländer, die im Sand endete. Damms schwamm an sie heran und kam dann schnell zurück.

»Alles klar«, sagte er. »Die Toten waren im Zwischendeck eingesperrt. Da hinunter geht's in die Laderäume. Der Prunkaufgang dort drüben führte zu dem Heck. Es ist abgebrochen und liegt tiefer unter dem Sand. Die Arbeit beginnt erst . . .«

Er schwamm zurück in den Raum mit den Gerippen und sah Chagrin unter der Decke schweben. Er hielt die Leine, an der Damms hing, mit beiden Händen fest.

»Ich hab's gehört«, sagte Chagrin. »Wir müssen wieder buddeln, wenn es keinen Weg durch die unteren Räume nach oben gibt. Dann können wir nämlich zu dem abgeknickten Teil durchbrechen.«

»Das ist unsere große Chance.« Damms löste die Nylonleine von seinem Leib. »Ich will dazu eine genaue Zeichnung machen. Ich habe den Bauplan einer Karavelle oben. Machen wir für heute Schluß.«

»Das müssen wir auch. Ihr Luftvorrat reicht noch vier Minuten! Verdammt knapp. Los jetzt!«

Er tauchte als erster durch das Deckenloch, aber bevor Faerber und Damms ihm folgen konnten, schoß er schon wieder in den Totenraum. Chagrin ruderte wild mit beiden Armen.

»Haie!« keuchte er. »Wir können nicht weg! Sie umkreisen den Käfig.«

»Und wir haben nur noch vier Minuten«, sagte Faerber dumpf. »Und keine Harpunen, keine Pistolen . . . nur die lächerlichen Messer . . .«

*

Chagrin schwamm noch einmal zu dem Deckenloch und steckte den Kopf ins freie Meer.

»Sehen Sie sich das an, Hans«, sagte er. »Sie spielen

Ringelreihen um unseren Schutzkäfig. Zwei kapitale Burschen. Sagen Sie bloß nicht: ›Was, nur zwei? Wir sind zu dritt!‹ Einer von uns geht mindestens drauf, wenn sie sich nicht auf Arbeitsteilung geeinigt haben. Außerdem passen nur zwei in den Käfig!«

»Dieses Problem ist kein Problem mehr!« Faerber steckte neben Chagrin seinen Kopf durch das Deckenloch. »Wir alle haben nur noch drei Minuten Sauerstoff. Wir *müssen* durch, sonst können wir uns gleich zwischen die Gerippe legen.«

Chagrin ließ sich wieder in den Totenraum sinken. Dort hockte Damms auf dem Boden zwischen den Knochen und hielt den Atem an. Er machte das seit einer Minuten. Luft holen – anhalten – Luft holen – anhalten. So lange, bis das Blut in den Schläfen klopfte und die Lunge sich bis zu seiner Kehle zu wölben schien. Doch er gewann damit Zeit ... Sekunden, die sich vielleicht zu Minuten summierten. Aber es kostete Kraft.

»Ein Vorschlag«, sagte Chagrin. »Nur einer versucht, in den Käfig zu kommen und dann nach oben zu steigen, im Höllentempo. Und wenn er einen hundsgemeinen Koller kriegt ... er muß sofort wieder herunter mit neuen Flaschen! Er muß das ohne Atemgerät versuchen und läßt sein eigenes hier bei den beiden anderen. Das müßte dann ausreichen.« Er sah sich um. Hinter den großen Brillengläsern starrten ihn bleiche Gesichter an ... fahl vor Angst wie sein eigenes. »Schnell, keine großen Diskussionen: Wer wagt es?!«

»Sie bleiben bei Peter, Chagrin«, sagte Faerber. Seine Stimme war erstaunlich fest. »Sie haben die größte Erfahrung und die besten Nerven.«

»Aber diesmal hat Pascale keine Küchenabfälle über Bord geworfen«, warf Damms ein.

»Verdammt! Halten Sie die Schnauze!« rief Chagrin. »Halten Sie lieber weiter die Luft an! Gut, Hans, versuchen Sie es. Die Käfigtür ist offen – wenigstens das klappt. Viel Glück.«

»Danke.«

Faerber schnallte seine Flaschen vom Rücken. Er nahm noch einmal eine gehörige Portion Sauerstoff, riß sich dann das Mundstück ab und schoß nach oben weg durch das Deckenloch. Er nahm die Motorsäge mit und stellte sie an, als er aus dem Schiff auftauchte. Das surrende Geräusch war etwas Neues für die Haie ... erschraken sie? Flüchteten sie? Oder griffen sie erst recht an?

Faerbers Herz schlug bis zum Hals. Zum erstenmal sah er sich den mordgierigen Bestien gegenüber. Sie schwammen wirklich Ringelreihen um den Schutzkäfig und schienen den Menschen noch nicht bemerkt zu haben. Erst als Hans drei Meter von dem Käfig entfernt war, beim Geräusch der Säge, als die Schallwellen sie anscheinend wie Faustschläge trafen, warfen sie sich elegant herum und starrten aus ihren kleinen, kalten, bösen Augen Faerber an.

Faerber streckte sich. Er hielt die surrende Säge vor sich wie ein Schwert und schwamm direkt auf die Haie zu. Das verwirrte sie, sie drehten ab, gaben die Tür des Käfigs frei und blieben mit leichten Schwanzschlägen im Wasser stehen.

Faerber erreichte den Käfig, schlüpfte hinein und warf den Riegel der Tür zu. Er wußte, daß Chagrin aus dem Deckenloch blickte und jetzt den Befehl nach oben gab: »Aufziehen! Mit voller Kraft!«

Der Käfig ruckte ab. Faerber lehnte den Kopf gegen die Stangen. Ich schaffe es nicht, dachte er. So lange kann ich die Luft nicht anhalten! Es geht viel zu langsam, viel zu langsam. Es sind ja nur Millimeter ... Schneller, mein Gott, schneller ... ich muß atmen ... atmen ...

Er preßte die Hände vor Mund und Nase, kauerte sich zusammen und glaubte, in wenigen Sekunden zu zerplatzen.

Die Haie begleiteten ihn nach oben und tanzten wieder um den Käfig.

Wie lange kann ein Mensch die Luft anhalten? In Indien gibt es Yogis, die lassen sich eingraben und bleiben zwei Stunden unter der Erde. Aber da muß ein Trick dabei sein, medizinisch ist das unmöglich.

Luft! Luft! Ich kann es nicht mehr aushalten! Ich muß atmen ... atmen ... Ich schaffe es nicht ...

Dann war der Drahtkäfig plötzlich im hellen Sonnenlicht. Faerber öffnete den Mund, saugte die Luft ein, und nach dem ersten Atemzug stieß er einen Schrei aus und fiel gegen die Gitterstäbe. Er sah noch die entsetzten Augen Ellens und die zerzauste, wehende, rote Fahne von Pascales Haaren, dann fiel er aus der geöffneten Tür auf Deck und blieb ohnmächtig liegen.

Unten, in fünfundzwanzig Meter Tiefe, warteten Chagrin und Damms auf neue Sauerstoffflaschen ...

Die Verbindung nach oben riß ab. Chagrin rief noch ein paarmal: »Melden! Melden!«, aber dann gab er es auf, um Sauerstoff zu sparen.

»Hans hat es geschafft!« sagte er zu Damms, der zwischen den Gerippen kauerte und sowenig wie möglich atmete. »Die Idee mit der Säge war genial! Wenn wir sparsam sind, haben wir beide noch für fünfzehn Minuten Luft. Das müßte auf alle Fälle reichen ... Schluß jetzt mit dem Reden. Nur noch eins, Peter: Wissen Sie, daß ich Sie jetzt töten könnte? Ich brauche Sie nur allein zu lassen. Sie haben noch eine Minute. So einfach ist das!«

»Tun Sie es!« antwortete Damms ruhig. »Es kürzt nur kommende Verfahren ab.«

»Sie sturer, blöder Hund!« Chagrin setzte sich neben Damms, indem er sich eine Beckenschaufel wie einen Melkschemel unter das Gesäß schob. »Sie werden bald merken, daß Pascale keine edle Liebe wert ist. Sie paßt nicht zu Ihnen, sie paßt zu mir. Ich bin genauso ein Outsider wie sie. Und jetzt Luft anhalten!«

Sie warteten zehn Minuten, saugten abwechselnd an

Faerbers zurückgelassenen Flaschen und starrten nach oben auf das Deckenloch.

Den leichten Aufprall des Stahlkäfigs hörten sie nicht. Aber dann verdunkelte sich das Loch, ein Körper glitt herein und zog zwei Atmungsgeräte hinter sich her.

Chagrin riß das Mundstück ab, gab es Damms weiter und schwamm Faerber entgegen. Erst als er neben ihm war, erkannte er hinter dem ovalen Brillenglas das Gesicht von Ellen Herder.

Er zog das neue Mundstück an sich, stieß nach unten, drückte Damms, der seinen letzten Atemzug machte, das Mundstück des anderen, neuen Gerätes zwischen die Zähne und schnallte ihm dann die Flaschen um. Ellen war unterdessen beschäftigt, Chagrin das Gerät festzuzurren. Erst als alles in Ordnung war, holte Chagrin tief Atem.

»Sie verrücktes Frauenzimmer!« rief er. »Wenn wir an Bord sind, versohle ich Ihnen den schönen Hintern! Sind Sie total übergeschnappt?«

»Wollten Sie gerne ersticken?« Ellen sah sich um. Der Gerippeberg ließ sie schaudern, aber nur einen Augenblick lang. »Was brüllen Sie mich so an?! Bis heute habe ich geglaubt, jeder Franzose sei ein Kavalier – aber das war ein Irrtum. Nicht einmal für Ihre Rettung können sie sich bedanken!«

»Wo ist Hans?«

»Pascale kümmert sich um ihn. Er lag noch ohnmächtig an Deck, als ich eintauchte.«

»Und die Haie? Mädchen! Wo sind die Haie?«

»Draußen vor der Tür.« Ellen zeigte mit dem Daumen auf das Deckenloch. Sie haben einen höllischen Respekt vor der ratternden Säge. Ich habe sie im Käfig gelassen. Da liegen auch zwei Harpunen – aber alles konnte ich nicht mitschleppen.«

Chagrin schwamm auf sie zu und legte den Arm um sie. »Ellen, Sie sind ein wunderbares Mädchen. Faerber muß ein Lieblingskind Gottes sein . . . dieser Schatz auf dem Meeresgrund und solch eine Frau!« Er blickte sich um. »Peter, Sie brauchen nicht mehr stummer Mann zu spielen. Wir werden jetzt verdammt mutig sein müssen, wenn wir uns nicht von Ellen beschämen lassen wollen. Wir sind wieder zu dritt, der Korb faßt zwei. Also geht es jetzt so: Zuerst Ellen rauf, dann wir mit der zweiten Ladung. Und möglichst keinen Zusammenstoß mit den Haien. Wir haben jetzt Harpunen . . .«

»Drei Meter entfernt«, sagte Ellen.

»Wenn Sie es geschafft haben, komme ich auch hin, und wenn der Teufel selbst Wache hält! Aber wir sollten Blut vermeiden . . . das ganze Rudel kommt sonst zurück. Was die zwei verspielten Burschen hier wollen, ist mir schleierhaft. Wenn sie unbedingt töten wollten, hätte auch die Säge sie kaum zurückgeschreckt. Auf keinen Fall bei Ihnen, Ellen.« Chagrin wurde sehr ernst. »Bei Hans war's noch die Überraschung vor dem neuen Ton unter Wasser . . . bei Ihnen hatten sie sich schon daran gewöhnt. Ellen, Sie sind neben dem sicheren Tod hergeschwommen . . .«

Und sie antwortete leise: »Ich hatte auch Angst wie nie in meinem Leben. Selbst damals nicht . . .«

Damals – damit meinte sie die Sache mit den alten Sauerstoffflaschen. Chagrin ging nicht weiter darauf ein, zumal sich gerade jetzt Pascale von oben meldete.

»Hallo! Hallo! Antwort!«

»Wir sind ganz Ohr, du Aas!« sagte Chagrin, bevor Damms etwas rufen konnte.

»Hans ist wieder auf den Beinen. Aber wackelig. Er übernimmt das Mikrofon . . .«

Und dann Faerbers Stimme, kaum verständlich, so zitterte sie.

»Ellen . . . Ellen . . .«

»Ja, Liebling«, antwortete sie.

»Alles in Ordnung?«

»Alles in Ordnung. Mach dir keine Sorgen. Wie geht es dir?«

»Wie geht es euch? Das ist wichtiger. Ich atme – das ist das Herrlichste, was es auf dieser Erde gibt.«

»Wir kommen gleich rauf, Hans«, sagte Chagrin. »Ellen zuerst. Dann fahr drei Meter vor und laß den Käfig langsam herab. Bring ihn so nahe wie möglich an das Loch heran.«

»Ich fahre sofort, René.«

Die Verbindung wurde unterbrochen. Faerber manövrierte das Schiff drei Meter vorwärts. Der große Drahtkäfig schleifte über dem Boden und kam einen halben Meter vor dem Deckenloch zum Stehen. Chagrin, der auftauchte, war zufrieden.

»Bravo!« rief er nach oben. »Den ziehen wir jetzt ran und steigen ein wie in einen Fahrstuhl. Das war Maßarbeit, Hans!«

Die Haie blieben im Hintergrund. Neugierig, lauernd, abwartend. Im Käfig ratterte die Elektrosäge. Chagrin zog den Käfig an das Loch heran und wandte den Kopf zurück.

»Mademoiselle, bitte einsteigen.« Er half ihr aus dem Ausstieg und zog die beiden Harpunen aus dem Korb. Dann stopfte er die leeren Sauerstoffflaschen in den Käfig und gab an Faerber das Signal zum Hieven.

Eine halbe Stunde später saßen sie alle unter dem Sonnensegel und tranken eisgekühlten Fruchtsaft. Die Hitze war mörderisch, das Meer dampfte.

In dem kleinen Boot vor der Küste saß das Halbblut Paulus und meldete durch sein Walky-Talky an Pedro Dalingues: »Sie haben nur sich selbst aus dem Meer geholt. Jetzt sitzen sie herum, trinken und faulenzen. Was soll ich tun?«

»Zehn Rosenkränze beten, du Schafskopf!« schrie Pedro. Ihm war es unbegreiflich, was die da draußen eigentlich taten. Vielleicht hatte Santilla doch recht: Es war nicht mehr zu holen als ein paar Taucherausrüstungen. Ein mieses Geschäft, so beschissen wie die ganze Sumpfgegend von Quintana Roo.

»Wir haben heute gezeigt, daß wir aufeinander angewiesen sind«, sagte Chagrin. »Auch auf dich, Pascale.
Jeder von uns lebte schon nicht mehr, wenn es den anderen nicht gegeben hätte. Das sollten wir nie vergessen,
solange wir zusammenbleiben . . .«

Das sagte ein Mann, der nichts anderes als Mord im
Sinn hatte. Er wartete nur ab, bis seine Zeit gekommen
war . . .

*

Die Haie blieben.

Sie betrachteten sich als Gäste, jagten ihre Beute
woanders und kamen dann zurück wie treue Jagdhunde.
Sie umkreisten die ›Nuestra Señora‹, beäugten mit
ihren kleinen, gefährlichen Augen jede Bewegung im
Wasser und erschwerten die Situation.

Faerber unterbrach das Tauchen für Tage, bis Damms
seine Skizze angefertigt hatte. Was dabei herauskam,
war eine schöne Zeichnung einer unter Wasser ausein-
andergebrochenen und vom Sand begrabenen spanischen Karavelle mit genauen Maßangaben und einigen
roten Kreisen im Heck. Jeder wußte, was die roten Krin-
gel bedeuteten.

4,5 Milliarden Mark!

Chagrin beugte sich über die Skizze und betrachtete
sie lange. Dann sagte er: »Nach dieser Rekonstruktion
gibt es also einen Durchgang von den Laderäumen zu
dem Heck und den Luxuskabinen.« Er strich mit dem
Zeigefinger über die Zeichnung. »Hier war der Kom-
mandantenraum. Darunter die Offizierskajüten. Neben
dem Kommandanten die Räume von Ehrengästen. Fuhren keine mit, hatten besonders wertvolle Gold- oder
Juwelenkisten die Ehre, erster Klasse zu segeln. Wenn es
uns also gelingt, durch die unteren Laderäume nach oben
zu kommen – oder, da das Heck abgeknickt ist und tiefer im Meeresboden liegt schräg nach unten weiter

vorzustoßen –, müssen wir zwangsläufig an den Schatz gelangen.«

»Und der Schatz ist da«, sagte Damms mit der Ruhe des Gelehrten, der einen Vortrag hält. »Er hatte keine Möglichkeit, wegzutreiben, er konnte nirgendwohin, er blieb im Heck und verschwand in einem völlig stillen Wasser, wo er versandete. Das Meer hat den Millionenschatz geradezu eingeweckt.«

»Dann los!« rief Chagrin fröhlich. »Öffnen wir das Weckglas und essen die goldenen Trauben!«

»Das Heck liegt in einer gefährlichen Schräglage«, sprach Damms weiter. »Es ist einem anormalen Druck ausgesetzt. Daß der ganze Holzbau gehalten hat, verdanken wir der völligen Bewegungslosigkeit des Wassers an dieser Stelle. Keine Strömung, keine Strudel, nichts. Nur langsame Ablagerungen. Sinkstoffe. Die Jahrhunderte deckten es wie mit Daunenfedern zu.«

»Himmel! Er kann auch poetisch werden!« rief Chagrin. »Schlitzen wir das Federbettchen auf.«

»Das werden wir.« Damms Stimme blieb gleichförmig und ruhig. »Ich mache nur darauf aufmerksam: Wenn dort die Decke zusammenbricht, kommen einige hundert Tonnen Sand herunter. Da hilft auch eine Leine um den Bauch nicht mehr! Ist das klar?«

»Ganz klar! Wir wußten im voraus, daß die spanischen Konquistadoren uns keinen gedeckten Tisch servieren.« Chagrin schob die Skizze zu Faerber hinüber. »Aber es ist doch zu schaffen?«

»Auf den Mond zu fliegen, ist schwieriger.« Damms rollte das Blatt zusammen, wie früher die Briefe zusammengerollt wurden. 1540. Ein Herrschaftsjahr Karls V. Des stolzen Königs der Spanier, in dessen Land nie die Sonne unterging . . . »Und die Haie?« fragte er.

»Wir werden vom Käfig aus arbeiten«, sagte Faerber. »Er setzte genau neben dem Einstieg auf, und das wird er immer. Vom Käfig ins Schiff und zurück – das ist ein sicherer Weg.«

»Arbeit hinter Gittern.« Chagrin lachte rauh. »Leute, werdet bloß nicht abergläubisch!«

Am nächsten Morgen begann die neue Phase der Bergung. Zuerst ging Faerber mit dem Korb hinunter, dann folgten drei Ersatzatmungsgeräte, Werkzeuge, Waffen, Leinen. Die Transportstahlnetze und vier Greifer sanken an den kleineren Winden ins Meer und wurden unten von Faerber neben dem Einstieg im Schiff verankert. Erst als alles Material auf dem Meeresboden war und Chagrin glaubte, nichts vergessen zu haben und für alle möglichen Vorfälle abgesichert zu sein, ließen sich Damms und er in die Tiefe kurbeln. Ellen und Pascale bedienten die Motorwinden und das Funkgerät ... nichts zeigte an, daß ihr Haß noch unter der Oberfläche schwelte, daß sie nur einen Waffenstillstand geschlossen hatten. Eine Lüge, die 4,5 Milliarden wert war. Weiter nichts.

Sie lagerten alle Geräte in der Totenkammer. »Von denen klaut keiner mehr etwas«, sagte Chagrin. Er war in Hochstimmung. Jetzt lief alles so, wie er es sich vorgestellt hatte. Sogar die Haie waren nur noch Statisten ... Faerber hatte, wie vereinbart, das Kommando übernommen und schwamm durch den Vorraum hinter dem Mannschaftsraum zur Treppe, die hinunter zu den Laderäumen führte. Er hielt den großen, runden Scheinwerfer vor sich und erleuchtete eine Welt, die vor 432 Jahren versunken war.

Die unteren Türen waren eingedrückt. Hier lagen die Skelette verstreut herum, nur einzelne, Flüchtende, die die Treppe nach oben nicht mehr erreicht hatten. Die Ladung, lauter Fässer, war weggefault. Nur einzelne Metallringe bewiesen, daß hier Fässer gelagert worden waren. In der Ecke fand Damms ein Stück morsches Brett. Spanische Eiche. Auch er wußte nicht, was in den Fässern gewesen war. »Vielleicht Gewürze«, sagte er. »Samen. Oder Zuckerrohrschnaps. Auf jeden Fall Ware, die die Jahrhunderte nicht überstanden hat.«

Sie schwammen in den großen Laderäumen herum und begegneten seltsamen, fahlen, farblosen Fischen, Riesenmaden gleich. Bewohner der ewigen Dunkelheit. Woher sie kamen, untersuchten sie nicht ... irgendwo mußte ein Einschlupf sein, vielleicht in den Kanonenscharten, aus denen die Eisenrohre beim Untergang des Schiffes herausgerissen wurden.

Dann – nachdem sie drei hallenartige Räume durchschwommen hatten – kamen sie an die Stelle, die Damms eingezeichnet hatte.

Dort war das Heck in den sich senkenden Meeresboden abgeknickt. Faerber blieb stehen und leuchtete in das schräg abfallende Dunkel hinein. Ein breiter Gang ... die Verbindung zu den Staatsräumen der ›Zephyrus‹.

»Gratuliere, Peter«, sagte Chagrin ehrlich. »Ihre Skizze ist fast kartografisch genau. Als Wissenschaftler sind Sie eine Wucht. Schade, daß Sie im täglichen Leben solch ein Idiot sind!«

»Chagrin!« rief Faerber mahnend.

»Ich weiß, ich weiß ... Ich halte ja schon die Schnauze.« Chagrin winkte ab. »Es sollte ja ein Kompliment sein. – Also jetzt den Gang entlang.«

»Ja!« Damms schwamm bis zu dem Torbogen aus dickem Holz. »Es ist doch allen klar: Über uns, vielleicht nur durch Zufall nicht durchgebrochen, liegen einige Meter Sand! Es genügt, nur an die Seitenwand des Ganges zu stoßen, und alles kracht zusammen! Seht euch das an. Ein völlig stilles Wasser. Vielleicht reicht schon eine Bewegung, die wir machen, um auf das Holz wie ein riesiger Wellenschlag zu wirken.«

»Jetzt können Sie uns den Weg zum Schatz nicht mehr vermiesen«, sagte Chagrin. »Jetzt nicht mehr! Peter, Sie kommen mir vor wie ein Jagdherr, der zur Pirsch einlädt und dann, wenn ein kapitaler Hirsch heraustritt, einen lauten Furz läßt und ihn wieder verjagt.«

»Wir müssen alle Schatzkisten durch diesen Gang tragen!«

»Zum Teufel – stünden wir bloß schon davor! Wenn's sein muß, bringe ich das Gold händeweise in Sicherheit. Was meinen Sie, Hans?«

Faerber hatte in den Gang hineingeleuchtet. Damms hatte natürlich recht: Ein Stoß gegen die Seitenwand konnte den Zusammenbruch des ganzen Hecks bedeuten. Zwar war der Gang drei Meter breit, aber wie leicht konnte man beim Schwimmen irgendwo mit einer Flosse anstoßen. Dann würden sie unweigerlich unter dem sich senkenden Meeresboden begraben werden.

»Ich schwimme voraus«, sagte Faerber. »Dann kommt Damms. Zuletzt Sie, Chagrin.«

»Anbinden!« befahl Chagrin.

»Wozu?« Damms schüttelte den Kopf. »Zerquetschte können nicht mehr Tauziehen spielen.«

Faerber stieß sich vorsichtig ab. Er schwamm ganz langsam, mit leichten Flossenschlägen, sowenig wie möglich das Wasser aufwirbelnd, in den Gang hinein. Der starke Scheinwerfer leuchtete ihm weit voraus. Wenn Damms Zeichnung stimmte, mußten sie sich jetzt schon unter den Heckaufbauten befinden. Gab es hier Goldkisten, dann lagerten sie über ihren Köpfen ... brach alles zusammen, wurden sie also von ihren Milliarden erschlagen.

»Ein saumäßiges Gefühl«, sagte Faerber leise. »Peter, wie ist dir zumute?«

»Ich denke überhaupt nicht.« Damms Stimme war völlig ohne Klang. »Wer jetzt denkt, ist verloren. Was wir machen, ist jenseits aller Vernunft.«

Faerber stoppte. Sie waren bisher schräg nach unten geschwommen, genau in dem Winkel, in dem das Heck abgesunken war. Jetzt stießen sie auf eine breite Treppe, die nach oben führte. Zu den Luxusräumen, den Offizierskajüten, den Kommandantenzimmern, dem Millionenschatz.

»Wir müssen hinauf!« sagte Damms heiser. »Die Aufbauten gliederten sich in drei Stockwerke, jedes war zwei Meter hoch. Im obersten Aufbau befand sich die Kommandanten-Suite. Von dort führte eine breite Treppe hinunter auf Deck und eine nach oben aufs Dach des Heckbaus, auf eine Galerie.«

»Dann laß uns Treppen steigen«, witzelte Chagrin. »Drei Etagen schaffe ich noch ohne Schnaufen.«

Niemand lachte. Chagrins Galgenhumor schien nicht angebracht in der Nähe des Todes. Hier gab es jetzt nur ein Vorwärts ... ob es auch ein Zurück geben würde, war dagegen völlig unsicher.

Ganz langsam ließ sich Faerber nach oben treiben. Er bewegte kaum die Flossen. Dicht hinter ihm folgte Damms. Er hatte den zweiten Scheinwerfer eingeschaltet.

Die durchgehende Treppe mündete auf der Galerie, von der dann die Zimmertüren abgingen. Einige waren offen, viele geschlossen.

»Das begreife ich nicht«, sagte Damms leise. Er sprach so leise, als beträten sie eine Kirche. »Von dem Wasserdruck müßten sie alle aufgesprungen sein ...«

»Wohin nun?« fragte Faerber, heiser vor innerer Erregung.

»Nach oben. Zum Kapitän.«

»Aye aye, Sir!« sagte Chagrin. Auch seine Stimme klang rauh. »Wissen Sie etwa auch, wie der Kommandant hieß?«

»Ricardo da Moya.« Damms zeigte nach oben. Dort war die Treppe abgefault ... im Scheinwerferlicht hing die Galerie herab. »Vizeadmiral Seiner Heiligen Spanischen Majestät Karls V. Genügt das?«

»Vollkommen!«

Ganz vorsichtig, in der Mitte des pompösen, breiten Treppenhauses, ließen sie sich hochtreiben und kamen so an die obere Galerie. Der große Salon des Kommandanten stand offen. Fast gleichzeitig schwenkten Faerber und Damms ihre Scheinwerfer herum. Plötzlich war der große Raum hell erleuchtet. 432 Jahre waren wie weggewischt.

Eine Holzbank war noch vorhanden. Auf ihr saß ein einzelner Mann. Als die ›Zephyrus‹ sank, mußte er sich an den Banklehnen festgehalten haben ... der Schädel lag auf einer breiten Ablage, das Gerippe bis zu den Hüftschaufeln auf der Bank, die Beinknochen auf dem Boden. Er hatte hier gesessen, ohnmächtig vor dem tobenden, alles vernichtenden Orkan, hatte den Kopf nach hinten gelegt und war so, demütig sich seinem Schicksal ergebend, im Meer versunken. Zwischen den Rippenbögen blinkte eine breite goldene Kette und eine große goldene Medaille mit dem Bildnis Karls V. Neben den Fingerknochen glitzerten Ringe. Rubine, Smaragde, Perlen ... der Prunk eines spanischen Edelmannes.

»Admiral da Moya –«, sagte Damms ehrfürchtig. Er schwamm nahe an das Gerippe heran und verbeugte sich leicht. »Ich begrüße Sie.«

Es war eine so feierliche Minute, daß selbst Chagrin den Mund hielt und krampfhaft schluckte.

Plötzlich zuckte Damms zusammen. Sein Scheinwerfer schwankte, dann erfaßte er einen lanzenähnlichen, silbernen Fischleib, der pfeilschnell davonschoß und im Dunkel verschwand.

»Er hat mich gestochen!« sagte Damms laut. »Der Fisch hat mich gestochen! Durch den Gummi. Wie mit einer Stahlnadel ...«

»Raus!« schrie Chagrin. »Sofort raus! Peter, machen Sie bloß nicht schlapp, bevor wir wieder im Mittelschiff sind. Das war ein Giftfisch –«

*

Peter Damms blickte noch einmal auf die Überreste des Admirals da Moya. Er spürte langsam ein Schwächegefühl in sich hochsteigen und dachte erschrocken: So schnell kann doch das Gift nicht wirken. Es war doch nur ein kleiner Stich, blitzschnell. Da kann doch gar nicht viel Gift in den Körper gekommen sein.

Er machte sich mit einem Ruck von Faerber los, der ihn wegziehen wollte, schwamm zu dem sitzenden Gerippe und holte das goldene M᷾ laillon mit der breiten Goldkette zwischen den Rippen heraus. Er befestigte es an seinem Gürtel und nickte Faerber zu. Plötzlich konnte er nicht mehr sprechen, es war, als sei seine Zunge aufgetrieben und füllte die ganze Mundhöhle aus. Dazu kam ein Gefühl von Taubheit, wo er mit der Zunge anstieß, spürte er nichts mehr. Sie war ein gefühlloser Lappen geworden.

Von oben kam die besorgte Stimme Ellens.

»Was ist los bei euch? Wir haben mitbekommen, daß Peter gestochen worden ist. Kommt er rauf?« Und dazwischen die hastige, zitternde Stimme Pascales: »Liebling, was ist? Bist du gesund? Sag doch etwas! Peter, chérie . . .«

Damms schüttelte den Kopf und zeigte auf seinen Mund. Faerber und Chagin verstanden und starrten sich entsetzt an.

»Dein chérie kommt sofort rauf!« rief Chagrin. »Wärm das Bettchen an, rotes Aas!«

»Hole den Serumkasten, Ellen!« rief Faerber hinterher. »Und koch ein Skalpell aus! Den Korb so schnell wie möglich nach oben. Ich komme mit.«

Er faßte Damms unter. Chagrin packte ihn von der anderen Seite. Damms begann zu taumeln, seine Augen hinter der großen, ovalen Brillenscheibe wurden trüb, glanzlos, veränderten sich von Minute zu Minute und schienen in den Kopf zurückzusinken.

Sie schwammen wieder zum Eingang des Verbindungsganges zurück, und hier löste sich Chagrin von Damms. Er blieb an der morschen Prunktreppe stehen.

»Können Sie ihn allein wegbringen?« fragte er. »In den Käfig passen sowieso nur zwei Mann hinein.«

»Und Sie, René?«

»Ich bleibe hier und sehe mich um. Ich werde mich mit 4,5 Milliarden unterhalten.«

»Und wenn Sie auch noch gestochen werden, wer hilft Ihnen dann?«

»Wenn man für so eine irre Summe Geld nicht ein so kleines Risiko auf sich nehmen kann, sollte man Einsiedler in der Sahara werden. Und selbst da gibt es Sandflöhe und Skorpione, Hans, hauen Sie ab! Ihr Freund verliert sonst die Besinnung . . .«

Mit großer Mühe gelang es Faerber, Damms ins Mittelschiff zu bringen. Der Weg durch den Gang war Millimeterarbeit. Sie mußten nebeneinanderschwimmen, Damms taumelte durch das Wasser wie ein Betrunkener. Und jedes Anstoßen an die morschen Wände würde den Einsturz bedeuten! Dann wäre Chagrin verloren und könnte sich neben den Admiral da Moya setzen, um auf seinen qualvollen Tod zu warten.

Sie erreichten die breite Treppe zum Vorraum, schwammen durch die aufgebrochene Tür in den Gripperaum und stiegen durch das Deckenloch ins Freie. Die Tür zum Schutzkäfig stand offen, die beiden Haie schwammen elegant und wachsam in einem engen Kreis um den Drahtkorb herum.

Faerber schob Damms in den Käfig, schlüpfte hinterher und verriegelte die Tür.

»Aufziehen!« rief er nach oben. »Mit vollem Tempo!«

Das Seil ruckte an, der Korb schleuderte über den Meeresboden und schwebte dann schnell nach oben. Die Haie begleiteten ihn. Es sah wirklich so aus, als spielten sie mit ihm. Faerber hatte Damms an sich gedrückt. Der Kopf des Verletzten lag schlaff an Faerbers Brust.

»Kannst du mich hören?« sagte Faerber. »Peter, bist du noch bei Besinnung?«

Ein leichtes, müdes Nicken. An den dünnen Luftblasen sah Faerber, daß Damms kaum noch atmete.

»Schneller, Ellen!« schrie er nach oben. »Ist das volle Kraft?«

»Es geht nicht mehr schneller, Hans. Aber ihr seid gleich oben. Ich habe alles vorbereitet.«

Plötzlich umhüllte sie wieder der helle Tag. Der Käfig schwenkte an Bord. Pascale riß die Tür auf und zog Damms auf das Deck, nahm ihm das Atemmundstück aus den Zähnen und küßte ihn. »Chérie!« rief sie dabei. »Mein Liebling . . . sieh mich doch an! Du darfst doch nicht sterben . . . du nicht . . .«

Niemand achtete auf diesen letzten Satz . . . in der Aufregung verwischen sich feine Nuancen. Faerber, Ellen und Pascale trugen Damms unter Deck, zogen ihn aus und suchten den Körper nach dem Stich ab. Faerber injizierte Peter zunächst ein starkes Kreislaufmittel. Dann starrte er unschlüssig in seinen Serumkasten. Man hatte an alles gedacht, mit allen möglichen Giftschlangenarten gerechnet, mit Mambas, der schwarzen Speischlange, der Hornviper, Puffotter und Kobra, aber wer hatte schon mit einem unbekannten, giftigen Fisch gerechnet?

»Ich habe den Einstich!« rief Ellen. »Ich habe ihn. In der linken Hüfte. Ein winziger, rötlicher Fleck.«

Sie wälzte Damms auf die Seite. Er atmete nur noch mühsam, hatte jetzt die Augen offen, starrte um sich und schien doch nichts zu sehen. Er wollte etwas sagen, sein Kehlkopf zuckte, aber nicht ein Laut kam aus seinem verzerrten Mund.

Faerber desinfizierte die Stichstelle und schnitt dann weit um sie herum tief in das Fleisch. Das Blut strömte an Damms Schenkel hinunter und floß auf den Boden. Faerber schnitt tiefer in das Muskelfleisch und öffnete die Wunde so weit, daß das wenige Gift, das an dem Stachel gesessen hatte, mit diesem Blutstrom weggeschwemmt werden mußte.

Aber es war ein billiger Selbstbetrug. Faerber gestand ihn sich ein, als er Damms Zustand sah. Das Gift war

längst im Körper und begann das Atemzentrum zu läh-
men.

»Coramin!« sagte Faerber mit belegter Stimme.
»Dann Adrenalin. Und das Mambaserum mit Glukose.
Schnell, Ellen, schnell. Und Sie, Pascale, gehen nach
oben. Chagrin kann nicht ohne Verbindung mit uns
sein!«

»Was geht mich Chagrin an?!« Pascale streichelte
Damms immer fahler werdendes Gesicht. »Peter darf
nicht sterben . . . er darf nicht sterben . . .«

»Sie sollen an Deck!« schrie Faerber. »Wenn René
Hilfe braucht . . .«

»Er soll verrecken!« zischte Pascale. Ihre grünen
Augen sprühten Haß. »Er soll hundertfach sterben!«

Faerber injizierte das Coramin und dann das Adrenalin. War Damms bisher noch bei Besinnung, wenn auch
nicht ansprechbar, so veränderte er sich jetzt wieder. Er
fiel in eine Art Koma und erschlaffte. Sein Mund klaffte
auf, als sei er tot.

»Chérie!« schrie Pascale auf. »Chérie! Du mußt
weiterleben. Peter, mein Liebling . . .«

»Schaff sie weg!« sagte Faerber grob. »Ellen, nimm sie
und bring sie an Deck. Vom Schreien ist noch keiner ge-
heilt worden.«

»Komm –«, sagte Ellen und faßte Pascale am Arm. Sie
riß sich los und ballte die Fäuste.

»Laß mich los, du deutsche Hure!« schrie sie. »Rühr
mich nicht an! Ich bleibe bei Peter . . .«

Es hatte keinen Sinn, sie zu überzeugen, daß Ruhe
jetzt wichtiger war als Liebe. Pascale war wie von Sin-
nen, und es blieb keine andere Möglichkeit, als sie auch
wie eine Verrückte zu behandeln.

Ellen griff zu, packte ihre vorschnellenden Fäuste,
drückte sie an Pascales Körper zurück und drängte sie
aus der Kajüte. Wie eine Katze wehrte sich Pascale, aber
Ellen war kräftiger und stärker, zog die Schreiende und
Kreischende die schmale Treppe hinauf, schleuderte sie

auf die Deckplanken und verschloß hinter sich die Tür zum Kajütengang.

Pascale sprang auf, ihr feuerrotes Haar wehte im Wind. Sie spreizte die Finger wie Klauen und zitterte am ganzen Körper.

»Ich bringe dich um, du deutsches Luder!« kreischte sie. Ihre Stimme überschlug sich. »Ich schwöre bei allem, was mir heilig ist: Dich bringe ich um!«

»Geh an die Winde!« sagte Ellen ruhig. »Ich muß an das Funkgerät. Und wenn du versuchst, zur Treppe zu laufen, werfe ich dich über Bord, ist das klar?«

Sie drehte sich um, lief zu dem Funkkasten und stellte wieder die Verbindung zum Meeresboden her. Pascale stand allein auf Deck. Beim Kampf mit Ellen war ihr Bikini-Oberteil heruntergerutscht, ihre schönen Brüste lagen frei ... sie ließ sie entblößt, ging zu der Winde und starrte hinunter in das fast unbewegte, grünblau schillernde Meer.

Die schlanken Körper der Haie schossen neben dem Schiff auf und ab. Sie schienen sich hier wohlzufühlen. Eine tödliche Freundschaft.

»Endlich!« tönte Chagrins Stimme aus der Tiefe. »Mir kamen vor Einsamkeit schon die Tränen. Wie geht es Peter?«

»Schlecht. Hans versucht alles, was möglich ist. Durch das Auftauchen sind wertvolle Minuten verlorengegangen.«

»Wird er's durchstehen?«

»Es klingt altmodisch, Chagrin, – aber ich bete dafür. Wollen Sie rauf?«

»Noch nicht. Ich habe mir das zweite Atemgerät umgeschnallt und bin wohlauf. Ich sehe mir jetzt die Prunkräume an. Übrigens – dieser Mistfisch wollte mich auch angreifen. Aber er hat Angst vor dem Licht. Ist anscheinend an ewige Dunkelheit gewöhnt. Ich trage jetzt zwei Scheinwerfer am Gürtel, einen hinten, einen vorn ... Hat sich Pascale beruhigt?«

»Ich mußte sie an Deck prügeln. Sie hockt jetzt an der Winde, ganz Rache.«

»Passen Sie auf, Ellen! Treten Sie in ihrer Gegenwart nie zu nahe an die Reling. Sie ist schnell wie eine Katze, und wenn Sie über Bord gehen, fallen sie den beiden Haien genau vor die Mäuler! Himmel, sind wir eine Mannschaft!« Chagrin lachte. Durch das Mikrofon klang es wie ein Gluckern. »Ich lade mich jetzt bei Admiral da Moya ein, Ellen. Bis nachher. Lassen Sie den Käfig wieder herunter.«

»Sofort, Chagrin . . .«

Ellen winkte Pascale zu und zeigte auf den Schutzkäfig. Pascale rührte sich nicht. Sie starrte mit verkniffenem Gesicht über das Meer, griff plötzlich in eine Taurolle und riß einen Revolver hoch. Ellen, die gerade zu ihr hinüberkommen wollte, blieb abrupt stehen.

»Du bist wirklich verrückt, Pascale«, sagte sie. »Was soll das?«

»Geh unter Deck!« Pascales Stimme klirrte vor Kälte. »Das ist alles!«

»Chagrin braucht den Schutzkäfig!«

»Er braucht keinen Käfig mehr.«

Ellen begriff. Ein Schauer lief ihr über den Rücken. Diese Frau haßte wie eine Wahnsinnige . . . Chagrin hatte recht.

»Ohne Käfig kann René nicht auftauchen! Die Haie . . .«

»Er soll unten bleiben.«

»Das ist Mord, Pascale. Ganz feiger Mord!«

»Gerade Chagrin müßte dafür Verständnis haben.« Sie lachte, und dieses Lachen war schrecklich in seiner Erbarmungslosigkeit. »An die Winden kommt keiner mehr heran, bis René endlich verreckt ist . . . Los, sag es ihm. Sprich mit ihm. Erkläre ihm, daß er da unten bleiben muß. In einer Stunde ist alles vorbei. Er hat Zeit genug, jeden Schlag, jeden Tritt, den er mir gegeben hat, zu büßen. Los! Geh ans Mikrofon.«

Ellen schob die Kopfhörer und die Sprechmuschel wieder über ihren Kopf und schaltete wieder ein.

»Chagrin!« sagte sie so ruhig, als sei dieses Tauchabenteuer ein fröhliches Sonntagsvergnügen. »Etwas Neues?«

»Noch nicht. Bei euch?«

»Nein. Der Korb kommt bald. Im Augenblick müssen wir uns alle um Peter kümmern. Wie lange haben Sie noch Luft?«

»Noch 25 Minuten . . .«

»Bis dahin ist er längst unten. Viel Glück, René.« Sie schaltete aus und legte den Kopfhörer zur Seite. Pascale, die kein Wort verstehen konnte, saß noch immer an der Winde und hielt den Revolver auf Ellen gerichtet.

»Na, was sagt er?« rief sie. »Wie benimmt sich einer, der weiß, daß er langsam umgebracht wird?«

»Er läßt dich grüßen.« Ellen öffnete die Tür und stieg hinunter zu den Kajüten. Sie hörte noch, wie Pascale fluchte, und sah, daß sie die Waffe in den Gummibund ihres Bikinis steckte.

Peter Damms atmete kräftiger. Faerber hatte das mit Glukose verdünnte Schlangenserum intravenös gegeben und eine Flasche mit Blutkonserve angeschlossen. Langsam tropfte das Blut jetzt in die Vene. Als Ellen eintrat, war Faerber gerade dabei, die große Schnittwunde zu vernähen.

»Wie geht es ihm?« fragte Ellen.

Damms fahlblasses Gesicht hatte wieder etwas Farbe bekommen, die Medikamente in seinem Körper hatten den Kampf gegen das heimtückische Gift aufgenommen.

»Wir müssen abwarten.« Faerber warf den Nadelhalter weg und griff zu einer neuen, eingefädelten Nadel. »Er hat ein verdammt gutes Herz und reagiert auf die Medikamente mit der gleichen Schnelligkeit, mit der er auf das Gift angesprochen hat. Wenn wir ihn durchbringen, ist das schon ein kleines Wunder . . .«

Ellen setzte sich neben Damms Kopf. »Du sagst das mit einem Unterton, Hans —«

»Dieses Gift lähmt das Gehirn.« Faerber schlang den Knoten, den letzten. Die Wunde war geschlossen. Betreten sah Ellen auf den Kranken.

»Ich verstehe«, sagte sie leise. »Er ... er wird vielleicht nie wieder ein denkender Mensch sein ... ein ... ein Wesen, das aussieht wie ein Mensch ... ein Etwas mit einem toten Hirn. Mein Gott, Hans ...«

Sie schwieg, beugte sich über Damms und küßte ihn auf die Stirn.

»Was macht Chagrin?« fragte Faerber, nachdem er die Wunde verbunden hatte.

»Er hat alle Chancen, unter Wasser wahnsinnig zu werden. Pascale weigert sich, den Korb herunterzulassen. Sie sitzt an der Winde und hat einen Revolver in der Hand. Sie hält das für die beste Gelegenheit, sich an Chagrin zu rächen.«

Faerber deckte Damms zu, ging an das kleine Fenster und blickte über Deck. Vorn zwischen den Winden, neben dem Drahtkäfig, hatte sich Pascale zu einem Sonnenbad zurechtgesetzt. Sie lehnte an dem Schutzkorb, hatte die rechte Hand auf den Revolverknauf gelegt und genoß den Wind, der vom Meer zum Land wehte.

»Sie wird auf dich schießen«, sagte Ellen, die seine Gedanken erriet. »Du kannst sie nicht überreden und oder überraschen. Sie schießt sofort. Es ist ihre große Rache ...«

»Sie wird nicht schießen.« Faerber zog sein Unterhemd an. Bisher hatte er mit bloßem Oberkörper gearbeitet. »Sie wird mir helfen, Chagrin heraufzubringen.«

»Nie!«

Pascale zuckte hoch und riß den Revolver aus dem Bikinibund, als Faerber an Deck erschien. »Bleiben Sie stehen, Hans!« rief sie. »Ich schwöre Ihnen, auch auf Sie schieße ich! Mein Gott, bleiben Sie stehen!«

»Sie töten drei Menschen, Pascale, ist Ihnen das

111

klar?« Faerber ging langsam weiter. Der Revolver hob sich, zielte genau auf seine Brust. Sie brauchte jetzt nur noch den Finger leicht zu krümmen. Ein paar Millimeter bis zum Tod.

»Drei?«

»Ja, rechnen Sie: Chagrin, mich und Peter . . .«

»Wieso Peter?« Ihre Stimme wurde unsicher.

»Weil ihn dann keiner behandelt. Bis Sie das Schiff an Land gebracht haben, ist er längst tot. Denn Ellen wird Ihnen nicht helfen . . . Sie müssen sie also auch erschießen! Was haben Sie dann gewonnen? Vier Tote, kein Geld, und allein auf der Welt. Sehen Sie diesen kompletten Blödsinn ein, Pascale?«

»Bleiben Sie stehen!« schrie sie.

Sie sprang auf, ihre nackten Brüste schwangen nach, sie sah wundervoll aus.

»Wie geht es Peter?«

»Schlecht. Wenn er überlebt, dann nur, wenn ich mich um ihn kümmere. Pascale —«, Faerber blieb stehen. »Ich gehe jetzt zum Funkgerät und spreche mit René. Und Sie lassen den Korb herunter, verstehen wir uns?«

Er wandte sich ab, ging unter das Sonnensegel und beugte sich über den Funkkasten.

»Chagrin?« rief er. »Hören Sie mich, Chagrin? Wo sind Sie?«

»Zum Teufel!« Chagrins Stimme ging im schnellen Atmen unter. Er mußte sehr erregt sein. »Wo bleibt ihr?! Den Käfig runter und die Transportkiste hoch! Ich platze, Hans, ich platze!«

»Verdammt, haben Sie keine Luft mehr?!«

Vorn rasselte der Käfig ins Wasser. Pascale ließ ihn ohne abzubremsen ins Meer sausen.

»Luft genug. Aber ich möchte die Sonne umarmen, die ganze Welt, den Himmel, die Wolken und euch, Ihr Idioten! Wenn sie's verständen, könnte ich sogar die Haie küssen! Faerber, ziehe mich hoch! Ich tanze hier zwischen den Gerippen herum wie ein Gigolo . . .«

»Korb kommt. Ende!« Faerber schaltete ab. Er hat einen Tiefenkoller, dachte er. Er war zu lange unten. Auch das noch. Aber was spielt das jetzt noch für eine Rolle. Wir müssen abbrechen, wir müssen an Land. Peter muß in eine Klinik.

Der tote Admiral da Moya war stärker gewesen als die Lebenden.

*

Fast gleichzeitig tauchten sie aus dem Meer ... Chagrin in seinem Käfig, die stählerne Transportkiste an dem Stahlseil.

Kaum, daß er wieder an der Luft war, riß sich Chagrin das Atemmundstück aus den Zähnen und vollführte einen verrückten Tanz in seinem Käfig. Er zeigte immer wieder auf die Transportkiste und stieß einige helle Jodler aus.

»Trari-trara, der Geldbriefträger ist da!« schrie Chagrin, als er an Deck sprang. »Hans! Sehen wir davon ab, daß es Peter erwischt hat ... das ist der schönste Tag, den ein Mensch erleben kann!«

»Reißen Sie sich zusammen, Chagrin«, sagte Faerber hart. »Peter geht es dreckig.«

»Zusammenreißen? Auseinanderreißen möchte ich mich! Blicken Sie nicht drein wie ein Priester im Beichtstuhl, machen Sie lieber die Kiste auf. Schnell, schnell ... Pascale, du lahmes Luder, hol die Kiste rüber!«

Der kleine Galgen schwenkte herum, die Transportkiste rasselte auf die Planken. Chagrin stürzte sich auf sie, stieß die Klappriegel zurück und riß den Deckel auf.

Eine andere, kleinere Eisenkiste, glitschig und mit leichenblassem Tang überwachsen, kam zum Vorschein. Chagrin wuchtete sie heraus, stieß sein Messer unter den Deckel und sprengte sie damit auf.

Es war, als würde auf der ›Nuestra Señora‹ eine neue Sonne aufgehen, als sei ein dicker Tropfen der Sonne auf das Deck gefallen und glühe dort jetzt mit einem die Augen blendenden Schein weiter.

Es war, als stünden sie an Bord der ›Zephyrus‹. Als wären sie von Mulis mit indianischen Treibern herangetragen worden, denen die Peitschen der spanischen Eroberer über die nackten, striemigen Rücken klatschten: Nach der langen Reise, nach Hunderten von Kilometern über Berge und durch Sümpfe, Urwälder und Steppen, lagen nun sauber aufgeschichtet Stapel von reinen, goldenen Platten vor ihnen!

Hans Faerber schluckte. Der Anblick überwältigte ihn. Er kniff die Augen zusammen und mußte wegsehen, so blendete ihn das blanke Gold in der Sonne.

»Sagen Sie etwas!« schrie Chagrin. Er war außer sich vor Triumph. »Brüllen Sie juchhei oder hurra oder sonstwas! Oder fallen Sie ganz einfach um!« Chagrin griff mit beiden Händen in das Gold und hob einige Platten hoch. »Das ist das eingeschmolzene Gold der Maya! Faerber . . . das ist pures Gold! Gold! Wir stehen auf Ihrem goldenen Teppich . . .«

»Wo haben Sie das gefunden?« sagte Faerber schwer atmend. Er bückte sich, nahm eine der Goldplatten in die Hand und hielt sie mit spitzen Fingern von sich, als sei sie glühend heiß. »Wo haben Sie das gefunden, Chagrin?«

»Hinter Seiner Exzellenz, dem Herrn Admiral. Da gibt es einen Raum, dessen Boden mit diesen Kisten ausgelegt ist. Kiste an Kiste. Und eine Etage tiefer liegen Kassetten mit spanischen Goldtalern und Fässer – Faerber, Fässer! – voller Edelsteine. Sie haben die Smaragde und Saphire transportiert wie Schnaps . . . in Fässern! Einfach so reingekippt, vielleicht sogar mit einer Schaufel. Man hatte es ja . . . Was da unten seit 432 Jahren liegt, kann man gar nicht ausrechnen! Und es gehört uns . . .«

Er wirbelte herum und sah Pascale an. Sie stand an der Winde mit großen, grünen, schimmernden Augen.

Jetzt erst bemerkte Chagrin, daß sie im Bund des Bikinis einen Revolver trug. Seinen Revolver.

Pascales Oberkörper war noch immer nackt, ein herrliches Bild fast tierhafter Schönheit.

»Schieß dir nicht in die Brust!« lachte Chagrin. Seine Grobheit hatte jetzt, eingebettet in sein Glücksgefühl, sogar etwas Charme. »Spielt ihr hier: Eins-zwei-drei ... wer schießt vorbei?!«

»Es ist wegen der Haie«, sagte Pascale. »Sie kamen so nahe ans Schiff.«

»Idiotisch, diese Weiber! Ich habe noch nie einen Hai die Bordwand hochspringen sehen!« Er gab dem Kistendeckel einen Tritt und begann, den Gummianzug abzustreifen. Das Leuchten des Goldes war erloschen, und damit kam auch die Vernunft wieder zurück.

»Das war Artistik, mein Lieber«, sagte Chagrin. »Schwimmen Sie mal mit so einer Kiste allein rauf und runter und stoßen Sie nirgendwo an! Als ich bei unseren knöchernen Kameraden war, ist mir ganz schön der Schweiß ausgebrochen. Ich glaube, wenn ich auf dem Rückweg irgendwo angestoßen wäre, hätte ich mir in den Anzug geschissen vor Angst. Wenn man bedenkt ... ein kleiner Ruck, und alles ist für alle Zeiten begraben!«

Er stieg aus seinem Gummizeug, streckte sich und wischte sich mit beiden Händen mehrmals über das Gesicht.

»Eine Stunde Pause, Faerber. Einen starken Kaffee à la Ellen, eine Zigarette ... und dann geht's wieder runter! Kommen Sie mit? Auf Peter kann Pascale aufpassen. Die kriegt ihn wieder hin. Sie ist Spezialistin im Aussaugen ...«

»Peter lebt –«, sagte Faerber langsam. »Aber wer weiß, wie lange noch? Und wenn er überlebt, kann er vielleicht einen irreparabelen Hirnschaden behalten. Er muß sofort in ein Krankenhaus geflogen werden. Die nächste vernünftige Klinik ist in Mérida im Nordwesten von Yukatan. Chagrin, wir fahren in zehn Minuten los. In zwei Stunden können wir an der Küste sein und Peter ausladen.«

Einen Augenblick war es still, ganz still. Es war, als hielte alles, selbst Meer und Wind, den Atem an. Dann sagte Chagrin betont langsam: »Wir bleiben, Faerber!«

»Peter hat hier keine Chance, zu überleben. Begreifen Sie es doch.«

»Ich begreife sehr gut und schnell. Ich begreife, daß wir abbrechen sollen und nicht wissen, wann wir hierher zurückkommen können.«

»So ist es.«

»So ist es! Sie Trottel! Sie wollen 4,5 Milliarden liegen lassen?«

»Es geht um ein Menschenleben, Chagrin!«

»Scheiß auf ein Menschenleben! Viertausendfünfhundert Millionen in Gold sind mehr wert als eine lächerliches Menschenleben.«

»Für mich nicht!«

Chagrins Gesicht wurde starr wie zerklüfteter Stein. »Ich bleibe hier!«

»Wollen Sie von einem Floß aus weitertauchen?«

»Nein! Von diesem schönen Schiff. Und Sie bleiben auch hier!«

Mit einem schnellen, brutalen Griff faßte Chagrin in Pascales Haar, riß sie an sich, zog ihr den Revolver aus der Bikinihose und schleuderte sie dann weg. Sie fiel auf die Planken und rutschte ein paar Meter fort. Eine Kabelrolle bremste ihren Sturz , sie prallte mit der Stirn auf die Taue und blieb wie betäubt liegen.

»Sie bleiben, Faerber!« sagte Chagrin kalt. Er zeigte mit dem Lauf auf Faerbers Magen. Ein Bauchschuß ist etwas Schreckliches, dachte Faerber. Wenn er gut trifft, zerreißen dabei die Därme, alles fließt in die Bauchhöhle, verjaucht dort, vereitert, frißt sich weiter ... es ist ein fürchterliches Sterben. Er wird mich hier liegenlassen, wie er Peter liegenläßt . . . und wird nach den Milliarden tauchen.

»Überzeugt Sie das, Hans?« fragte Chagrin knapp.

Faerber nickte. »Sie werden damit zum Mörder, das wissen Sie.«

»Das war mir von Beginn an klar. Hat Ihnen Pascale nichts verraten? Nein?« Er blickte zu ihr hinüber. Sie lag noch immer auf dem Deck, ihre haßerfüllten Augen starrten ihn an. »Das ist ja eine echte Überraschung, Faerber! Vielleicht wollte sich die süße, rote Hexe einen Rückweg offenhalten, wenn ich doch der Stärkere sein sollte. Ich bin es. Ich übernehme das Kommando an Bord!«

»Und wie soll das aussehen?«

»Wir werden beide weitertauchen und die Milliarden vom Meeresboden holen.«

»Chagrin, Sie Spinner! Sie glauben doch wohl nicht, daß Sie mich mit dem Revolver zwingen können, zu tauchen.«

»Aber ja!« Chagrin lächelte böse. Er ging langsam rückwärts, den Revolver immer auf den Magen Faerbers gerichtet. Als er in Pascales Greifweite kam, beging diese einen großen Fehler. Sie schnellte wie eine Katze hoch und wollte sich gegen seinen Arm, der den Revolver hielt, werfen.

Chagrin hatte damit gerechnet. Er wich mit einem geradezu elegant aussehenden Schritt wie ein Tänzer zur Seite, griff gleichzeitig Pascale wieder in das lange, rote Haar und schleuderte sie daran zu Boden. Sie schrie fürchterlich auf, trat um sich, aber Chagrin war kein Mann, der sich von einem Frauenschrei beeinflussen ließ. Er schleuderte Pascale an den Haaren herum, warf sie gegen die Wand des Ruderhauses und fing dann die Taumelnde auf. Mit ihr im Arm verschwand er auf der Treppe zu den Kabinen.

Hans Faerber stürzte, kaum daß Chagrin verschwunden war, zu den Geräten. Er hatte keine Schußwaffe, seine Pistole und drei Jagdgewehre lagen unten in seiner Kajüte. Aber dort, neben den Sauerstoffflaschen, lagen die Harpunen, fürchterliche Waffen, wenn man sie gegen Menschen richtet. Der Stahlpfeil mit den vielen Widerhaken bohrt sich in den Körper, und er ist nur durch eine Operation wieder zu entfernen. Ihn herauszuziehen, ohne sich selbst zu zerreißen, ist unmöglich.

Chagrin schien das auch zu denken. Er tauchte an der Treppe wieder auf, vorsichtig, in Deckung bleibend. Faerber hatte sich auf eine der schußbereiten Harpunen gestürzt und lag jetzt hinter den aufgestürzten Sauerstoffflaschen. Chagrin lachte laut. Es war ein Lachen der Vernichtung. »Sie haben Fantasie, Faerber!« rief er zu ihm hinüber. »Aber die Harpune nutzt Ihnen gar nichts.«

»Das werden wir sehen, wenn Sie herauskommen, Chagrin!«

»Warum sollte ich das? Billiges Heldentum habe ich stets verachtet. Wir können uns arrangieren, und wir werden uns arrangieren. Weil ich das weiß, komme ich nicht in ihre Harpunenbahn. Es wäre zu blöd! Hören Sie, Faerber: Ich habe Pascale, Ihre mutige Ellen und Ihren am Tropf hängenden Freund eingeschlossen. Sie können nicht hinaus, die Kabine hat ja nur eine Tür. Und dort bleiben sie drin, bis Sie sich entschieden haben, weiter zu tauchen.«

»Sie sind ein Irrer, Chagrin!«

»Durchaus nicht. Überlegen Sie mal, was geschieht. Die Frauen können nicht hinaus, sie haben nichts zu essen, sie haben nichts zu trinken. Ich aber habe alles vor mir ... gleich neben mir ist die Küche. Ich halte es aus ... zwei Tage, drei Tage, fünf Tage. Was glauben Sie, was dann in Ihrer Kajüte los ist? Sie werden die Infusionsflaschen leersaufen vor Durst. Sie werden das Holz anknabbern vor Hunger. Sie müssen ihre menschlichen Bedürfnisse in irgendeiner Ecke der engen Kajüte verrichten und werden bei dem Gestank wahnsinnig werden. Und nach acht Tagen werden sie im Chor schreien, denn dann verwest Peter Damms, und sie hocken Seite an Seite mit einer zerfließenden Leiche. Sie sind Mediziner, Faerber, muß ich Ihnen sagen, wie ein Toter nach drei Tagen bei dieser Temperatur aussieht? Wie nach fünf? Und Sie können nicht helfen, Sie kommen mit Ihrer dämlichen Harpune nicht an mich heran, denn um mich zu treffen, müssen Sie ein volles, großes Ziel haben ... mir genügt ein Zipfel von Ihnen. Überlegen Sie es sich gut, Faerber. Wenn wir uns gegenseitig belagern, geht es allein auf Kosten der Frauen.«

»Und wie stellen Sie sich das Tauchen vor?« fragte Faerber mit schwerer Zunge. Chagrin war so nicht zu besiegen, er hatte die bessere Position.

»Wenn Sie zustimmen, ist das kein Problem. Sie werden mit Pascale die Winden und das Funkgerät bedienen. Ich tauche.«

»Sind Sie blöd, Chagrin?«

»Hört sich so an, was?« Er lachte schallend. Seine Überlegenheit war ekelerregend. »Natürlich werde ich nicht allein tauchen ... ich nehme auf jedem Gang Ellen mit ins Meer.«

»Sie Saukerl!« sagte Faerber aus tiefer Brust. »Das wird nie geschehen.«

»Ellen ist eine gute Schwimmerin und Taucherin, sie hat's bewiesen. Sie hat Mut und Kraft. Mein Angebot: Sie mit Pascale oben, ich mit Ellen unten im Wrack ... oder hier auf dem Schiff vollzieht sich ein gnadenloser Vernichtungskrieg!«

Chagrin lehnte sich an die Wand. Am Ruderhaus vorbei sah er Faerber mit der schußbereiten Harpune hinter den Sauerstoffflaschen liegen. »Ich weiß, was Sie denken, Faerber! Ohne mich kann er das Gold nicht heraufholen. Die Haie ... er braucht den Schutzkäfig ... er braucht einen, der die Winden bedient. Alles richtig! Deshalb ist Unterwerfung das Klügste!«

»Und wenn ich es ablehne?«

»Faerber, warum wollen Sie Ihre wundervolle Ellen

opfern? Bekommen Sie es wirklich fertig, Ihren Dick-
kopf höher einzusetzen als diese schöne Frau? Für einen
Franzosen ist das ein unerträglicher Gedanke.«

»Und Pascale?« schrie Faerber. Chagrins Zynismus
war nicht mehr zu ertragen.

»Pascale ist keine Frau ... sie ist ein kleines, böses,
geiles, unnützes Tier, das man wie eine junge Katze in
einen Sack stecken und ertränken sollte. Was wollen Sie
also, Faerber?!«

»Ich lasse Ellen nicht mit Ihnen tauchen!« schrie Faerber. Er sah ganz kurz Chagrins braunes Gesicht und
schoß sofort. Der Harpunenpfeil krachte in die Ruder-
hauswand und blieb dort federnd stecken.

»Also Krieg!« sagte Chagrin. Sein Lachen war hart.
Die Zeit der Verhandlungen war abgelaufen. »Ich habe
Zeit. Sie müssen an mir vorbei, Faerber. Es gibt keinen
anderen Weg. Und nun kommen Sie –«

Draußen, auf dem Meer, ein kleiner Punkt nur gegen
den Landstrich der Küste, hockte der Mischling Jesus
Maria und sprach mit seinem Walky-Talky wieder hinüber zu der Hütte im Dschungel.

»Pedro –«, sagte er. »Sie haben etwas aus dem Meer
geholt. Nichts Großes, aber sie haben sich benommen
wie im Karneval.«

Und Pedro Dalingues antwortete: »Es ist soweit,
Freunde. Heute Nacht sehen wir uns an, was sie gefischt
haben . . .«

Wer konnte ahnen, daß in dieser Nacht niemand auf
der ›Nuestra Señora‹ schlief . . .

*

Eine Stunde lagen sie sich gegenüber, in der glühenden
Sonne, vom Dunst des in der Hitze fast verdampfenden
Meeres eingehüllt. Hans Faerber blieb in Deckung hinter
den Materialstapeln, Chagrin hockte an der Treppe an
den Kabinen. Jeder wartete auf eine Gelegenheit, und

keiner von ihnen wußte, wie es weitergehen sollte, wenn einer von ihnen getötet wurde.

Nach einer Stunde hämmerten unten in Faerbers Kabine Fäuste gegen Tür und Wände. Ellen schrie etwas, was Faerber nicht verstehen konnte, aber Chagrin gab es sofort weiter.

»Hören Sie, Hans!« rief er. »Ellen weiß nicht mehr weiter. Der Kreislauf Ihres Freundes bricht zusammen. Sie müssen injizieren. Ellen würde das übernehmen, aber sie hat noch nie eine intravenöse Injektion gemacht. Wenn wir uns nicht einigen, geht Peter dabei drauf. Die Entscheidung liegt bei Ihnen. Akzeptieren Sie meinen Vorschlag.«

»Ich lasse Ellen mit Ihnen allein nicht unter Wasser!« schrie Faerber zurück.

»Mein Gott, ich werde sie unter Wasser nicht vergewaltigen, obgleich das eine neue Variante wäre!« Chagrin lachte laut, aber es klang etwas gequält. Ellen trommelte mit den Fäusten wieder gegen die Kabinentür. Jetzt hörte man auch Pascale schreien, es klang wie das Wimmern eines kleinen, ausgesetzten Hundes.

»Peter muß an Land!« brüllte Faerber. Er zitterte am ganzen Körper. »Er stirbt uns weg . . .«

»Wenn Sie weiterhin stur bleiben, ganz sicher. So haben Sie die Chance, ihn vielleicht doch noch zu retten.«

»Nicht bei diesem unbekannten Gift, Chagrin!«

»Daß er jetzt noch lebt, beweist doch, daß sein Körper das Gift irgendwie verdaut. Hans, da unten liegen 4,5 Milliarden!«

»Mir ist der Mensch wichtiger!«

»Mir nicht!« Chagrin winkte mit der Pistole. »Hans, Sie haben es leicht, sich über Geld hinwegzusetzen. Für Sie war Geld nie Mangelware. Sie Fabrikantensohn. Aber ich! Wissen Sie, wo ich geboren bin? In einem Keller. Meine Mutter war eine Hure, meinen Vater kenne ich gar nicht. Mit fünf Jahren stand ich auf der Straße als Schlepper und holte die Liebhaber meiner Mutter ins

Haus. ›Monsieur, wollen Sie meine Mutti kennenlernen? Eine schöne Mutti. Und sooo große Brüste! Kostet nur 20 Francs, Monsieur. Kommen Sie mit!‹ Fünf Jahre war ich alt, Hans! Und so ging es weiter, bis ich beim Militär in die Froschmännerschule kam. Das wurde dann mein Beruf, und ich habe mir einen Namen als Taucher gemacht. Aber Geld, viel Geld habe ich nie gehabt. Ich habe immer nur davon geträumt. Jetzt kann ich es vom Meeresboden aufsammeln wie Kieselsteine, und da soll ich alles liegenlassen? Das wäre doch idiotisch. Faerber, geben Sie Ihrem Freund wenigstens die einzige Chance, an Bord zu überleben. Es ist ja nur eine Chance, weiter nichts. Und Ellen und ich tauchen morgen weiter. Das ist mein letztes Wort . . . oder Peter kann krepieren!«

Faerber erhob sich langsam hinter seiner Deckung. Er warf die Harpune weg und hob beide Arme. »Sie haben gewonnen, Chagrin –«, sagte er müde. »Aber das verspreche ich Ihnen: Wenn Peter stirbt, werden Sie einen großen Teil Ihres neuen Vermögens dafür ausgeben müssen, um zu beweisen, daß Sie kein Mörder sind.«

»So teuer kann gar kein Anwalt sein!« Chagrin steckte die Waffe in den Gürtel. »Kommen Sie her, Hans, zeigen Sie, was Sie als Mediziner gelernt haben.«

»Das hilft hier wenig.« Faerber stieg die Treppe hinunter. Chagrin öffnete die Tür, und Ellen und Pascale fielen ihm entgegen.

»Er stirbt!« schrie Pascale. »Er kann nicht mehr atmen!«

Faerber stieß die beiden Frauen zur Seite und stürzte zu Damms' Bett. Die beiden Flaschen mit Blutplasma und der Glukoselösung waren fast leergetropft. Peters Atmung war ganz flach, der nackte Körper zuckte ständig. Trotz allem hatte sich sein Zustand gebessert, er war bei Besinnung und starrte Hans aus großen, unnatürlich glänzenden Augen an.

»Alter Junge –«, sagte Hans mit erstickter Stimme. »Was machst du bloß für Sachen!« Er setzte sich auf die

Kojenkante, holte eine Spritze, sägte die Ampulle auf und zog eine wasserhelle Flüssigkeit in den Glaskolben. Dann setzte er eine lange, dünne Nadel auf und drückte den Mittelfinger auf eine Stelle zwischen den linken Rippen.

Peter Damms versuchte zu lächeln. Ganz leise, kaum verständlich, sagte er: »Ich war ein Rindvieh, Hans. Krach wegen Weibern . . . bei uns. Verzeih mir, Hans.«

»Halt bloß die Schnauze, Peter!« Faerber hatte die richtige Stelle gefunden. »Ich spritze dir jetzt Coramin direkt ins Herz, Peter. Ich steche dein Herz an, aber du brauchst keine Angst zu haben.«

»Ich habe keine Angst, Hans. Bei dir nicht. Los, hau sie rein!«

»Sie wollen ihn wirklich ins Herz stechen?« fragte Chagrin atemlos.

»Ja. Mann nennt das eine intrakardiale Injektion. Oft die letzte, verzweifelte Tat . . .«

Faerber stieß zu. Die lange Nadel glitt zwischen den Rippenbögen in die Tiefe, ins Herz. Pascale schrie leise auf, warf sich herum und drückte ihr Gesicht gegen Ellens Brust. Chagrin, der so etwas zum erstenmal sah, hielt den Atem an. Als Faerber die Nadel wieder aus Peters Brust zog, schnaufte er laut durch die Nase.

Die Injektion schien schnell zu wirken. Damms' Atmung wurde kräftiger, sein Pulsschlag deutlicher, rhythmischer, er flatterte nicht mehr. Faerber erneuerte eine Glukoseflasche und injizierte noch einmal das Mamba-Gegengift.

»Das ist alles, was ich tun kann, Chagrin —«, sagte er.

»Und das ist verdammt viel.« Chagrin blickte auf seine große Taucheruhr am Handgelenk. »Jetzt ist es zu spät. Aber morgen gehen wir wieder runter. Ellen, Sie begleiten mich.«

»Ich?«

Sie sah ihn verständnislos an.

»Ja. Sie sind meine Lebensversicherung. Da auf diesem Schiff jeder nur an die Vernichtung des anderen denkt, sind wir zwei unter Wasser die sichersten Menschen auf der Welt. Dafür wird Hans sorgen.« Er blickte hinüber zu Damms, der ruhiger atmete. Pascale saß neben ihm und streichelte ihm Stirn, Gesicht und Brust. Es lag so viel Zärtlichkeit in ihren Händen, daß es Chagrin übel wurde vor Eifersucht und Wut.

»Die Weiber raus!« sagte Chagrin hart. »Nach hinten, in meine Wohnung. Wir Männer bleiben hier allein. Los, keine Diskussionen. Ellen, kochen Sie etwas! Und vergessen Sie nicht: Ich habe Hans und Peter bei mir und eine entsicherte Waffe. So schnell kann gar kein anderer sein, wie ich schieße. Also keine faulen Tricks, liebe Freundinnen . . .«

Später, am Abend, als das Meer von der untergehenden Sonne blutig war und der Himmel wie ein ausbrechender Vulkan loderte, saßen Faerber und Chagrin neben Peters Bett und spielten Poker. Die beiden Mädchen waren an Deck . . . Pascale am Bug, Ellen am Heck, jede für sich allein. Sie hatten einander nichts zu sagen, und wenn sie miteinander gesprochen hätten, wären es nur Bosheiten geworden.

Damms war noch immer bei Besinnung. Er sah dem Poker zu und schien sich langsam, aber sicher zu erholen. Doch Faerber traute dem Zustand nicht. Plötzlich konnte nach dieser kurzen Phase des Wohlbefindens der endgültige Zusammenbruch kommen. Die medizinische Behandlung, die Damms jetzt genoß, war mehr als kläglich, sie war primitiv.

Plötzlich – Faerber hatte gerade eine Royal Flush in der Hand – sagte Peter ganz deutlich:

»Das ist die Rache des Admirals da Moya . . .«

»Red nicht solchen Blödsinn, Peter!« antwortete Faerber. »Du weißt, daß das ein billiger Aberglaube ist.«

»Denk an die Ausgrabung des ägyptischen Pharaos Tut-ench-Amuns. Alle, die seine Grabkammer betreten hatten, starben später unter rätselhaften Umständen.

Der Fluch des Pharaos, sagen die Ägypter. Hier ist es der Fluch des Admirals. Ich habe ihm sein goldenes Medaillon, seinen Talisman, weggenommen . . .«

Chagrin warf seine Karten hin. »Wo ist das blöde Ding?« rief er. »Himmel noch mal, diesen Aberglauben fordere ich zum Duell! Wo ist es?« Er sah sich um, entdeckte die goldene Kette mit dem Medaillon an einem Nagel an der Wand, nahm es ab und und hängte sich die Kette um den Hals. Das große, handgearbeitete Medaillon mit dem Bild Karls V. lag auf seiner nackten Brust. Peter Damms starrte Chagrin lange an, dann sagte er, so laut er konnte:

»Ab jetzt sind Sie ein toter Mann, Chagrin! Denken Sie an meine Worte.«

Chagrin lachte schallend, aber in seinem Inneren bohrte ein merkwürdiges Gefühl. Doch Angst, dachte er. Verdammt, nein, das gibt's nicht bei mir. Er legte die rechte Hand auf das Medaillon, griff mit der linken nach dem Kartenstapel und grinste Faerber an. »Los, weiterspielen!« rief er mit krampfhafter Fröhlichkeit. »Der dritte Mann spielt mit. Herr Admiral, welche Karte? Wieviel? Faerber, der Admiral will drei Karten, sagt er . . .«

Und tatsächlich spielte Chagrin für sich und den Admiral da Moya, der als Geist zwischen ihnen zu sitzen schien. Und der Admiral gewann zehn Spiele hintereinander, bis Chagrin die Karten mit einem Fausthieb vom Tisch fegte und sagte:

»Schluß! Ich bin müde!«

Es klang wie eine Kapitulation.

In der Nacht legten drei Boote längsseits der ›Nuestra Señora‹ an. Pedro Dalingues befehligte das Unternehmen selbst. Er hatte noch sieben andere Gauner von der Küste mitgebracht. Sie waren nun zwölf Mann und kamen sich sehr überlegen vor.

Es war ihr Unglück, daß Chagrin nicht schlafen konnte und mit sich rang, das Medaillon des Admirals wieder an den Nagel in der Kajüte zu hängen. Aber dann dachte er daran, wie höhnisch ihn Faerber anfeixen würde, und wie selbst der sterbende Damms seine Freude daran haben würde. Er biß die Zähne zusammen, hielt das Medaillon in Augenhöhe und sagte laut: »Admiral, mit mir nicht! Ab morgen holen wir die Schätze rauf, und dann kommst du dran. Das verspreche ich dir! Du kommst in eine goldene Kiste und wirst in deinem geliebten Spanien mit allen Ehren begraben! Zufrieden? Dann hör aber auch auf, uns auf der Seele zu liegen –«

Er ging hinüber zu Faerbers Kajüte, sah, daß Hans und Damms schliefen, und beschloß, zu dem Heckaufbau zu gehen, um nach den Frauen zu sehen.

Gerade, als er aus dem Kabinengang auftauchte, schoben sich die Köpfe von Jesus Maria und einem anderen mexikanischen Gauner über die Bordwand. Die drei Boote schlugen leise gegen die Bordwand der ›Nuestra Señora‹.

Chagrin zögerte nicht lange, er rief nicht, er fragte nicht, er hielt sich mit unnützen Dingen nie auf. Mit einem Ruck hatte er seine Pistole in der Hand, zielte auf die beiden Köpfe, die im Mondschein deutlich wie Schießscheiben vor ihm lagen und drückte zweimal schnell hintereinander ab. Die Köpfe taumelten zurück, lautlos, denn den Gaunern blieb keine Zeit mehr für einen Aufschrei. Dann hörte Chagrin das Aufschlagen auf Holz, und dann erst antworteten den Schüssen mehrere wilde Schreie und Flüche.

»Nur hinauf!« brüllte Chagrin auf spanisch. »Ich schieße schneller, als ihr klettern könnt!«

Aus der Kabine stürzte Faerber und warf sich neben Chagrin auf die oberste Treppenstufe.

»Was ist denn los?« fragte er atemlos.

»Wir werden geentert!« Chagrin wartete auf einen

neuen Kopf an der Bordwand. »Da will uns jemand ein-kassieren.«

»Wer denn?«

»Wenn ich das wüßte! Verdammt, man muß uns schon eine ganze Weile beobachtet haben. Sie wissen doch, daß es an der Küste Mittelamerikas noch Piraten gibt . . .«

»Ich habe davon gelesen . . .«

»Jetzt haben Sie sie in Natur! Hans, ein Kompromiß. Jetzt sind wir beide im Dreck. Waffenstillstand zwischen uns. Augenblick –« Er schoß noch einmal dicht über die Bordkante, als Warnung. »So, jetzt wissen sie, was los ist. Zwei Kopfschüsse haben sie schon weg.«

»Sie haben zwei Menschen erschossen, Chagrin?« fragte Faerber tonlos.

»Aber ja! Wer hier nachts heimlich an Bord klettert, will mit uns bestimmt nicht übers Wetter reden. Hans, ich gebe Ihnen ein Gewehr heraus, wenn Sie es nicht gegen mich verwenden. Ihr Ehrenwort.«

»Mein Ehrenwort, Chagrin.«

Chagrin griff in die Tasche und holte einen Schlüssel heraus.

»Hier. In der Blechkiste unter meinem Bett. Rennen Sie nach hinten zu den Mädchen, schnell. Ich passe hier auf und gebe Ihnen Feuerschutz.«

Faerber rannte los. Er erreichte ohne Schwierigkeiten den Heckaufbau und traf dort Ellen und Pascale, die lange Messer in der Hand hielten. Sie standen links und rechts neben der Tür und zogen Faerber mit einem Ruck in den Bambusverschlag.

»Es sind drei Boote und eine Menge Männer«, sagte Ellen. Ihr Atem flog. »Ich glaube, Chagrin hat zwei getroffen.«

»Kopfschuß. Sie sind tot. »Faerber holte die Blechkiste unter dem Bett hervor, öffnete sie und verteilte an Ellen und Pascale Pistolen und Gewehre. Er selbst nahm sich das neue Schnellfeuergewehr, das sie noch in Mexiko City gekauft hatten.

»Keine Dummheiten, Pascale –«, sagte er, genau wie Chagrin zu ihm gesagt hatte. »Jetzt müssen wir alle wieder eine einzige Familie sein. René meint, da draußen wollen uns Piraten kapern! Was das bedeutet, wißt ihr genau . . .«

Er rannte hinaus, warf sich hinter dem Ruderhaus in Deckung und wartete.

Aber es geschah nichts mehr. Man hörte nur, wie drei Motoren aufheulten, dann sahen sie im bleichen Mondlicht die drei Boote durch das aufschäumende Meer davonrasen.

Chagrin schoß ihnen zweimal nach, und wenn er auch nicht mehr traf, so war die Kampfansage deutlich genug für Pedro Dalingues. Er hatte zwei Tote hinter sich liegen und wußte nun, daß es zweierlei gab zwischen der Küste von Yukatan und den Chinchorro-Bänken: einen großen Schatz, dessen Wert noch Geheimnis war . . . und die Rache für zwei erschossene Freunde.

Von jetzt an gab es keine Gnade mehr . . .

*

Die Nacht war verdorben . . . niemand schlief mehr, sogar Peter Damms lag wach und ließ sich von dem Überfall berichten. Chagrin entdeckte im Morgenrot vier Boote, die um die ›Nuestra Señora‹ herumlagen und anscheinend Wache hielten. Dann kamen von der Küste noch einmal sechs Boote heran und bildeten zusammen mit den vier bereits vorhandenen einen Kreis um das Schiff. Er war so weit entfernt, daß man ihn nicht erreichen konnte, auch mit den weitreichenden Gewehren nicht, aber es hatte auch keinen Sinn, jetzt den Motor anzuwerfen und zu versuchen, durchzubrechen.

»Ich garantiere, die sind bis an die Zähne bewaffnet«, sagte Chagrin. »Die haben sogar Maschinengewehre bei sich. Und wenn sie nicht wieder angreifen, dann nur, weil sie eigene Verluste vermeiden wollen. Sie haben Zeit, sie warten . . .«

»Wir auch!« Faerber musterte die Boote durch sein Fernglas. Mindestens fünfzig Mann waren jetzt da draußen und bewachten das Schiff! Pedro Dalingues hatte alles, was er an geldgierigen Fischern auftreiben konnte, mobilisiert und ihnen so viel Pesos versprochen, wie sie in einem halben Jahr nicht mit ihren Netzen verdienen konnten. Bei solch einem Lohn fragt man nicht . . . es genügt, wenn der Boß sagt: »Da draußen sind Fremde, deren Schiff müssen wir haben. Aber nicht mit Gewalt, wenn sie nicht nötig ist. Wir müssen sie nur immer auf diesem Platz festhalten . . . das andere kommt dann von selbst.«

Die gleichen Gedankengänge hatte auch Chagrin. Er sah Faerber mit schiefem Kopf an, als dieser sagte: »Wir haben auch Zeit.«

»Haben wir die?« fragte er gedehnt. »Sehen wir davon ab, daß der Transport von Peter an Land nun völlig illusorisch geworden ist und Sie mir seinen möglichen Tod nicht mehr in die Schuhe schieben können . . . wie lange haben wir Verpflegung an Bord?«

»Noch für vier Monate«, sagte Ellen.

»Und Frischwasser?«

»Für zwei Monate.«

»Das hört sich grandios an. Aber wissen Sie, wie schnell acht Wochen herum sind? Und dann beginnt die Hölle!«

»In acht Wochen kann viel passieren, René«, sagte Faerber und beobachtete wieder mit dem Fernglas die Boote. Er sah, daß tatsächlich auf vier Sitzen Maschinengewehre standen. »Sie haben vier MGs!«

»Keine Ahnung!« Chagrin schlug die Fäuste zusammen. »Da brechen Sie mal durch, Faerber. Auch mit Vollgas gelingt Ihnen das nicht. Die durchlöchern Ihnen den Schiffsrumpf unter der Wasserlinie, und dann geht's ab zu den Haien!«

»Ich werde über Kurzwellenfunk Hilfe herbeiholen.«

»Es sollte mich wundern, wenn das in diesen Breiten klappt.«

»Dann werden wir Rauchzeichen geben und drüben an Land die Leute auf uns aufmerksam machen.«

»Wer uns sieht, sind nur die armseligen Fischer an der Küste. Und die schwimmen jetzt um uns herum. Irgendein Halunke hat mit Pesos geklimpert, und schon tanzt die ganze Bande nach diesem silbrigen Klang. Nein, Hans, das alles ist Mist.«

»Aber irgend etwas müssen wir doch tun, Chagrin.«

»Das denke ich auch. Wir tauchen weiter und holen die Milliarden an Bord.«

»Für die anderen, was?«

»Auch. Mit soviel Gold kann man sich einigen. Bei den Halunken ist das wie in der großen Welt: Je reicher man ist, um so glatter funktioniert die Kumpanei. Und wenn nicht . . . dann will ich wenigstens, bevor ich abkratze, mich in einem Haufen von Gold baden. Richtig baden, Hans . . . nackt zwischen Goldstücken. Diese Perversion gönne ich mir!« Er winkte Ellen und Pascale heran und zeigte mit ausgestrecktem Arm ins Meer. »Was da unten liegt, wird uns so oder so schaffen! In dieser Beziehung hat Peter recht: Der Fluch des Admirals da Moya hat uns voll getroffen. An der Breitseite. Aber wir werden lernen, mit diesem Fluch zu leben, solange es möglich ist.«

An diesem frühen Morgen hatte auch Pedro Dalingues eine große Entscheidung getroffen. Nach dem schnellen Tod des fröhlichen Jesus Maria und des Fischers Miguel hatte er ein paar Stunden den Gedanken vor sich hergewälzt, doch noch den großen Boß Amerigo Santilla zu verständigen. Er hatte die Schnellboote, er konnte den Ausländern schnell ihr Mütchen kühlen und ihren Widerstand brechen.

Aber dann dachte Pedro an seinen eigenen großen Gewinn, den er mit Santilla teilen mußte, und er sagte sich: Lieber langsam voran und alles allein kassieren, als eine schnelle Lösung und nur die Hälfte verdienen.

»Sie müssen irgendwann einmal an Land«, sagte er zu seinen Freunden. »Ob in einem Monat oder in vier! Sie brauchen Wasser! Außerdem: Dauernd belagert werden, reißt an den Nerven. Sie haben zwei Weiber an Bord . . . das bedeutet zwei Hysterische! Wer kann das auf die Dauer aushalten? Sie werden einmal kapitulieren.«

»Und wenn sie durchbrechen?« fragte der vorsichtige Mischling Paulus.

»Bei unseren vier Maschinengewehren?«

»Wenn sie über Funk Hilfe rufen?«

»Das können sie nicht.« Pedro grinste vergnüglich. »Domingo sitzt an unserem Funkgerät und hört ab. Sobald die funken, schaltet er den Störsender ein. Man wird nur Rauschen und Quietschen hören. Leute, Pedro Dalingues ist doch kein Idiot!«

So geschah es, daß sich das Drama vor der Küste von Yukatan unter Ausschluß der Öffentlichkeit vollzog.

Um zehn Uhr vormittags glitten Chagrin und Ellen in dem großen Schutzkäfig hinunter ins Meer. Faerber stand an den Motorwinden, Pascale bediente das Funkgerät. Auch die treuen Haie waren wieder da, umtanzten den Drahtkorb und benahmen sich wie zwei Hunde, die ihren Herrn nach langer Abwesenheit begrüßen. Sie schossen um den Korb herum, schlugen mit den Schwanzflossen dagegen und stießen ihre Mäuler gegen das Gitter.

»Die Biester freuen sich tatsächlich«, sagte Chagrin böse. »Von ihrer Ausdauer sollten wir lernen. Hören Sie mich, Hans?«

»Ich höre. Aber Haie brauchen kein Süßwasser. Kommt der Korb richtig an, Chagrin?«

»Goldrichtig. Genau neben dem Einstieg.«

»Sie lassen Ellen doch im Korb, nicht wahr?«

»Nein, ich nehme sie mit ins Schiff.«

»Sie verrückter Hund!« schrie Faerber. Der Korb hing kurz über der Decköffnung der ›Zephyrus‹. »Ich ziehe Sie wieder hoch.«

»Überlegen Sie sich das, Hans!« antwortete Chagrin kalt. »Mich hindert nichts daran, die Tür aufzumachen und Ellen einen Schubs zu geben.«

»Dann lasse ich Sie auch unten, Sie Schwein!«

»Bitte – aber ich habe Chancen, an die Luft zu kommen. Die Haie werden sich voll und ganz mit Ellen beschäftigen und mich ignorieren. Hans, machen Sie keine Dummheiten. Noch einen Meter runter, dann haben wir es geschafft. Ellen ist ein mutiges Mädchen.«

Der Korb setzte auf dem Meeresboden auf. Chagrin öffnete die Tür, stieg aus, zog den Korb genau über das in das Deck geschlagene Loch und nickte Ellen zu.

Sie ließ sich hinuntergleiten und zuckte zusammen. Im starken Licht des vor die Brust geschnallten Scheinwerfers sah sie zum erstenmal den Raum voller Gerippe. Sie schwamm durch die aufgebrochene Tür in den großen Vorraum und wartete dort. Chagrin folgte ihr schnell.

»Sie bewegen sich schon so, als seien Sie hier zu Hause«, sagte er. »Jetzt geht es dort die Treppe hinunter, und dann treffen wir auf den Gang. Dort bleiben Sie stehen und warten. Ich hole die Kisten aus dem Heck und reiche sie Ihnen an. Das heißt, wir werden die Münzen und Barren in Säckchen herausholen und nach oben schicken. Die Kisten sind zu schwer für uns. Es wird der tollste Goldtransport sein ... ein Fließband der Millionen.«

»Ich komme mit –«, sagte Ellen und begann, die breite Treppe hinunterzuschwimmen.

Chagrin schwamm ihr schnell nach und hielt sie an dem Atmungsgerät fest. »Ausgeschlossen! Ein Stoß an die morschen Wände, und wir sind tot!« rief er.

»Wenn Sie nicht anstoßen, warum ich? Das ist keine Logik.«

»Das ist Millimeterarbeit. Ellen – Sie sind meine Lebensversicherung, aber nicht mein Lebensrisiko.«

»Ich will den Admiral da Moya sehen.«

»Ein Gerippe wie die da hinten, weiter nichts.«

»Trotzdem.« Sie blieb vor dem dunklen Gang stehen. »Gehen Sie nur hinein, Chagrin ... wenn ich Ihnen im Abstand folge, haben Sie gar keine Möglichkeit, mich zurückzubringen. Die morschen Wände –«

»Sie verrücktes Luder!« Chagrin leuchtete in den Gang hinein. Wie ein verschwommenes Gebilde sah man das herrliche, geschnitzte Treppenhaus ... das Tor zu den Milliarden. »Kommen Sie!« sagte Chagrin heiser. »Aber wenn der Giftfisch auch Sie sticht ... ich kann's nicht verhindern. Mich hat er auch angegriffen. Er ist der Wachhund des Admirals.« Er schwamm in den engen Gang, und Ellen folgte ihm ... ein schlanker Fisch in einem gelben Gummipanzer mit breiten, blauen Streifen an den Seiten.

Zehn Minuten später standen sie vor dem Gerippe des Admirals da Moya. Ellens Scheinwerfer tauchte ihn in gleißendes Licht. Chagrin hinter ihr drehte sich immer um sich selbst, um den Giftfisch abzulenken, der zum Glück lichtempfindlich war.

Langsam schwamm Ellen auf das sitzende Gerippe zu und beugte sich über den Kopf. Die Augenhöhlen zeigten nach oben, so, wie der Kopf beim Untergang gelegen hatte, war er noch nach hinten an die Kante der Bank gelehnt. »René –«, sagte Ellen ergriffen. Chagrin hatte den schnellen Fisch im Licht. Der lanzenförmige, fahlbleiche Leib schoß hin und her und suchte den schützenden Schatten. Aber Chagrin ließ ihm keine Chance mehr.

»Halten Sie den Mund, Ellen!« zischte Chagrin. Seine Stimme zitterte stark. »Ich habe ihn! Ich habe das Biest.

Jetzt entkommt es mir nicht!« Er riß sein langes, doppel-
schneidiges Messer aus dem Schaft und schwamm vorsichtig auf den fahlen Fischleib zu. Die beiden Scheinwerfer, der vor der Brust und der an der Stirn, tauchten
das hin und her schnellende Tier in gleißendes Licht.
Chagrin trieb es in eine Ecke der Kajüte. Dort standen
sie sich gegenüber, unbeweglich, in tödlicher Feindschaft.
»Komm –«, sagte Chagrin mit bebender Stimme.
»Komm, Fisch! Es ist vorbei mit dir. Du sitzt in der Falle.
Paß auf, Fisch, was ich tue.« Blitzschnell stieß er zu, aber
ebenso schnell schnellte der Fisch weg. Chagrin hatte das
berechnet. Der Fisch flog fast an der oberen Schneide des
Messers vorbei und schlitzte sich auf. Kein Blut quoll aus
dem Leib, sondern nur eine trübe, milchige Flüssigkeit
und ein paar Darmschlingen. Der Giftfisch zuckte noch
ein paarmal, schlug mit dem Schwanz um sich und versuchte noch einen verzweifelten Angriff. Aber Chagrin
stach ihm die Messerspitze in den Kopf. Das war das
Ende. Der Fisch gab auf, sank auf den Boden und starb.

»Hurra!« brüllte Chagrin und warf die Arme hoch.
»Hans! Hören Sie mich? Ich habe ihn. Ich habe ihn! Den
Saufisch! Da Moyas Gifthund! Er liegt mir zu Füßen.«

»Bringen Sie ihn hoch, René!« sagte Faerber oben an
Deck. »Ich möchte ihn untersuchen.«

»In Ordnung.«

Chagrin wandte sich zu Ellen. Sie saß neben dem Admiral auf der Bank und hatte dem Zweikampf zugese-
hen. Chagrin hob die Schultern. Es war ein Anblick, der
auch Männer wie ihn umwarf.

»Das wäre ein Foto, Ellen«, sagte er rauh. »Titel: 432
Jahre dazwischen . . . Jetzt zum Gold!«

»Wir nehmen den Admiral mit«, sagte Ellen. »Machen Sie eine Kiste leer . . . ich trage sie selbst nach
oben.«

Sie arbeiteten eine Stunde, schwammen hin und her
und beluden die Transportkörbe mit spanischen Goldmünzen und Mayaschmuck. Dann legten sie das Gerippe

des Admirals in eine der leeren Kisten und schwammen mit ihr zum Schutzkäfig zurück.

»Alles aufziehen!« sagte Chagrin zu Faerber. »Pascale soll die Fahnen hissen! Seine Exzellenz da Moya kommt an Bord ...«

»Seid ihr verrückt?« fragte Faerber.

»Ich nicht, Ihre Ellen! Winden los!«

Der Käfig ruckte an. Nebenan schwebten die Transportkisten nach oben. Vor Chagrin und Ellen stand die leere Goldkiste mit den Überresten des Admirals darin. Und zwischen seinen Knochen lag der aufgeschlitzte Giftfisch ... sein getreuer Wachhund.

»Man sollte nie Frauen zu solchen Arbeiten mitnehmen«, knurrte Chagrin, als sie wieder an der Wasseroberfläche waren. »Ihre seelischen Regungen hätten uns fast das Leben gekostet. Was wollen Sie bloß mit dem Admiral an Bord? Ich hätte ihn zuletzt hochgeholt.«

»Keiner von uns ist abergläubisch«, sagte Ellen. Sie durchstießen das Wasser und rissen sich die Mundstücke aus den Zähnen. Ein paar tiefe Atemzüge, köstliche, reine Luft, das herrliche Gefühl, wieder unter der Sonne zu sein. »Aber ich glaube, daß es uns alle beruhigt, wenn Admiral da Moya nach 432 Jahren wieder unter Menschen ist ...«

»Sie sind eine herrliche Frau —«, sagte Chagrin und streifte das Gummizeug von seinem Kopf. »Sie haben etwas an sich, das man bewundern muß.«

Er sagte es nicht bloß daher ... er meinte es ehrlich.

Langsam schwenkte der Käfig an Bord. Admiral Ricardo da Moya war zurückgekommen.

*

Zum erstenmal in ihrem Leben sahen sie soviel Gold auf einem Haufen. Chagrin hatte alles, was sie bisher aus dem Wrack der ›Zephyrus‹ geholt hatten, auf einen Stapel gehäuft ... Münzen, Barren, Geschmeide, Edelsteine ... ein kleiner Hügel, der in der Sonne glitzerte und in allen Regenbogenfarben blitzte. Chagrin saß davor, hatte die Beine gespreizt und den Schatzberg zwischen ihnen. Es war, als umklammere er die Millionen, die jetzt bereits an Deck lagen, mit seinen Beinen. Mit glänzenden Augen tauchte er die Hände in den gleißenden Hügel ... man sah, daß es ihm direkt körperliche Lust bereitete, in dem Gold zu wühlen.

»Wachen Sie auf, Chagrin –«, sagte Faerber. »Ihre perversen Exzesse können Sie später fortführen. Untersuchen wir den Giftfisch. Vielleicht haben wir dann einen Weg, Peter zu retten.«

»Ich denke, es geht ihm gut?« fragte Chagrin und wühlte mit beiden Händen in dem Goldhaufen.

»Es ging ihm besser. Aber dieses plötzliche Wohlbefinden ist oft ein Alarm! Seit zehn Minuten hat er wieder Atemlähmungen. Soviel ist jetzt klar: Der Fisch hat ein neurotoxisches Gift an sich.«

»Wenn Sie das wissen, warum tun Sie dann nichts?« sagte Chagrin gleichgültig.

»Soll ich ihm durch die Nase pusten? Was habe ich denn hier in der Bordapotheke?!«

»Bin ich Arzt oder Sie? Wer muß sich vorher mit den möglichen Katastrophen auseinandersetzen? Wenn ich als Bäcker statt Mehl Zement einkaufe, ist das nicht Schuld der anderen!«

Faerber hob resignierend die Schultern und winkte Ellen zu, die aus dem Gummianzug gestiegen war und die jetzt erschöpft unter dem Sonnensegel in einem Liegestuhl hing. Sie hatte den Kopf weit in den Nacken gelegt und atmete tief ein und aus.

Pascale war wieder unter Deck und saß neben Peter Damms. Sein Gesicht hatte wieder die fahlbleiche Farbe angenommen, er atmete stoßweise, war aber bei vollem Bewußtsein. Er schien sein Schicksal zu kennen, seine Augen sprachen mit Pascale und wollten sie beruhigen. Er konnte ganz klar denken, und gerade das war das

Fürchterliche an seinem Zustand. Wenn es losgeht, dachte er, wenn die massiven Atemlähmungen kommen, ich nach Luft ringe und der ganze Körper in konvulsivische Zuckungen verfällt, muß Pascale hinaus. Dieses Sterben soll sie nicht mitansehen. Ob Hans so gnädig ist und mir die letzten Minuten erleichtert? Genug Morphium hat er bei sich, ich weiß es. Er kann mich doch nicht qualvoll ersticken lassen . . .

Er versuchte zu lächeln. Pascale griff nach seinen schlaffen, bleichen Händen, küßte sie und legte ihr Gesicht hinein. »Es wird alles wieder gut, chéri –«, sagte sie leise. »Das Schlimmste ist ja schon vorüber.«

Er versuchte zu nicken, aber er war bis zum Nacken wie gelähmt. Also nickte er mit den Augen. Sie glaubt es wirklich, dachte er zufrieden. Du kleines rotes Aas Pascale . . . wer hätte gedacht, daß du eine so zarte Seele hast . . . Ich liebe dich, auch wenn es gegen alle Vernunft ist . . . Aber was hat Liebe mit Vernunft zu tun?

Faerber und Ellen holten den toten Giftfisch aus den Knochen des Admirals da Moya heraus. Sie benutzten dazu zwei Zangen und legten den Kadaver auf eine große Glasschale. Jetzt, im Tageslicht, unter der leuchtenden Sonne, schien sich der Fisch aufzulösen. Er zerfiel sichtlich, zerfloß förmlich, wurde ein breiiges, gallertähnliches Etwas. Die ewige Nacht war seine Heimat gewesen . . . im gleißenden Sonnenlicht löste er sich auf, als sei Licht für ihn wie Säure. Der nadelfeine Giftstachel mit der anhängenden Giftdrüse war deutlich zu erkennen. Faerber löste ihn mit einer Pinzette aus dem zergehenden Fisch und legte ihn in eine kleine, gläserne Präparatenschale. Chagrin kam herüber. Er hatte sich um die nackte Brust eine grobgliedrige Kette mit großen Smaragden gehängt. Eine Königskette der Mayas.

»Und nun?« fragte er. »Haben Sie ein Labor zur Hand, um zu analysieren?«

»Nein. Aber wir müssen sofort an Land und das Gift untersuchen lassen.«

»Wie denn?« Chagrin zeigte aufs Meer. »Unsere Wachhunde stehen bereit. Zehn Boote. Unsere Chance liegt nur noch darin, Flugzeuge oder andere Schiffe auf uns aufmerksam zu machen oder hinaus aufs offene Meer zu flüchten, um die Chinchorro-Bänke herum. Damit rechnen die Halunken nicht. Sie riegeln nur den Zugang zur Küste ab. Aber bevor wir lospreschen, hole ich noch einige Milliarden aus dem Meeresboden. Es muß sich lohnen . . .«

»Es gibt auch noch eine andere Möglichkeit, Chagrin.« Faerber deckte die Schale mit dem Giftstachel zu. »Pascale, Peter und ich haben das vorhin durchgesprochen, Ellen ist auch einverstanden. Wir alle verzichten auf unsere Anteile und schenken sie den Gangstern da drüben, wenn sie uns an Land lassen und Peter gerettet werden kann.«

»Edel sei der Mensch, hilfreich und gut! Ein typisch deutsches Sprichwort!« Chagrin lachte rauh. Er spielte mit der Königskette vor seiner Brust und spreizte die Beine. Ein Bündel gemeiner Energie, dachte Faerber. Was er jetzt sagen wird, kenne ich im voraus.

»Ich verzichte nicht auf meinen Anteil!« sagte Chagrin laut. »Auf gar keinen Fall. Ich werde um den Schatz kämpfen mit allen Tricks . . . und gewinnen, das verspreche ich Ihnen! Für Peter ist es doch zu spät . . . Faerber, seien Sie kein Phantast, geben Sie es doch zu! Wie kann man als Mediziner nur so unrealistisch sein! Jedes große Werk hat stets seine Opfer gefordert . . . nennen Sie mir eins, wo's nicht der Fall war! Hier ist es Peter Damms Schicksal! Er soll von mir aus später einen goldenen Tempel bekommen und in einem goldenen Sarg liegen. Geld genug haben wir ja! Aber es wäre doch idiotisch, alles zu verschenken, um einen Toten an Land zu bringen!«

»Peter lebt noch!« schrie Faerber und ballte die Fäuste.

»Für mich ist er tot!« sagte Chagrin ungerührt. »Die

nächsten Stunden werden beweisen, wer hier vernünftig gedacht hat!«

Die nächsten Stunden waren eine einzige Qual.

Faerber versuchte noch einmal alles, um Peters Verfall aufzuhalten. Er injizierte noch einmal 40 ml Schlangenserum, er setzte eine neue Dauertropfinfusion an, er versuchte verzweifelt, Peters Leben zu retten.

Peter Damms sah ihn dankbar an und bewegte die Lippen. Aber er konnte nicht mehr sprechen. Bei klarem Verstand verfolgte er das verzweifelte Ringen um sein Leben und erkannte trotz aller Maßnahmen die Machtlosigkeit gegen das unbekannte, ihn langsam vom Leben abschnürende Gift. Er redete wieder mit den Augen, und Faerber verstand ihn.

Pascale hinaus, bitte . . ., sagte Damms. Bleib nur du bei mir . . . Dieses Sterben ist eine Sache unter Freunden. Mach es Pascale klar, bitte . . .

Faerber kontrollierte die Tropfzahl der Infusionen, legte dann den Arm um Pascale und schob sie aus der Kajüte. Sie sträubte sich zuerst, stemmte die Beine gegen die Dielen, aber dann gab sie plötzlich allen Widerstand auf und ließ sich hinausführen. Draußen im Küchengang fiel ihr Kopf gegen Faerbers Brust. Sie weinte haltlos, und er mußte sie festhalten, damit sie ihm nicht aus den Armen auf den Boden glitt.

»Wie lange noch?« fragte sie, als sie sich etwas beruhigt hatte.

»Ich weiß es nicht, Pascale. Eine Stunde, zwei Stunden, fünf Stunden . . . ein Tag . . .«

»So schnell?« Sie starrte ihn an und vergrub ihre Hände in den langen roten Haaren, als könne sie sich an ihnen festhalten.

»Der Zeitpunkt ist verpaßt.«

»Gestern . . .«

»Vielleicht. Eine winzige Chance . . . Aber auch nur eine Chance, mehr nicht. Bis zum nächsten Krankenhaus hätte es Peter geschafft . . . aber dann? Das Gift kreist in seinem Körper und legt die Nervenzentren lahm.«

»Aber gestern . . .« Pascale starrte Faerber aus zitternden Augen an. »Wenn wir gestern . . .«

»Vielleicht . . .«

»Dann hat Chagrin ihn getötet, nicht wahr?«

»Ja!« Faerber nickte langsam. »Chagrin hat Peter auf dem Gewissen. Aber er hat ja kein Gewissen.«

Bis zum Abend hielt sich Peter Damms. Er verlor nicht das Bewußtsein, aber die Atmung wurde immer qualvoller. Die Augen quollen ihm aus den Höhlen . . . er erstickte und erlebte jede Minute dieses fürchterlichen Todes mit.

Pascale hatte Chagrin auf Deck angefallen wie eine Raubkatze. Aus einem Winkel der Deckaufbauten war sie auf ihn zugeschnellt, hatte ihn umgeworfen und ihre spitzen Fingernägel in seinen Hals gekrallt. Sie drückte die Fingerspitzen in seine Kehle, biß ihm ins Gesicht, war irr vor Rache und ließ erst von ihm ab, als er sie mit ein paar kräftigen Faustschlägen von sich abschüttelte.

»Du verdammtes Luder!« keuchte er. »Es gehört mehr dazu, einen Chagrin umzubringen. Merk dir das!« Er schleifte sie an den roten Haaren über das Deck, warf sie in den Goldhaufen und schaufelte mit beiden Händen die Münzen und Goldbarren über ihren zuckenden Körper. Als nur noch ihr Kopf aus dem Goldberg ragte, ließ er von ihr ab und lachte sein grausames Lachen. »Na, wie fühlt man sich im goldenen Bett?« schrie er. »Du schläfst auf Millionen! Ist das ein Gefühl?! Und so etwas tauschst du gegen einen Mann?!«

»Er ist völlig verrückt geworden«, sagte Faerber. Er hatte alles vom Kajütenfenster aus gesehen, aber er konnte Pascale nicht helfen. Peter Damms brauchte ihn nötiger. Ellen saß neben seinem Kopf und tupfte ihm den kalten Schweiß von der Stirn. »Das Gold hat Chagrin völlig entmenscht. Mein Gott, wie sich alles wiederholt! So war es vor 450 Jahren schon einmal, als die spanischen Eroberer die Reiche der Azteken, Mayas und Inkas zerstörten und Zehntausende sterben mußten des Goldes wegen.« Er wandte sich ab und sah Ellen lange an. »Als ob es der alte Drexius geahnt hätte. Wie viele Jahre mochte er den Plan hinter dem Bild versteckt haben! Daß er ihn schließlich mir vererbte, war nur sein Gedanke: Der Faerber ist ein moderner Mensch. Ihn haut das Gold nicht um. Er wird kein Sklave der Millionen. Ellen ... und was sind wir geworden? Es ist zum Kotzen ...«

Von Deck kam Chagrin herunter. Er blutete am Hals, wo Pascales Nägel sich tief eingegraben hatten, und aus mehreren Bißwunden im Gesicht.

»Pinseln Sie mich mit Jod ein, Hans«, sagte er ruhig. »Am liebsten möchte ich eine Tetanusspritze haben. Das rote Aas hat Giftzähne wie eine streunende Katze!« Er warf einen Blick auf Damms und Ellen. »Ihr dämlichen Ärzte!« sagte er rauh. »Infusionen, Spritzen, Tropfen ... und das noch, wenn alles im Eimer ist! Warum quälen Sie Peter noch so. Greifen Sie in Ihren Morphiumkasten und Schluß!«

»Gehen Sie hinaus, Chagrin«, sagte Faerber leise. »Himmel, verschwinden Sie sofort, Chagrin, oder unsere Abmachung, uns nicht weiter aufzufressen, ist auch im Eimer! Neben mir liegt das Gewehr ...«

Chagrin stutzte, sah Faerber kurz an, erkannte, daß weitere Worte sinnlos waren, und tappte wieder nach oben. Er kam gerade richtig an Deck. Aus dem Ring der zehn Boote hatte sich ein braunes Motorboot gelöst und tuckerte auf die ›Nuestra Señora‹ zu. Deutlich sah Chagrin das Maschinengewehr am Bug. Ein Mischling – es war Paulus – lag dahinter und war schußbereit. Neben ihm stand Pedro Dalingues und schwenkte ein weißes Tuch. In Rufweite hielt das Boot an und Pedro legte beide Hände vor den Mund.

»Hören Sie mich?« rief er auf spanisch.

»Ja!« schrie Chagrin zurück. »Aber ich spreche kein Spanisch. Können Sie Französisch?«

»Ein bißchen.«

»Das genügt!« Chagrin lachte rauh.

»Also, was ist?«

»Freies Geleit gegen 50 % Beteiligung!«

»Nicht einen Peso, du Halunke!«

»Wir haben Zeit, Monsieur. Wir lassen Sie auf dem Meer austrocknen!«

»Über dieses Spielchen möchte ich fast eine Wette abschließen! Sie werden sie verlieren!«

»Wetten wir!« Pedro hob die Faust. »Das erwartet Sie.«

Er gab Paulus einen Wink. Das Maschinengewehr ratterte los, Chagrin warf sich hin. Dicht über ihn hinweg schlug die Salve in den Aufbau des Ruderhauses. Dann wendete das kleine, schnelle Boot und ratterte zu den anderen zurück. Zehn Wachhunde, die sofort zubeißen würden, wenn sich die ›Nuestra Señora‹ rühren sollte.

Chagrin kroch auf dem Bauch zur Treppe und ließ sich hinunterrollen.

»Begreifen Sie jetzt endlich, in welcher Lage wir sind?« schrie er Faerber an, als er in die Kajüte stolperte. »Sie sagen 50 % und meinen 100! Sie garantieren freies Geleit und legen uns an der Küste um! Und Sie Spinner glauben noch immer, Sie könnten das Leben Ihres Freundes erkaufen!« Er setzte sich und streckte die Beine aus. »Nur eins beruhigt mich bei diesem Mist: Sie können mir nicht mehr den Tod von Peter in die Schuhe schieben!«

»Darüber reden wir später, Chagrin!« sagte Faerber tonlos.

»Wenn es ein später gibt. Verdammt, wir müssen uns etwas einfallen lassen, um hier herauszukommen. Ich verschenke keine 4,5 Milliarden Mark! Sie täten das, nicht wahr, Hans?«

»Ja.«

»Da kann man nichts machen.« Chagrin hob die Schultern. »Jeder Mensch ist auf seine Art verrückt. Wir müssen uns jetzt nur darüber im klaren sein, daß wir ab sofort Tag und Nacht eine Wache aufstellen müssen. Ihr Märchen von der vielen Zeit glaube ich den Halunken nicht . . .«

Am Abend verbrannten sie zum erstenmal nasses Holz und ließen damit eine deutliche Rauchsäule in den Himmel steigen. Man mußte sie von weither sehen . . . wenn es hier überhaupt Schiffe gab, sie sich dafür interessierten, was außer ihnen auf dem Meer herumschwamm . . .

*

In der Nacht starb Peter Damms.

Hans Faerber hatte noch einmal alles versucht, was mit den Mitteln, die er besaß, möglich war. Er wußte, daß es ein aussichtsloser Kampf war, aber er wollte Peter nicht kampflos aufgeben. Wider alle Vernunft versuchte er, die Atemlähmung aufzuhalten. Er klemmte Damms sogar das Mundstück eines Tauchgerätes zwischen die Zähne, ließ reinen Sauerstoff einfließen und pumpte dann die Luft in den Brustraum, indem er den Thorax fünfmal rasch und kräftig gegen die Brustwirbelsäule drückte. Noch einmal gab er eine Reihe von Injektionen und saß dann allein am Bett, hielt Peters Hand und blickte ihm in die geweiteten Augen.

Damms war bei vollem Bewußtsein. Er hörte alles. War selbst aber so gelähmt, daß er sich weder rühren noch einen Laut von sich geben konnte. In der Nebenkajüte lag Pascale mit dem Gesicht nach unten auf dem Bett und heulte wie ein kleiner Hund. Ellen saß neben ihr und drückte sie immer wieder zurück, wenn sie aufspringen und nach nebenan zu Damms laufen wollte. Chagrin saß auf dem Dach des Ruderhauses und hielt

Wache. Er beobachtete die zehn Boote, die wie winzige Glühwürmchen auf dem Wasser tänzelten.

»Peter —«, sagte Faerber tonlos. Es kostete ihn Mühe, zu sprechen, als sei er selbst gelähmt. »Peter, kannst du mich verstehen?«

Damms bewegte die Augen. Ja, hieß das. Sprich nur, Hans. Ich weiß, was du mir sagen willst. Nimm die Infusionsschläuche weg, leg die Spritzen zur Seite ... ich habe immer vor dem Tod Angst gehabt. Jetzt, wo ich mit offenen Augen vor ihm stehe, ist das alles so einfach, so merkwürdig selbstverständlich.

»Ich kann nichts mehr für dich tun«, sagte Faerber langsam. »Ich muß dir das sagen, Peter. Aber ich verspreche dir, daß deinen Anteil deine Mutter und deine kleine Schwester bekommen. Peter —« Er beugte sich über seinen Freund und streichelte ihm über das bleiche Gesicht. Plötzlich weinte er, und er zwang sich nicht, seine Tränen zu unterdrücken. »Es war eine gute Freundschaft zwischen uns.«

Peter Damms schloß die Augen. Das war der Abschied. Nun gewöhnte er sich an die Dunkelheit. Die Luftnot war fürchterlich, aber er konnte nicht schreien, denn er war ja nichts mehr als eine starre Hülle, in der noch ein Herz unregelmäßig schlug, aber ein Verstand so schrecklich klar dachte.

Faerber nahm die Infusionen aus den Venen, zog eine Spritze mit Morphium auf und tat mit ruhiger Hand diesen letzten, größten Freundesdienst.

Dann nahm er Peters Hände wieder in seine Hände und wartete, bis Damms langsam wegglitt aus dieser Welt. Plötzlich hörte das Herz auf zu schlagen, das Gesicht wurde noch spitzer, die Augen sanken ein, die Qual des Erstickens war vorüber.

Faerber zog die Decke über Damms Gesicht und ging hinaus zur anderen Kajüte. Ellen sah ihn groß und stumm an. Er nickte und setzte sich neben Pascale.

Sie zuckte hoch und umklammerte Faerbers Schultern. Daß er plötzlich hier war, erübrigte jede Frage. »Kann – kann ich ihn sehen?« fragte sie. Ihr Gesicht war ein einziges Zucken.

»Er ist ganz ruhig gestorben«, sagte Faerber. »Geh hinein . . .«

Er hielt Ellen zurück, die Pascale begleiten wollte, und wartete, bis die Tür zugeklappt war.

»Wir sollten jetzt, gerade in diesem Augenblick, nicht an Peter, sondern an uns denken, Ellen«, sagte er. »Mit Peters Tod ist die Situation auf dem Schiff völlig verändert. Pascales ›Abfall‹ – von Chagrin aus betrachtet – ist jetzt gegenstandslos geworden. Nach dem ersten Schmerz wird die Ernüchterung folgen. Immerhin geht es um einige Millionen! Chagrin wird es Pascale früh genug klarmachen, auf wessen Seite sie zu stehen hat. Ab sofort leben wir mit dem Tod im Nacken, ist dir das klar?«

»Wir müssen an Land, Hans, so schnell wie möglich an Land!«

»Das ist nur möglich, wenn wir auf alles verzichten.«

»Ich hasse dieses Gold da unten im Meer!«

»Um an Land zu kommen, müßten wir Chagrin und Pascale unschädlich machen.« Faerber lauschte nach draußen. Durch die Holzwand hörte er das laute Weinen von Pascale. »Vielleicht ist Chagrins Plan, zur offenen See durchzubrechen, der beste Weg, noch etwas zu retten.«

Ellen sah ihn forschend an. »Auch du kannst dich von dem Schatz nicht losreißen –«, sagte sie dann leise. »Mein Gott, Hans, dich hat das Gold ja auch schon völlig verwandelt . . .«

»Vielleicht.« Faerber sprang auf. »Ich habe dir ja gesagt: Peters Tod schafft völlig neue Situationen . . .«

Er ging schnell hinaus an Deck. Entsetzt starrte ihm Ellen nach.

Oben an Deck saß Chagrin noch immer auf dem Ruderhaus. Ab und zu ließ er den großen Scheinwerfer über das stille Meer kreisen und erfaßte die Bootskette der mexikanischen Banditen. Wenn der grelle Strahl eines der Boote aus der Dunkelheit hervorhob, standen die Männer auf und winkten mit beiden Armen zu der ›Nuestra Señora‹ hinüber.

»Sie arbeiten in drei Schichten«, sagte Chagrin sarkastisch. »Einige Boote sind immer unterwegs mit Verpflegung und Ablösungen. Eine kluge Taktik. Sie verhindern eigene Verluste, indem sie den Feind im eigenen Saft garkochen.« Er sog an seiner Zigarette und stellte den Scheinwerfer aus. »Was macht Peter?«

»Es ist vorbei.«

Chagrin nickte und warf die Zigarette über Bord. »Sie sind sich doch darüber im klaren, daß wir Peter nicht an Bord konservieren können, um ihn einmal drüben auf dem Land ehrenvoll in die Erde zu legen? Obwohl er das Meer nie gemocht hat, müssen wir ihn im Meer versenken.«

»Deshalb will ich mit Ihnen sprechen, Chagrin.« Faerber setzte sich neben ihn auf das Ruderhausdach. Die leere Fahnenstange ragte zwischen ihnen in den Nachthimmel. Faerber stemmte seine Beine gegen die Scheinwerferhalterung und lehnte den Kopf an die Fahnenstange. Jetzt, nachdem Peters schreckliches Sterben überstanden war, überfiel ihn eine große Müdigkeit.

»Geben Sie mir eine Zigarette, René«, sagte er.

Chagrin steckte ihm eine an und schob sie Faerber zwischen die Lippen. »Ich hatte auch mal einen Freund«, sagte er dabei. »Wir tauchten im Auftrage einer französischen Firma im Roten Meer. Wir waren zwei Kumpels, wie man es sich wünscht. Julien hieß er. Zwei Meter neben mir wurde er von einem Hai zerfleischt, und ich konnte ihm nicht helfen. Wissen Sie, wie einem da zumute ist? Wenn man zusehen muß, wie seinem besten Freund das Fleisch in großen Stücken aus dem Körper gerissen wird? Ich habe ein halbes Jahr nicht mehr getaucht, so fertig war ich. Aber man überlebt's, Hans.«

»Wir werden Peter im Wrack begraben«, sagte Faerber leise. »Chagrin, sparen Sie sich alle Worte. Im Wrack. Auf der Bank des Admirals da Moya.«

»Ist das Ihr deutsches Gemüt? Aber wie Sie wollen. Wann bringen wir Peter runter?«

»Morgen früh . . .«

»Das können aber nur wir zwei.«

»Natürlich.«

»Das ist genau das, was ich vermeiden will. Wir allein unter Wasser. Ellen mit Pascale oben.«

»Sie haben Angst, Chagrin?« fragte Faerber spöttisch.

»Verdammt, ja! Pascale ist eine Irre! Sie haben es heute selbst gesehen. Springt mich von hinten an wie eine Katze und will mich erwürgen und zerbeißen. So etwas von einem Weibsstück! Wenn sie Ellen überlistet, während wir Peter mit deutscher Romantik begraben, sind wir alle geliefert.«

»Was hätte Pascale davon? Denken Sie mal logisch, Chagrin.«

»Logisch! Wenn eine Frau vor Rache glüht, wo bleibt da die Logik?« Chagrin stellte den Scheinwerfer wieder an, ließ ihn über das Meer kreisen und erfaßte hintereinander die zehn Wachboote. »Und die da? Sie sehen genau, wenn wir ins Wasser steigen. So schnell, wie sie herankommen, können wir gar nicht wieder auftauchen! Das ist alles eine große Scheiße, Hans! Ein Mann muß oben bleiben, das genügt für die Gauner. Aber zwei Frauen allein . . .«

»Wir haben schon so viele Risiken auf uns genommen – wir werden auch das wagen!« sagte Faerber fest. Er sah Chagrin von der Seite an. Der drahtige Franzose starrte in die Nacht. Sein schmaler, von der Sonne gegerbter Kopf wirkte gegen den Nachthimmel wie der Schattenriß eines Raubvogels. »Chagrin, Sie lassen merklich nach«, sagte Faerber provozierend. »Ihr Mut verringert sich mit dem Vermögen, das wir aus dem Meer holen. Bei 4,5 Millionen sind Sie nur noch ein Waschlappen . . .«

Chagrin grinste breit. Er stellte den Scheinwerfer wieder aus und reckte die Arme. »Sparen Sie sich solche Nadelstiche, Hans«, sagte er. »Natürlich wird man vorsichtiger, wenn man etwas zu verlieren hat. Aber ein Chagrin ist noch nie ein Feigling gewesen. Gut, wir bringen Peter ins Wrack. Wann?«

»Bei Morgengrauen.«

»Die beliebteste Stunde für Hinrichtungen . . .«

»Verdammt, halten Sie Ihr Schandmaul!« Faerber rutschte vom Dach. »Ich übernehme die Wache. Schlafen Sie etwas, Chagrin. Der kommende Tag wird hart werden . . .«

Chagrin rutschte auf der anderen Seite vom Dach und trottete nach hinten zu seinem Bambusaufbau davon. Faerber ging nach vorn an den Bug, setzte sich auf die Ankerwinde und vergrub das Gesicht zwischen den Händen.

Er kam sich elend vor. Und immer wieder fragte er sich: Hätte man Peters Tod verhindern können? Habe ich alles getan, was möglich war? Wäre er noch zu retten gewesen, wenn wir das Festland erreicht hätten? Dazu hätte man Chagrin töten müssen . . . einen anderen Weg gab es nicht.

Wo ist jemand, der einem sagen kann, ob man einen Menschen töten darf, um dadurch einen anderen zu retten? Wer wagt es, diese Frage zu beantworten?

Es war eine stille Nacht. Träge schlug das Meer gegen die Bordwand, Faerber beugte sich nach vorn und weinte wieder.

Später kam Ellen, küßte ihn, drückte seinen Kopf gegen ihre Brust und streichelte sein Gesicht. »Die Frage nach Schuld oder Nichtschuld ist sinnlos, Hans«, sagte sie. »Geh nach unten und leg dich hin. Ich übernehme die Wache . . .«

Am frühen Morgen waren sie alle an Deck. Die Sonne hing noch hinter dem Horizont, aber ihre rotgoldenen Strahlen überzogen wie ein Zauberkranz bereits den weiten Himmel. Chagrin und Ellen hatten Decken und eine Zeltplane ausgebreitet und Taue bereitgelegt. Pascale saß zum letztenmal neben Peter Damms und ließ sich wie eine aufgezogene Gehpuppe wegführen, als Chagrin erschien und Faerber zunickte. Dann trugen sie Peter nach oben, legten ihn auf die Decke und begannen, ihn einzurollen und zu verschnüren. Pascale half dabei nicht. Starr saß sie auf einer Kabelrolle, vermummt in die eigenen, langen, roten Haare, eine Statue, wie mit Blut übergossen.

Erst, als das schreckliche Paket verschnürt war und Ellen den großen Schutzkäfig heranschwenkte, rührte sie sich, warf sich neben der Leiche auf das Deck und küßte die Zeltplane, als habe sie Peters Körper vor sich. Chagrin sah Faerber an. In seinem Blick stand, was er dachte: eine billige Show. Für ihn waren Gefühlsregungen nur bewußtes Theater. Liebe nichts anderes als sexuelles Vergnügen. Daß eine Frau wie Pascale wirklich mit der Seele lieben konnte, hielt er schlicht für unmöglich.

»Können wir?« fragte er rauh.

»Ja.«

Faerber zog die Gummihaube über seinen Kopf. Chagrin ließ sich von Ellen die Sauerstoffflaschen umschnallen. Um die mexikanischen Banditen zu täuschen, trug Ellen einen Anzug von Faerber, hatte die Haare hochgebunden und einen weißen, geflochtenen Hut aufgesetzt. Ein weiter Pullover verdeckte alle weiblichen Formen. Von weitem, auch durch ein gutes Fernglas, war nicht zu erkennen, ob dort ein Mann oder eine Frau arbeitete.

Auch Pedro Dalingues war dieser Ansicht, denn nach eingehender Musterung aller Personen an Bord der ›Nuestra Señora‹ sagte er: »Der dritte Mann arbeitet wieder mit. Wenn ich bloß erkennen könnte, was sie da in die Tiefe mitnehmen wollen! Ein neues Gerät? Verdammt noch mal!«

Kurz vor sieben Uhr morgens tauchte der Schutzkorb ins Meer. Neben Chagrin und Faerber lehnte Peter Damms' eingewickelte Leiche. Pascale hing über der Reling, bis sie den Korb unter Wasser nicht mehr sehen konnte und die dämmerige Tiefe ihn verschluckte. Dann ging sie zu dem Funkgerät und stülpte sich die Kopfhörer über.

Das Rasseln der Winde schien heute anders zu klingen ... es war wie das Scheppern zerbrechender Totenglocken.

Vor dem Deckenloch des Wracks sprang Chagrin als erster aus dem Korb, zog ihn nahe an den Einstieg heran und befestigte ihn im Meeresboden. Die beiden treuen Haie schwammen in weiter Entfernung herum, träge, verschlafen, noch nicht zur Jagd aufgelegt.

Vorsichtig ließ Faerber das Totenpaket aus dem Käfig in den Einstieg gleiten. Dort nahm er Chagrin in Empfang und wartete, bis Faerber im Wrack war. Durch die große Gerippekammer, die aufgebrochene Tür und den Treppenvorraum ging es sehr schnell. Aber dann standen sie vor dem engen Gang zum Hinterschiff und waren sich darüber im klaren, daß sie den toten Damms nicht in die Mitte nehmen konnten, ohne an die Wände zu stoßen.

»Ich schwimm voraus –«, sagte Faerber.

»Einverstanden?«

»Es ist Ihnen doch klar, daß Sie die ganze Strecke rückwärts, also blind schwimmen müssen! Sie müssen ja Peter mit anfassen.«

»Natürlich!«

»Und Sie glauben, das mache ich mit?« Chagrin schüttelte den Kopf. »Das ist Millimetersache! Und das ist Profisache. Ich schwimme voraus. Sie können mich immer noch korrigieren, wenn ich zu weit seitlich abkomme. Los, diskutieren wir nicht!« Er schwamm voraus, wendete dann, ergriff den Totensack, wo Peters Kopf sein mußte und begann mit ganz leichten, vorsichtigen Flossenschlägen, rückwärts in den Gang zu schwimmen. Faerber faßte das andere Ende des Toten, schob und hob nach. So schwammen sie langsam in einer Kette durch den Gang, Meter um Meter, den Tod zwischen und um sich.

Chagrin schwamm vorzüglich, millimetergenau. Faerber brauchte ihn nur zweimal zu korrigieren. Dann hatten sie das Treppenhaus erreicht und schwebten nach oben zur Admiralskajüte. »Das schwöre ich Ihnen, Hans«, sagte Chagrin heiser, als sie vor den geschnitzten Treppen standen. »So etwas mache ich nicht noch einmal! Das kostet zehn Jahre Leben. Los jetzt, damit Ihr verdammtes Gemüt zufrieden ist!«

Sie legten den Sack mit Peters Leiche auf die Bank, wo Admiral da Moya gesessen hatte. Dann standen sie davor, leuchteten den Toten mit ihren Brustscheinwerfern an und nahmen Abschied.

»Bei uns bläst man Clairons, bei Ihnen singt man ›Ich hatt' einen Kameraden...‹ Worauf einigen wir uns?« fragte Chagrin.

»Ich möchte Ihnen in den Arsch treten!« antwortete Faerber schwer atmend.

»Das wäre auch ganz im Sinne des Verstorbenen.« Chagrin legte grüßend die Hand an den Kopf, wandte sich dann ab und schwamm weg. »Wenn Sie fertig sind, Hans ... ich warte bei den Goldkisten. Wir nehmen gleich ein paar mit zurück.«

Dann war Faerber allein. Er legte noch einmal die Hand auf den Sack, wo Peters Kopf sein müßte, und sagte langsam: »Pascale, hörst du mich?«

»Ja, Hans ...« kam es von oben.

»Kannst du noch beten?«

»Ja ...«

»Dann tu es.« Er ließ die Hand auf Peters Kopf, betete kurz und wandte sich dann weg. Im Strahl seines Scheinwerfers huschte ein bleicher, lanzengleicher Fisch schnell in die rettende Dunkelheit.

Faerber tauchte schnell nach unten. Dort wartete Chagrin neben einer Kiste. »Peter hat seinen eigenen Wachhund —«, sagte Faerber heiser. »Von jetzt an bewacht ihn ein Giftfisch. Chagrin, und wenn Sie mich für verrückt halten: Man könnte hier abergläubisch werden!«

*

An diesem Tage tauchten sie noch fünfmal und holten Gold, Münzen und Edelsteine im Wert von mehreren Millionen aus dem Wrack der ›Zephyrus‹. Es war, als sei Chagrin ein Wesen ohne Müdigkeit, ohne Kräfteverfall, ohne Lungen und Herz geworden ... die Besessenheit, die das Gold bei ihm auslöste, rebellierte Kräfte in seinem Körper, die niemand vermutet hatte. Als Chagrin zum sechstenmal hinunter wollte, kapitulierte Faerber.

»Ohne mich!« sagte er. Er lag an Deck auf dem Rücken wie ein an Land geworfener Fisch. »Sie sind ja wahnsinnig, Chagrin.«

»Das stimmt. Bei soviel Millionen hat man ein Recht dazu! Wissen Sie, wie lange wir noch tauchen können? Wenn wir die Lebensmittel rationalisieren müssen, wenn das Trinkwasser in Schlucke verteilt werden muß, ist auch die letzte Kraftreserve zum Teufel. Aber solange die Muskeln noch arbeiten, sollen Sie Gold aus der Tiefe holen. Wir haben noch Zeit genug, den Millionen nachzuweinen, die wir zurücklassen müssen.«

»Was wir schon oben haben, genügt, um bis ans Lebensende sorglos zu leben. Was wollen Sie mehr, Chagrin?«

»Den optimalen Reichtum, Hans! Mit jedem Hinuntertauchen eine Million gewinnen ... wir wären doch irr, das nicht bis zum letzten Schnaufer zu machen! Und wenn Sie nicht mehr können . . . ich mach's allein . . . mit Ellen . . .«

»Fangen Sie schon wieder mit dem Blödsinn an?!«

»Nur zum Selbstschutz. Sie kann vor dem Gang warten. Es genügt, wenn sie mit mir unten ist. Hans, ich traue Ihnen nicht.« Chagrin saß unter dem Sonnensegel, noch im Gummianzug, und trank ein Glas Obstsaft. »Vor ein paar Tagen waren Sie noch der liebe, ideale Junge, den man mit einigen Tricks auf den Rücken legen konnte. Sie haben eine verfluchte und schnelle Wandlung durchgemacht. Ohne mich zu beweihräuchern – aber Sie sind mir ebenbürtig geworden. Und Ellen ist eine knallharte Person. Pascale haßt mich wie der Schmetterling die Spinne. Ich stehe völlig allein! Glauben Sie nicht, daß das ein fröhliches Gefühl ist!«

»Ich heiße nicht Chagrin«, sagte Faerber. »Ich habe nie den Gedanken gehabt, Sie umzubringen.«

»Aber ich Sie, was?«

»Ja.«

Chagrin musterte Faerber. Was hatte Pascale verraten? Sei's drum – die Situation war eine andere geworden. Niemand sollte sich mehr darum kümmern, was bereits hinter ihnen lag.

»Wer hat Ihnen dieses Schauermärchen aufgebunden?« fragte Chagrin und versuchte sein spöttisches, provozierendes Lachen. »Das rote Teufelchen Pascale?«

»Kein Wort. Aber ich bin nicht blind, René –«

»Vielleicht schielen Sie unbewußt?«

»Auch nicht. Es hat keinen Zweck, das ins Lächerliche zu ziehen. Das Auftauchen der mexikanischen Piraten hat Ihre ganzen Pläne zerstört, Chagrin. Die große Chance, Alleinerbe zu werden, ist vorbei. Überhaupt sind Sie allein wertlos . . . wir schaffen es nur gemeinsam! Dafür müßte man den Mexikanern direkt einen Anteil überlassen . . . sie sind unsere Lebensretter.«

»Ich sagte ja schon: Sie haben eine erschreckende

Wandlung durchgemacht, Hans.« Chagrin trank seinen Fruchtsaft aus. »Wie lange können wir noch tauchen?«

»Wieso?« Faerber hob den Kopf.

»Wie sieht's mit dem Benzinvorrat aus? Die Winden brauchen Strom, und den liefert unser benzingetriebenes Aggregat. Wir brauchen aber auch noch genug Sprit, um über das freie Meer zu flüchten und die Küste von Guatemala zu erreichen. Da sind wir sicher. Also nicht nur Wasser und Essen, sondern auch das Benzin bringt uns in Zeitnot.«

»Ich sehe nach —«, sagte Faerber. Er stand auf und ging hinunter in den Maschinenraum. Nach zehn Minuten war er wieder da. Schon bevor er sprach, sagte Chagrin laut: »Scheiße! Ich habe es geahnt! Ihr dämliches Gesicht sagt genug!«

»Wenn wir übers freie Meer flüchten wollen, müssen wir morgen losfahren! Bis zur Küste — das sind 10 Kilometer — reicht es noch, wenn wir zwei Wochen hier herumliegen und das Gold heraufholen.«

»Und wozu haben Sie sich entschlossen, Hans?«

»Wir fahren übers Meer —«

»Noch vier Tage . . . geht das? Vier Tage nur noch . . . das sind, mein Gott, das können zehn Millionen werden! Vier Tage müssen wir doch herausholen können! Wenn wir so wenig Strom wie möglich verbrauchen, kein Licht mehr brennen lassen, alles roh essen . . . vier Tage, Hans!«

Chagrin schlug die Fäuste gegeneinander und rannte über Deck. Er stand vor den heraufgeholten Schätzen, kniete nieder, wühlte mit den Händen in den Goldmünzen und stand dann an der Reling, stierte ins Meer und hielt seinen Kopf umklammert, als zerplatze er.

»Er beginnt wirklich wahnsinnig zu werden«, sagte Faerber zu Ellen, die aus der Küche kam. »Ich beobachte das schon seit Tagen. Mit der ersten Kiste Gold ist etwas in seinem Hirn zersprungen. Chagrin befindet sich in einem schrecklichen Wettlauf zwischen der Kraft seines Körpers und dem Verfall seines Verstandes. Wenn wir nichts tun, wird der Wahnsinn siegen ... und das würde fürchterliche Folgen haben. Was macht Pascale?«

»Sie atmet – weiter nichts. Sie liegt auf Peters Bett und reagiert auf nichts mehr.«

Chagrin kam von den Schatzkisten zurück. Sein Blick war merkwürdig starr und ging durch Faerber hindurch, als sei dieser aus Glas. »Ich habe einen Entschluß gefaßt«, sagte er. »Wir tauchen noch vier Tage.«

»Das ist nichts Neues, Chagrin.« Faerber zeigte auf das kleine Beiboot am Heck. »Lassen Sie die Nußschale zu Wasser, wir geben Ihnen die Ausrüstung und genug Verpflegung, und dann tauchen Sie lustig weiter.«

Chagrin sah Faerber entgeistert an. »Sie sind wohl verrückt geworden, was? Oder halten Sie mich für einen Idioten?«

»Ja!«

»Danke.« Chagrin grinste böse. »Warum muß es zwischen uns immer zu einem Machtkampf kommen?«

»Vielleicht liegt es in der Natur des Menschen, sich gegen Blödsinn zu wehren.«

»Begreifen Sie das nicht, Chagrin: *Sie* stehen hier allein! Wir alle wollen weg, so schnell wie möglich weg.«

Chagrins Gesicht verzog sich. Es zuckte, und seine Augen begannen zu flackern. Er machte wirklich den Eindruck eines Irren, der jeden Augenblick zu einem wilden Ausbruch fähig ist.

»Nur noch einen Tag, Hans –«, sagte er plötzlich. Seine Stimme klang weinerlich, im Gegensatz zu seinem entschlossenen Gesicht. »Einen einzigen Tag. Wir werden von früh bis abends tauchen und noch raufholen, was wir schleppen können. Sechs, sieben Millionen ... Hans, wollen Sie das alles liegenlassen? Ein Tag ist doch noch drin! Wir werden die Tragkörbe bis an die Grenze ihrer Belastbarkeit beladen, um so wenig wie möglich die Windenmotoren laufen zu lassen. Sieben Millionen für ein paar Liter Benzin ... da sollte man nicht mehr diskutieren.«

»Und wenn uns nachher diese paar Liter bis zur Küste fehlen?! Auch Sie können keine Motoren mit Goldbarren antreiben ...«

»Sie werden uns nicht fehlen!« schrie Chagrin. »Bei allen Berechnungen gibt es eine Sicherheitsdifferenz«

»Bei uns nicht mehr. Wenn wir den Mexikanern mit Vollgas davonfahren müssen, und dieses Vollgas über Stunden beibehalten, werden wir sowieso mitten auf dem Meer liegenbleiben und herumtreiben ...«

»Na also!« Chagrins Lachen war schauerlich. Es klang tierisch. »Wir treiben so oder so. Da macht ein Tag die Tante Emma auch nicht mehr fett. Wir tauchen morgen, ist das klar?!«

Er wandte sich ab, ging zu den Kisten zurück, setzte sich zwischen die glitzernden Schätze und rammte die Hände in das Gold. Es war, als verschmelze er mit dem gleißenden Berg. Faerber sprach ihn nicht mehr an.

Doch als er in der Nacht zum Ruderhaus schlich und heimlich den Motor anstellen wollte, saß Chagrin neben den Instrumenten und grinste Faerber böse an.

»Ich bin schon da, sagte der Igel zum Hasen ... Sie wollten sich heimlich davonmachen, nicht wahr? Nicht bei einem Chagrin, mein lieber Hans! Gewöhnen Sie sich doch einmal an, daß ich Gemeinheiten früher rieche, als der, der sie ausführen will, überhaupt denkt!« Er hob die Faust und hielt sie Faerber unter die Nase. »Hier drin ist der Zündschlüssel, mein blonder Held! Ich werde ihn mir an die Admiralskette hängen als zweites Medaillon! Sie müßten mich also schon umbringen, wenn Sie das Schiff gegen meinen Willen starten wollen! Bitte holen Sie sich den Schlüssel!«

Er streckte die Faust noch immer vor, den Körper etwas zusammengekrümmt, sprungbereit wie ein Raubtier. Faerber musterte Chagrin stumm. Ich bin vielleicht kräftiger als er, dachte er. Aber er wird schneller sein, er kennt alle Tricks und Gemeinheiten und jede Hinterlist. So kommt man nicht an ihn heran, nicht in einer offenen Feldschlacht. Man muß ihn überlisten wie ein Tier, das man nicht töten, sondern einfangen will.

»Es wird die Zeit kommen, wo Sie mich anflehen werden, den Schlüssel anzunehmen«, sagte Faerber.

»Sicherlich –« Chagrin hielt weiter demonstrativ die Faust in die Höhe.

»Dann wird es zu spät sein, Chargin.« Faerber ging aus dem Ruderhaus hinaus, aber in der Tür drehte er sich noch einmal um. Chagrin ließ den Zündschlüssel um seinen Zeigefinger kreisen. »Ich habe nichts zu verlieren. Sie alles! Mich kotzt dieses Gold an!«

»Ich liebe es und könnte mit ihm schlafen wie mit einer Geliebten. So verschieden sind die Geschmäcker. Hans –« Chagrin hielt den kreisenden Schlüssel an. »Es geht nur um ein paar Tage. Dann werden Sie in mir den treuesten Gefolgsmann haben.«

»In ein paar Tagen werden Sie völlig verrückt sein, Chagrin. Dieses gelbe Metall schafft Sie! Das ist meine Chance . . .«

»Eine verdammt dünne Decke überm Eis!« Chagrin lachte leise, aber auch dieses Lachen war nicht mehr normal. Es schwang etwas mit, was Faerber die Nackenhaare sträuben ließ: ein Ton jenseits aller Menschlichkeit. »Morgen um fünf fangen wir an! Ellen und ich! Gehen Sie runter und schlafen Sie! Auf uns kann ich allein aufpassen. Sie wissen es doch aus der Medizin: Irre entwickeln ungeheure Energien.«

Wieder das schreckliche, hohle, sich überschlagende Lachen . . . Faerber schlug die Tür zu und ging hinunter zu den Kajüten.

»Er hat den Zündschlüssel«, sagte er zu Pascale und Ellen, die auf ihn gewartet hatten. Da der Motor nicht angesprungen war, ahnten sie, daß auf Deck Chagrin herumgeisterte. »Noch ist er der Stärkere.«

»Wir müssen ihn töten«, sagte Pascale dumpf. »Es

bleibt uns gar nichts anderes übrig, als ihn zu töten. Überlaßt ihn mir. Ich habe ein Recht darauf, ihn zu töten. Ellen, Hans . . . ich kaufe ihn euch ab! Ich biete meinen ganzen Anteil gegen sein Leben! Ist das ein Geschäft?«

Sie hob wie bettelnd die Hände. Ihr Gesicht zwischen dem langen roten Haar war in den letzten Tagen eingefallen, spitz und scharf geworden und hatte den aufregenden, exotischen Reiz verloren. Was geblieben war, wirkte nicht mehr schön . . . es war eine starre, noch jugendliche Maske, in die sich deutlich, von Stunde zu Stunde, wie eine Säure das Alter hineinfraß. Ein erschreckender Anblick.

»Kümmert euch nicht darum«, sagte sie und vergrub ihre Hände in dem langen Haar. »Ich töte ihn –«

*

Es war unmöglich, Chagrin umzubringen.

Er hatte sich ein Sicherheitssystem ausgedacht, das Faerber nie durchbrach, weil er Gewalt haßte, und das Pascale nie überwinden konnte, weil ihr die höllische Intelligenz von Chagrin fehlte.

Es begann damit, daß Chagrin mit dem Revolver in der Hand Pascale zwang, zuerst von allem etwas zu essen, was Ellen auf den Tisch brachte.

»Glauben Sie, ich will Sie vergiften?« fragte sie, als Pascale am nächsten Morgen den Tee und die Haferflocken, in aufgelöstem Milchpulver gewässert, essen mußte.

»Ja!« antwortete Chagrin. »Gift ist die Waffe der Frauen. Wenn Sie schon nicht zu dem Uraltmittel greifen, dann könnte Pascale mir den Tod über die Haferflocken streuen. Arsen statt Zucker . . .«

»Das würden Sie schnell merken«, sagte Faerber trocken.

»Allerdings . . .« Chagrin lächelte verzerrt. »Wenn's

im Magen brennt! Nein, den Gefallen teue ich euch nicht.« Er aß auch das Stück Keks erst, nachdem Pascale eine Ecke davon abgebissen hatte. Daß sie vor Wut auf das verbliebene Stück spuckte, störte ihn nicht. Er lachte bloß.

»Ich habe den Benzinvorrat und die Dieselöltanks kontrolliert«, sagte er, als er sich wieder den Taucheranzug überstreifte. »Wir bleiben noch drei Tage hier.«

»Von mir aus dreißig!« Faerber zeigte hinüber zu den geduldigen Booten. »Freuen werden sich nur die da draußen. Sie haben einen Idioten gefunden, der ihnen die Schätze aus dem Meer holt. Glauben Sie, die Mexikaner kochen Kaffee, indem sie sich die Hände feurig reiben?! Chagrin – sie beobachten uns genau. Sie rechnen auch. Und mit jedem Tag werden sie sicherer: Eine Flucht übers Meer ist ausgeschlossen. Mindestens ein Boot von ihnen hat neben einem Maschinengewehr auch so viel Sprit an Bord, daß es uns schnell einholen und den Weg abschneiden kann. Warum wollen Sie das nicht einsehen? Diese bewußte Blindheit ist doch verrückt! Oder hoffen Sie auf ein Wunder?«

»Nein!« Chagrin zog den langen Reißverschluß zu. Er blickte hinüber zu Ellen, die sich ebenfalls zum Tauchen fertig machte. Um die fernen Beobachter zu täuschen, trug sie wieder Peter Damms Hut und zog die Gummikappe im Schutz des Ruderhausaufbaues über, wo niemand ihre langen, nach oben verknoteten Haare sehen konnte. »Ich glaube nur an mich!«

Das klang verdammt stolz. Faerber schüttelte den Kopf. »So etwas sollten Sie sich abgewöhnen, Chagrin. Es dauert nicht mehr lange, und Sie fressen sich in Ihrem Irrsinn selbst auf.«

»Sie können mich nicht provozieren, Hans. Vergebliche Mühe!« Chagrin lachte hart. »Bis in die Dreimeilenzone von Guatemala kommen wir immer ... das genügt.«

»Als ob die mexikanischen Piraten sich um Dreimeilenzonen kümmern! Sie werden sofort angreifen, wenn wir die Anker lichten.«

»Sie wollen Verluste vermeiden, das sehen Sie doch!«

»Solange es möglich ist. Aber würden Sie sich um Menschenleben kümmern, wenn Sie Millionen bekommen können? Gerade Sie? Warum sollen Banditen edler denken als Sie?!«

Chagrin winkte lässig ab. Die Zeit, als man mit ihm noch logisch reden konnte, war längst vorbei. »Sie werden es sehen, Hans —«, sagte er nur. »Wir schaffen es! Oder haben Sie die Hose voll?«

»Nur Ihre Verrücktheit macht mir Angst, Chagrin!«

»Diese Angst steht Ihnen gut.« Chagrin lachte wieder, klopfte gegen seine Brust und nickte. Faerber drehte sich weg. Er wußte, daß Chagrin den zentralen Zündschlüssel um den Hals hängen hatte. Wozu noch reden? Jedes Wort war Verschwendung.

Er ging zu den Winden, stellte die Elektromotoren an und sah mit einer geradezu bösartigen Freude, daß der Benzinvorrat für den Elektroerzeuger nur noch für sechs Stunden reichte. Dann mußte ein neues Faß angeschlossen werden ... und morgen wieder ein neues, und übermorgen ... bis kein Vorrat mehr da war und Chagrins Wahnsinn seinen Höhepunkt erreichte, wenn er die Ausweglosigkeit seiner Situation endlich erkannte.

»Wir können!« rief Faerber. Der große Schutzkäfig rumpelte über das Deck. Ellen stieg ein. Draußen auf dem Meer setzte Pedro Dalingues sein Fernglas ab. Er war ehrlich verblüfft.

»Sie tauchen weiter, als wenn wir faulendes Treibholz wären! Ist so etwas zu begreifen? Sie denken gar nicht daran, aufzugeben! Freunde! Wir machen uns lächerlich! Servieren wir ihnen ein feuriges Mittagessen!«

Er sprach mit dem Walky-Talky mit seiner Küstenstation, forderte Spezialmunition an und stellte dann die Mannschaft des Stoßtrupps zusammen.

Um die Mittagszeit traf das kleine, schnelle Motorboot bei Pedro ein. Emanuele hatte noch etwas mitgebracht, worüber Dalingues hocherfreut war: vier Panzerwesten nach amerikanischem Muster und zwei große, biegsame, stählerne Schutzschilde. Sie gehörten zu den Ausrüstungen, die der große Amerigo Santilla seinen Küstenpiraten beschafft hatte, und die seine Männer den staatlichen Zollbooten gegenüber so überlegen machten.

Um diese Zeit war Chagrin schon dreimal getaucht und hatte zusammen mit Ellen sieben Kisten an Bord gebracht.

»Er arbeitet wie eine Maschine«, sagte Ellen erschöpft nach dem dritten Auftauchen. »Dieses ständige Hin- und Herschwimmen durch den Gang, das beutelweise Wegtragen der Münzen und Edelsteine . . . schon beim Zusehen wird man verrückt. Er muß geistig völlig abschalten und nur noch mechanisch arbeiten. Es ist unheimlich.«

»Wenn das so weitergeht, Hans —«, sagte Chagrin, jetzt auch am Ende seiner Kräfte, als er an Bord kletterte und sich einfach auf die Planken fallen ließ, »nur noch zwei Tage in diesem Tempo, sind wir in die Klasse der reichsten Menschen aufgestiegen. Dann sollten Sie mich umarmen und nicht in den Hintern treten, Faerber.« Er hob den Kopf. Über das stille Meer kam ein lautes Knattern immer näher. »Was ist denn das?«

Von zwei Seiten scherte je ein Boot aus der Bewacherrunde. Während das Boot vom offenen Meer in sicherem Abstand plötzlich hielt, fuhr das zweite weiter und kam in den Schußbereich der ›Nuestra Señora‹.

»Alarm!« schrie Chagrin und sprang auf. »Hans! Glotzen Sie nicht so dumm! Das ist kein Friedensangebot, sondern ein Angriff! Sehen Sie vorn die Stahlschilder! Los! Die Gewehre her! Schnell! Schnell!«

Sie rannten in das Ruderhaus, rissen die Gewehre aus

den Ecken und warfen sich hinter den Aufbauten in Deckung.

»Unter Deck!« brüllte Faerber Ellen zu. Sie kroch über die Planken, ließ sich die Treppe hinunterrollen, tauchte dann aber sofort wieder auf und brachte ebenfalls ein Gewehr in Anschlag. Hinter ihr erschien Pascale mit zwei Pistolen.

»Bleib unten, Ellen!« schrie Faerber zu ihr hinübe.. »Geh in Deckung!«

»Da kommandieren Sie vergeblich. Ihre Ellen wird schießen wie ein Mann. Aber die Pistolen in den Händen von Pascale gefallen mir gar nicht. »Chagrin kroch weiter nach vorn, weg aus dem Schußwinkel von Pascale. »Wenn sie vorbeischießt und mich trifft, wer kann's ihr übelnehmen? Hans, nennen Sie mich bloß nicht einen Mörder, wenn ich Pascale unschädlich machen muß.«

»Sie wollen sie erschießen?« Faerber lag neben Chagrin hinter dem Ruderhaus. »Vergessen Sie nicht, daß ich bei Ihnen bin.«

»Sie würden mich nie töten, Hans! Nicht so, von hinten oder von der Seite. Nur von vorn und in Notwehr. Ihre Anständigkeit ist Ihr Handicap. Sie hätten sich auf dieses Abenteuer nie einlassen sollen, sondern sich besser um Ihr Arztexamen gekümmert. Sie sind kein strahlender Held auf allen Meeren und Kontinenten.«

»Das wollte ich auch nie sein. Ich wollte nur das Erbe des alten Drexius antreten.«

»Viereinhalb Milliarden aus dem Meer zu holen, als wenn man Muscheln sammelt ... haben Sie sich das so vorgestellt?«

»Nein! Aber ich habe auch nicht damit gerechnet, daß ein Chagrin überschnappt, und aus einem vernünftigen Unternehmen ein Himmelfahrtskommando macht.«

Sie zuckten zusammen. Ellen, die auf der Treppe lag, schoß zuerst. Ihre Kugel schlug gegen den Schutzschild, hinter dem Pedro hockte, prallte ab und verlor sich surrend in der Weite der heißen Luft.

»Ihre Ellen!« sagte Chagrin anerkennend. »Die quatscht nicht, die handelt! Danken Sie Gott jeden Tag und jede Nacht, daß Sie so eine Frau bekommen! Nichts gegen Sie, Hans. Sie sind ein kluger Mann, und Sie werden einmal ein guter Arzt. Das habe ich gesehen, als sie das alles mit Peter angestellt haben. Und Sie haben auch Mut am Krankenbett, das ist Ihre Kragenweite. Aber das hier ist einige Nummern zu groß für Sie! So, und jetzt zielen wir ganz ruhig auf das Boot, nicht auf die Insassen. Jeder Schuß wäre verschenkt . . .«

Chagrin schoß zweimal in den Kiel des Bootes, knapp unter die Wasseroberfläche. Man konnte nicht danebenschießen . . . wie auf einem Schießstand visierten sie das Boot an, das in schneller Fahrt auf sie zuraste und hinter sich eine breite Schaumspur hinterließ.

Jetzt schoß auch Faerber auf den hölzernen Rumpf. Alle Schüsse mußten eingeschlagen sein, denn plötzlich stoppte das Boot, und der Motor heulte auf.

»Sie sind raffinierter als ich glaubte!« schrie Pedro. Aus fünf Löchern sprudelte Wasser in das Boot. »Domingo, stopf die Löcher zu! Emanuele – alles bereit?«

»Alles klar!«

»Dann sollen Sie kochen!« Dalingues warf sich hinter das MG, drückte den Kolben an die Schulter und schwenkte den Lauf nach hinten. Dort standen an Deck, gleich neben Chagrins Hütte aus Baumbusrohr, die mit dicken Tauen gesicherten Benzinfässer, die eiserne Reserve. Auf der Fahrt von der Küste zum Sperring hatte Emanuele einen ganzen MG-Gurt mit Brandmunition gefüllt, Patronen, die statt eines festen Stahlkerns nur eine dünne Wand haben, die eine explodierende Phosphormischung umschließt.

Schon die erste Garbe bewies, daß Pedros Rechnung aufging. Klatschend schlugen die Phosphorgeschosse in die Benzinfässer, zerplatzten und enzündeten sofort das Benzingasgemisch, das sich durch die heiße Außenluft im Inneren der Fässer gebildet hatte.

Mit einem ohrenbetäubenden Krach flog das erste Faß auseinander. Eine Stichflamme jagte hoch, dann floß ein feuriger Bach über Deck und tropfte unter der Reling ins Meer.

»Sie schießen uns in Brand!« schrie Faerber. »In ein paar Minuten brennt das ganze Schiff! Chagrin, wir müssen aufgeben . . .«

Er wollte aufspringen, aber Chagrin schlug ihm mit der Faust auf die Schulter. Seine dunklen Augen glitzerten. »Schieß!« sagte er ruhig. »Verdammt, schieß. So schnell brennt kein Schiff. Sie wollen uns nicht versenken – sie wollen unser Gold! Da – sehen Sie!«

Aus dem Treppengang tauchte Ellen auf. Sie trug einen Bikini, die Haare wehten offen im Wind, und sie zerrte einen Wasserschlauch hinter sich her. Pascale mußte unten sein und die Pumpen anstellen, denn plötzlich zischte der Wasserstrahl über das Deck und in den feurigen Bach hinein. Mit ohrenbetäubendem Krach flog das zweite Benzinfaß in die Luft und schleuderte seinen brennenden Inhalt gegen die Bambuswand. Sie fing sofort Feuer und loderte auf wie ein Scheiterhaufen.

»Vier Hemden, drei Hosen und zehn Taschentücher sind darin«, zählte Chagrin ruhig auf. »Dazu noch eine Kamera und zwei Revolver.«

»Zurück, Ellen!« brüllte Faerber. »Es explodiert noch mehr! Zurück! Es hat keinen Sinn!«

Sie schien ihn nicht zu hören, zerrte den Wasserschlauch hinter sich her und hielt den zischenden Strahl in das Flammenmeer, das sich jetzt über dem Hinterdeck gebildet hatte. Jetzt tauchte Pascale auf, schleppte einen zweiten Schlauch an Deck und warf ihn über die Planken. Dann riß sie sich alles vom Leib, bückte sich, nahm den Schlauch und stellte sich nackt neben Ellen. Vor der Glut des Feuers war ihr herrlicher Körper, von dem langen, roten Haar umweht ein Anblick, den man nie mehr vergaß.

Auch Dalingues schien so zu denken. Er stieß einen

Fluch aus und senkte den MG-Lauf. »O Madre!« sagte er. »Wie soll man da schießen?«

»Wir haben sie auch genug gewarnt.«

Emanuele leckte sich über die dicken Lippen. »Das ist ja ein wahres Teufelchen . . .«

Das dritte Faß explodierte. Der Luftdruck riß Ellen und Pascale um, aber sie sprangen sofort wieder auf die Beine und richteten den Strahl ihrer Wasserschläuche auf die neue Feuerbrunst. Sie wichen langsam zurück, als die Glut zu groß wurde und ihre Haut bereits heiß vor Hitze war.

Chagrin und Faerber schossen noch ein paarmal vom Dach des Ruderhauses in das schnelle Boot. Die Mexikaner reagierten nicht mehr . . . sie wendeten und rasten zurück in den Bewacherkreis. Außer Schußweite richtete sich Pedro Dalingues auf und schwenkte beide Arme.

»Sie werden uns schaffen«, sagte Faerber und rutschte vom Dach. »Chagrin, jetzt haben wir überhaupt keine Möglichkeit mehr, abzuhauen. Unser Benzinvorrat ist gleich Null. Wie ich Ihnen gesagt habe: Sie sind das Opfer Ihrer eigenen Gier!«

Bis zum Abend hatten sie damit zu tun, den Brand zu löschen. Mit den vier Schaumlöschern und viel, viel Wasser schafften sie es. Aber die Bambushütte war völlig ausgebrannt, die Hinterdeckplanken waren verkohlt, von vierzehn Benzinfässern neun zerstört.

»Wir sind am Ende, Chagrin«, sagte Faerber, nachdem er alles besichtigt hatte. »Es braucht jetzt nur ein kleiner Sturm zu kommen, und die ersten richtigen Brecher zerschlagen uns das ganze angekohlte Hinterdeck. Dann saufen wir genauso schnell ab wie die ›Zephyrus‹. Dann können wir uns neben die Gerippe legen, Chagrin. Es gibt nur einen Weg: an Land.«

»Nein!«

»Wollen Sie von den Haien gefressen werden, Sie Narr?!«

»Durchaus nicht. Warten wir.«

»Worauf? Auf die Engelein, die uns forttragen? Dazu haben weder Sie noch ich die richtige Verbindung zum Himmel!«

»Ich gebe meine Millionen nicht her! Nicht, solange ich noch atmen und denken kann.«

»Mit dem letzteren werden Sie als erstes aufhören. Sie sind schon dabei . . .«

Chagrin saß wieder zwischen seinen Schätzen, die Hände in den Goldmünzen vergraben, und starrte über das Meer. Es sah aus, als schütte die Sonne Blut über das Wasser, als sei der Himmel ein violettes Samttuch. Auf den zehn Booten gingen die Lichter an . . . die Wachhunde richteten sich für die Nacht ein.

»Als ich ein Kind war«, sagte Chagrin leise und spielte mit den Goldmünzen, »habe ich davon geträumt, zehn Franc-Stücke zu besitzen. Das war damals für mich die Seligkeit auf Erden. Zehn Francs auf einmal in der Handfläche zu haben – ein Gefühl, als könne man sich die ganze Welt kaufen. Stellen Sie sich das vor: keinen Vater, die Mutter eine Hure, der ich die Männer hereinschleppe. Ich war wie eine Ratte, die von einem goldenen Käfig träumt. Ich habe diesen Traum nie vergessen . . . und jetzt ist er Wahrheit! Da soll ich aufgeben? Hans, an meiner Stelle könnten Sie das auch nicht. Auch Sie würden als vergoldete Ratte um sich beißen.«

»Aber es nützt doch nichts, Chagrin. Man wird die goldene Ratte einfach erschlagen . . .« Faerber setzte sich neben Chagrin. Plötzlich tat er ihm leid. Was auch bisher geschehen war: Kann man einem Fiebernden das Fieber übelnehmen? Chagrin war ein kranker Mensch, der unbegreifliche Reichtum hatte sein ganzes Denken vergiftet. »Wir werden ärmer zurückkommen als wir angekommen sind.«

»Sie waren nie arm!«

»Wenn wir unser Leben behalten, dürften wir die glücklichsten Menschen sein. Uns bleibt nur noch das nackte Leben, Chagrin.«

»Eben darum müssen wir uns über eines im klaren sein: Einer von uns muß Hilfe holen!« Chagrin zog seine Hände aus dem Gold- und Juwelenhaufen heraus. Er klappte sie auf: Im brennenden Abendrot leuchteten zwei kleine Steine ... links ein Rubin, rechts ein Smaragd. »Grün ist die Hoffnung«, sagte Chagrin mit bitterstem Galgenhumor. »Wer den Smaragd zieht, darf zur Küste hinüberschwimmen.« Er ballte beide Hände zur Faust, die Steine verschwanden. »Es sind zehn bis zwölf Kilometer zum Land. Trauen Sie sich das zu? Für mich ist es kein Problem.«

»Ich bin ein guter Schwimmer.« Faerber drückte die beiden Fäuste, die vor seinen Augen standen, herunter. »Aber die Strömungen, die Haie ...«

»Welch ein kleines Risiko für die Milliarde, die wir schon an Bord haben. Los, raten Sie, Hans.« Chagrin versteckte die Fäuste hinter seinen Rücken, vertauschte ein paarmal die Steine und hielt Faerber dann wieder die Fäuste hin. »Schlagen Sie drauf! Wo ist der Smaragd? Oder haben Sie Angst?«

Faerber starrte auf die Fäuste. Ein merkwürdiges Kribbeln entstand unter seiner Kopfhaut. Er dachte an Ellen und an das Schicksal, das sie erwartete, wenn er den Smaragd zog und an Land schwimmen mußte. Gelang es ihm wirklich, die Küste zu erreichen – was erwartete ihn dort? Wie lange konnte es dauern, bis er Hilfe fand?

»Wenn ich den Rubin ziehe ...«, sagte er gedehnt.

»Schwimme ich.«

»Keine Tricks, Chagrin?«

»Ehrenwort, Hans. Das ist eine Sache, die man unter Männern ausmachen muß, und da gibt es keine Tricks mehr. Also – welche Hand?«

Faerber zögerte. Plötzlich brach ihm der Schweiß aus, das Wasser lief ihm über die Stirn in die Augenhöhlen. Sein Blick flog hin und her, von Faust zu Faust ... dann griff er zu und umklammerte die rechte. Chagrin öffnete die Hand.

»Der Smaragd –«, sagte er nüchtern. »Hans, morgen nacht schwimmen Sie zur Küste. Ich weiß, wie Ihnen jetzt zumute ist. Gehen Sie unter Deck und saufen Sie eine Flasche Kognak leer, davon haben wir noch genug. Unser aller Leben hängt jetzt von Ihrem Erfolg – oder Mißerfolg ab. Verdammt, Sie müssen es schaffen! Denken Sie bei jedem Schwimmstoß an Ellen – bei jedem zurückgelegten Meter Meer an Ellen ... hätte ich so eine Kraft im Herzen, ich schaffte es!«

*

Den ganzen nächsten Tag über tauchte Chagrin allein. Verbissen, vom Rausch des Goldes erfaßt, von den Millionen geblendet, die vor ihm lagen – in eisenbeschlagenen Kisten auf fünf Zimmer verteilt. Was Chagrin an diesem Tage leistete, war nur mit der Kraft eines Wahnsinnigen möglich: Er schleppte Kiste um Kiste durch den engen Verbindungsgang und den Gerippesaal zu dem Transportkorb, bei jedem Hin- und Herschwimmen den Tod vor Augen, denn jedes Mal zog ihn das Gewicht der Schatzkisten aus der geraden Schwimmbahn. Oft schwamm er nur Zentimeter von den brüchigen Holzwänden entfernt durch den Gang, mit starren Augen und zusammengekniffenen Lippen. Nur ein Schlag gegen die Wand, und alles würde über ihm zusammenbrechen. Aber immer wieder gelang es ihm, sich in die Mitte des Ganges zu retten, die Kiste vor sich herzudrücken und das sichere Mittelschiff zu erreichen.

»Sie sind wirklich verrückt!« sagte Faerber zu Chagrin, als dieser bleich, zitternd und mit hohlen Augen zum Mittagessen auftauchte und sich rücklings auf das Deck warf. Faerber massierte ihm die Brust und gab ihm einen Schluck Kognak zu trinken. »Das halten Sie nicht durch, René!«

»Lohnt sich dieses Risiko nicht? Zählen Sie die Millionen zusammen, die ich heute schon aus dem Wrack geholt habe. Das ist auch zu Ihrem Vorteil, Hans!« Er nahm noch einen Schluck Kognak und legte dann die Arme über die Augen. Die grelle Sonne blendete ihn. »Warum bringen Sie mich eigentlich nicht um? Es ist so einfach! Korb hoch, während ich im Schiff bin – mehr brauchen Sie nicht zu tun. Ich hätte zwar noch die Chance, den Haien zu entfliehen, aber es ist eine verdammt kleine Chance. Das ganze Vermögen würde Ihnen gehören!«

»Trauen Sie mir das zu?«

»Ich traue allen das zu, was man sich selbst zutrauen kann.« Chagrin streckte sich aus, die Müdigkeit reichte bis in die Knochen. »Ich hätte keine Skrupel.«

»Ich bin kein Mörder, Chagrin. Sie auch nicht.«

»Ich wußte, daß Sie ein unheilbarer Idiot sind, Faerber. Ein gemeingefährlicher Idealist! Natürlich könnte ich Sie wegen dieser Millionen umbringen!«

»Und warum haben Sie es nicht getan? Sie hatten mehr Gelegenheit dazu, als ich bei Ihnen!«

»Zuerst brauchte ich Sie, dann trat mich Pascale, das geile Luder, in den Hintern und verriet mich, dann tauchten die Mexikaner auf, und jetzt habe ich keine Chance mehr, ohne Sie die Millionen zu retten. Ich brauche Sie, weil Sie zur Küste schwimmen werden. Ich habe mich überzeugt. Unser Benzinvorrat reicht nur noch, um drei Tage die Winden zu bedienen. Dann treiben wir hilflos herum. Wieviel haben wir überhaupt schon an Bord? 50 Millionen? 70 Millionen? Faerber, ist das nicht Wahnsinn? Wir sitzen vor 70 Millionen in Gold und Edelsteinen und können nicht weg aus dem verdammten Meer! Nur darum leben Sie noch . . . weil wir einander jetzt auf Gedeih und Verderben ausgeliefert sind.«

»Sie sind brutal ehrlich, Chagrin«, sagte Faerber heiser.

»Wir leben ja auch in der Stunde der nackten Wahrheit!« Er blinzelte zwischen seinen Unterarmen zu Faerber hinauf. »Oder haben Sie es sich anders überlegt? Schwimmen Sie heute nacht nicht los?«

»Ich stehe zu meinem Wort, Chagrin!«

»Weiß es Ellen schon?«

»Nein! Sagen Sie ihr die Wahrheit erst am Morgen, wenn ich schon an Land . . . oder verschwunden bin.«

»Sie wird mich umbringen wollen! Ellen ist eine Frau, wie ein Mann sie sich wünscht. Wenn es darauf ankommt, kennt sie keine Angst. Um Ihre Millionen brauche ich Sie nicht zu beneiden, da stehen wir jetzt gleich. Aber um diese Frau, Hans, könnte ich mit Ihnen kämpfen.«

An der Treppe zu den Kajüten erschien Ellens blonder Haarschopf. »Essen!« rief sie. »Es ist gedeckt.«

Chagrin setzte sich stöhnend auf. Er zitterte noch immer so sehr, als durchjagten Krämpfe seine Muskeln.

»Wie lange wollen Sie diesen Blödsinn noch machen?« fragte Faerber wieder und half Chagrin beim Aufstehen.

»Bis zum letzten Tropfen Benzin.« Chagrin breitete die Arme aus und saugte die frische Seeluft in die Lungen. Sie gab mehr Kraft als der reine Sauerstoff aus den Flaschen. »Wenn man überlegt: Jeder Liter Benzin bedeutet eine Million! Das ist der teuerste Sprit aller Zeiten! Nach dem Essen tauche ich wieder –«

»Sie müssen's wissen, René. Es ist Ihr Körper, den Sie kaputtmachen. Als entnervter Krüppel auf Millionen zu sitzen, ist auch kein Vergnügen. Wir haben genug an Bord!«

»Wir haben nie genug, solange da unten noch Millionen herumliegen. Hans, Sie haben die Kistenreihen ja nicht gesehen! Sie haben nur einen Raum betreten und sich dann um den dämlichen Admiral da Moya gekümmert. Vier Zimmer voller Goldkisten! Ledersäcke voll Smaragden und Rubinen! Und wenn ich auf allen vieren hin und her kriechen muß . . . Solange ich auch nur einen Edelstein wegtragen kann, und wenn's in der Schnauze ist, tauche ich in das Wrack. Gut, ich bin verrückt! Das ist nichts Neues. Große Taten wurden oft von Verrückten vollbracht, wie sich hinterher herausstellte. Los, lassen wir Ihre zauberhafte Ellen nicht mit dem Essen warten. Sie kocht übrigens vorzüglich . . . auch das noch, Sie Glückspilz –«

Am Nachmittag setzte Chagrin seine fast selbstmörderische Arbeit fort. Sechsmal signalisierte er aus dem Wrack nach oben, sechsmal schwebte der Korb an den Windenbalken an Deck. Sechsmal schleppten Pascale und Ellen die neuen Schätze zu den anderen Goldkisten. Die beiden letzten Körbe enthielten vier Ledersäcke mit Juwelen. Faerber, der die aufgequollenen Lederverschnürungen aufschnitt und in die Säcke blickte, konnte, wenn auch widerwillig, Chagrin verstehen. Was da in gleißenden Farben in der Sonne aufleuchtete, war wirklich phantastisch genug, jeden nüchternen Verstand zu besiegen.

»Wie unermeßlich reich muß dieses Land gewesen sein . . .«, sagte Ellen leise und ließ die Edelsteine durch ihre Finger rinnen.

»Und wieviel Blut klebt an diesem Reichtum.« Faerber verschnürte die Säcke wieder und trug sie zu den Kisten. »Für diese glitzernde Pracht wurden ganze Völker umgebracht.«

»Daran sollten wir jetzt nicht denken, Hans«, sagte Pascale. »Wir bringen uns deswegen nicht um.«

»Bist du da so sicher?« Faerber ging zu der großen Winde zurück. Das Funkgerät schnarrte. Chagrin verlangte wieder den Transportkorb. Pascale starrte ihm nach. Ihre grünen Augen waren nachdenklich. Was wußte Faerber schon von Chagrin! Es gab noch eine Rechnung, die Chagrin bezahlen mußte: den Tod von Peter Damms. Und Pascale war bereit, sie irgendwann zu präsentieren. Später, wenn dieses mörderische Abenteuer hier vorbei war. Es würden sich hundert Gelegenheiten ergeben, Chagrin zu töten . . . seine Millionen waren keine Mauer, die ihn schützte, im Gegenteil . . .

Und wieder rasselte der Drahtkorb in die Tiefe, wieder schwamm Chagrin keuchend, mit flatternden Gliedern, durch den engen Gang zum Hinterschiff und schleppte einen neuen Sack mit Edelsteinen nach vorn.

Die beiden Haie umtanzten den Drahtkäfig, standen dann neugierig im Wasser und starrten mit ihren kleinen, kalten Augen auf den Menschenkopf, der aus dem Loch im Wrackdeck auftauchte und wieder eine Million aus der Vergessenheit ans Licht drückte. Dann ließ sich Chagrin in den Schutzkäfig fallen, schloß die Tür und sank in sich zusammen.

»Schluß, Hans –«, telefonierte er nach oben. Seine Stimme war kaum noch zu verstehen. »Ich kann nicht mehr. Ich habe auch nur noch für drei Minuten Sauerstoff auf dem Rücken . . .«

In der Nacht trafen sich Chagrin und Faerber auf dem Deck. Chagrin hatte alles bereitgelegt: den schwarzen Gummianzug, ein neues Sauerstoffgerät, eine Harpune mit vier Pfeilen, eine Unterwasserpistole, das breite, zweischneidige Messer und zusätzlich einen langen, nadelspitzen Dolch. In einen wasserdichten Sack hatte er eine Notverpflegung verpackt. Zwieback, zwei Fleischbüchsen, eine Blechflasche mit Wasser, eine kleine Plastikflasche mit Kognak.

Faerber brachte einen zweiten Sack mit Verbänden und den notwendigsten Medikamenten mit. Er hatte von Ellen Abschied genommen. Sie schlief ebenso wie Pascale. Er hatte Ellen zärtlich geküßt und ihr über die blonden, verschwitzten Haare gestrichen.

»Ich komme zurück, mein Liebling«, hatte er leise gesagt. »Morgen früh wird es schrecklich für dich sein, aber du wirst einsehen, daß es die einzige Möglichkeit war. Und wenn ich nicht mehr zurückkomme ... jedes Ding hat seinen Preis, und ich habe ihn bezahlen müssen. Sei tapfer, Ellen ...«

Es war eine laue, helle Nacht. Die kleinen Lichter der Boote, die sie bewachten, blinkten ganz schwach. Zehn Tage und Nächte lagen sie nun schon auf der Lauer, unerbittliche Jäger, die wußten, wie wertvoll das Wild war. Sie hungerten es aus, und die Zeit war ihr Verbündeter.

»Alles klar?« fragte Chagrin. Faerber nickte. Er trug nur eine kurze Badehose. Für den Fall, daß er wirklich die Küste erreichte, lagen in dem Packsack lange Hose, Baumwollhemd und leichte Schuhe. Drüben erwartete ihn der höllische Fieberdschungel. Sümpfe voller Moskitos, Schlangen und Giftspinnen. Wenn er das Meer überwunden hatte, würde er gegen das Land mit seinen feuchtheißen Dämpfen, den verfilzten Regenwäldern und dem schwammigen Boden ankämpfen müssen.

Blieb ihm dazu genug Zeit und Kraft? Er hatte zwar die Karte genau studiert. Aber wußte er, wo er an Land kam, wohin ihn die Meeresströmung trieb? Wo traf er auf Menschen, die ihm weiterhelfen konnten? Schnelle Hilfe ... denn jeder Tag machte die Lage auf der ›Nuestra Señora‹ aussichtsloser.

»Alles klar«, sagte Faerber rauh. Er streckte die Arme aus und stieg in den Gummianzug, den Chagrin ihm hinhielt.

»Angst?« fragte Chagrin und zog den langen Reißverschluß zu.

»Hätten Sie keine, René?«

»Mir würde das Arschloch zittern ...«

»So ähnlich ist mir auch zumute!« Faerber zog die Gummikappe über den Kopf. Chagrin hielt ihm den breiten Tauchergürtel mit den verschiedenen Transporthaken hin.

»Was macht Ellen?« fragte er dabei.

»Sie schläft. Ich habe ihr ein Schlafmittel in den Tee getan, sie hat es nicht gemerkt. Pascale ebenfalls. Sie werden bis in den späten Morgen hinein schlafen. Dann müßte ich an der Küste sein – oder kurz davor ... oder im Magen einiger Haie.«

»Daran sollten Sie nicht denken. Das macht Sie nur unsicher, Hans. Wenn Sie gleich ins Wasser springen, denken Sie nur an eins: Ich komme durch! Ich komme durch! Nur das! Alles andere existiert nicht, bis es unmittelbar vor Ihnen ist. Und dann kämpfen Sie ... Nicht um Ihr Leben, unser aller Leben hängt daran!«

»Das brauchen Sie mir nicht zu sagen.« Faerber schnallte den Gürtel um, Chagrin hob die Sauerstoffflaschen auf und legte sie Faerber an. Dann hakten sie die Messer und die wasserdichten Säcke an den Gürtel, Chagrin streifte die Schwimmflossen über Faerbers Füße und drückte ihm die Harpune in die Hand. Die Reservepfeile und eine aufklappbare Lanze trug Faerber schräg vor der Brust, so daß sie mit einem Handgriff zu erreichen waren. Chagrin ging noch einmal um ihn herum und kontrollierte alles.

»Sie können, Hans!« sagte er dann. Plötzlich streckte er ihm die Hand hin. Faerber drückte sie. »Ich bin kein gläubiger Mensch.« Chagrins Stimme schwankte etwas. »Aber ich sage es trotzdem: Gott mit Ihnen! Hoffentlich faßt Gott das nicht als Beleidigung auf und tut genau das Gegenteil. Wie's auch kommt, Hans: Beißen Sie sich durch ...«

Faerber nickte. Dann stieg er langsam die Holzleiter an der Bordwand hinunter und ließ sich ins Meer gleiten. Schon jetzt begann die erste kritische Phase: Kamen die beiden treuen Haie?

Chagrin beugte sich über die Reling und winkte. Faerber winkte kurz zurück. Dann stieß er sich ab und schoß wie ein großer, schwarzer Fisch durch das Wasser.

Nach wenigen Metern verschlang ihn die Nacht.

Chagrin starrte noch ein paar Minuten in die Richtung, in die Faerber jetzt schwimmen mußte, hörte aber keine außergewöhnlichen Geräusche. Die Haie schienen ihre Nachtruhe zu genießen und waren wohl zu faul, um anzugreifen. War Faerber erst ein paar hundert Meter vom Schiff entfernt, war er vor diesen beiden Mördern sicher. Sie waren wie Haustiere, die immer in der Nähe der ›Nuestra Señora‹ blieben.

Chagrin richtete sich auf. Um ihn war nur noch Nacht. Er hörte das Plätschern nicht mehr. Faerber schien mit kräftigen Schwimmstößen schnell voranzukommen. Aber 10 Kilometer lagen vor ihm . . . zehntausend Meter Meer und damit zehntausendmal der Tod –

*

Nach den ersten Metern atmete Faerber auf. Er schwamm mit weiten Schlägen durch das schwach bewegte Meer. Er war nicht untergetaucht. Das Mundstück des Atemschlauches hatte er unter das Kinn geklemmt. Er wollte erst unter Wasser tauchen, wenn er in Sichtweite der Piratenboote war. Das war nach den beiden ›Haushaien‹ die zweite kritische Situation. Hatte er die Boote endlich hinter sich, schwamm er direkt in das unbekannte Abenteuer hinein.

Der Mond über ihm war eine breite, auf und ab pendelnde Scheibe. Dünne Wolkenfetzen trieben um ihn herum. Faerber schwamm einen Stil, den er in der Studentenmannschaft von einem amerikanischen Trainer gelernt hatte: ein kräftiges Abstoßen mit den Füßen, dann ein Herausschnellen des Oberkörpers aus dem Wasser, ein starkes Wegdrücken mit den Armen. Es war, als schnelle sich ein Delphin durch das Meer und lasse mühelos Meter um Meter hinter sich.

»Wasser ist hart!« hatte der Trainer immer gesagt. »Ihr könnt euch von ihm mit den Füßen abstoßen. Jungs, Wasser ist bretthart, wenn man's versteht! Ihr müßt lernen, übers Wasser zu gehen –«

Auf diese Weise schaffte es Faerber in kurzer Zeit, aus dem Bereich der beiden Haie herauszukommen.

Vielleicht schwamm er in ein anderes, von Raubfischen wimmelndes Gebiet. Aber merkwürdigerweise beruhigten ihn die Nacht und der völlig sinnlose Gedanke: Auch Fische schlafen. Auch sie wissen: Es ist Nacht, du mußt dich ausruhen.

Daß es so etwas nicht gab, war ihm klar, aber es tat gut, in der Not daran zu glauben.

Die ersten Boote. Ihre Lichter flimmerten über das Wasser. Faerber hörte das leise Klatschen der trägen Wellen gegen die Bordwände.

Er steckte das Mundstück des Atemschlauches zwischen die Zähne, schob die Taucherbrille über das Gesicht und stieß nach unten in das Meer. Langsam ließ er sich hinabsinken, bis die Leuchtziffern des wie eine Armbanduhr konstruierten Tiefenmessers die Zehn-Meter-Marke erreicht hatten. Dann schwamm er ruhig weiter. Völlige Dunkelheit umgab ihn, tiefste Schwärze. Es war ein fremdes, unheimliches Gefühl, in dieses Nichts hineinzuschwimmen, wo es keine Richtung mehr gab, keine Form, keine Bewegung, nur schwarze Unendlichkeit, das Herz bedrückende Beklemmung, Platzangst und das schreckliche Gefühl, von diesem Schwarz vollkommen aufgesogen zu werden.

Fast zwanzig Minuten schwamm er in zehn Meter Tiefe durch diese blinde Wasserwelt und freute sich an dem winzigen, phosphorisierenden Schein des Zifferblattes seines Tiefenmessers. Ein Funken Leben, ein tröstlicher Gruß aus der Welt über ihm, der ihn daran erinnerte, daß die Schwärze um ihn herum vergänglich sein würde.

Als er glaubte, die Boote untertaucht zu haben und weit genug von ihnen entfernt zu sein, knipste er den kleinen Stirnscheinwerfer an und war glücklich, in dem dünnen, schmalen Lichtstrahl einige herumschnellende, schillernde Fische zu sehen, die neugierig an ihn heranflitzten, kurz vor seinem Kopf abdrehten und wie glitzernde Funken davonstoben.

Leben! Köstliches Leben! Die Welt bestand weiter und war nicht im Schwarz der ewigen Nacht versunken! Langsam tauchte Faerber auf, drehte den Kopfscheinwerfer ab und durchstieß wieder die Oberfläche des Meeres.

Die Boote lagen weit hinter ihm, ihre Lichter schaukelten träge auf dem Wasser. Aber er hatte die Richtung verloren und schwamm parallel zur Küste. Er drehte deshalb ab. Wenn er die Boote im Rücken hatte, war das Land vor ihm. Das war die einfachste Orientierung, die es gab. Als er noch einmal den Kopf zurückwandte, sah er auch die Positionslichter der ›Nuestra Señora‹. Dann flammte plötzlich auf der entgegengesetzten Seite ein dicker, gebündelter Lichtstrahl auf. Chagrin saß hinter dem Scheinwerfer und strahlte die andere Bootsreihe an ... ein Ablenkungsmanöver, das die Aufmerksamkeit aller Bootsbesatzungen auf das Schiff lenkte.

Mit kräftigen Stößen schwamm Faerber zufrieden weiter. Und mit jedem Meter redete er sich ein: Das ist ein Kinderspiel! Nur in der Fantasie wachsen Gefahren ins Unermeßliche. Was ist schon dabei, wenn ein guter Schwimmer 10 Kilometer eines ruhigen, ja, trägen Meeres überwindet? Gewiß eine sportliche Leistung, aber kein Heldentum. Man redet zuviel über die Gefahr, man redet sie sich förmlich ein. Dieses Meer zu durchschwimmen ist eine Freude. Es trägt einen vorwärts wie mit tausend offenen Händen ...

Langsam kroch der Tag in den Himmel. Faerber ruhte sich etwas aus, schwamm kräftesparend – ökonomisch, wie der Trainer sagte –, ließ sich eine ganze Strecke auf dem Rücken treiben und merkte, daß eine Strömung ihn der Küste entgegentrug. Die Sonne stieg blutrot aus dem Meer, der Himmel wurde zu einem feurigen Gewölbe, das den bleichen Mond verschluckte. Es war ein herrliches Schauspiel, diesen Untergang der Nacht zu erleben, bis die Sonne endlich über dem Horizont erschienen und die Welt wieder vollkommen war.

Mit dem neuen Tag aber kam auch der Tod.

Faerber sah ihn von links heranschießen ... eine Dreiecksflosse, auf der der goldene Reif des jungen Morgens schimmerte ...

Ellen wachte früher aus dem bleiernen Schlaf aus, als Faerber erwartet hatte. Auch Chagrin wurde überrascht, als sie plötzlich an Deck stand und rief: »Wo ist Hans?«

Chagrin, der wieder mitten zwischen seinen Goldkisten saß und in den Münzen wühlte, blickte hoch und nickte hinaufs aufs Meer.

»Er dürfte jetzt schon die halbe Strecke zurückgelegt haben. In vier Stunden – wenn er sich schont – könnte er an Land klettern ...«

»Mein Gott!« Ellen lehnte sich an die Wand des Ruderhauses. Eine unbeschreibliche Übelkeit überfiel sie. Ihr Herzschlag setzte ein paarmal aus, sie rang nach Luft, Meer und Himmel drehten sich umeinander. »Sie Schuft!« sagte sie endlich unendlich mühsam. »Sie Mörder! Sie gemeiner, hinterlistiger Mörder. Sie haben Hans in den Tod getrieben ...«

Chagrin klappte die Goldkiste zu und erhob sich. Er trug nur eine knappe Badehose, und sein muskulöser Körper glänzte in der hellen, sauberen Morgensonne. Noch dampfte das Meer nicht ... die Klarheit des jungen Tages hob alle Konturen scharf hervor. Er war für eine neue Tauchserie bereit, bei der Ellen den Platz Faerbers einnehmen mußte. Pascale traute er nicht, der Tod Peter Damms hatte sie in seinen Augen unzurechnungsfähig gemacht.

»Ellen –«, sagte Chagrin begütigend. »Bleiben Sie stehen, Sie Mörder!« schrie sie. Plötzlich hatte sie eine Pistole in der Hand ... sie mußte mit ihr im Rockbund geschlafen haben. »Ich habe Ihnen gegenüber keine Skrupel mehr. Ich drücke ab ...«

»Ellen, hören Sie mich ruhig an.« Chagrin hob beide Hände als Zeichen, daß er keine hinterlistigen Absichten

hatte. »Es war eine ehrliche Auslosung. Hans oder ich
... Hans verlor, und er ist ein Mann, der zu seinem
Wort steht. Ohne Hilfe von draußen sind wir verloren.
Die mexikanischen Piraten kennen kein Pardon ... noch
ahnen sie nicht, was wir hier an Bord haben. Aber wenn
sie das Schiff erobern, ist eines klar: Bei diesen Schätzen
dürfen wir gar nicht überleben! Hans und ich hatten das
eingesehen, und gestern nacht fiel die Entscheidung.
Hätte ich die Auslosung verloren, wäre ich jetzt draußen
auf dem Meer. Ellen! Seien Sie einsichtig! Hans ist für
uns alle unterwegs, ohne ihn sind wir jetzt schon Tote,
und unser Leben ist nur ein Schattendasein. Glauben
Sie, mir ist wohl in meiner Haut?«

»Und ... und wenn er es nicht schafft? Was dann?«
Ellen holte tief Atem. Plötzlich zitterte die Pistole in ihrer Hand, sie steckte sie wieder in den Rockbund und
hielt sich an einer Stange am Ruderhaus fest.

»Denken wir nicht daran, Ellen«, sagte Chagrin dunkel. »Nicht jetzt, heute oder morgen ... Dafür bleibt uns
immer noch Zeit genug ... viel zuviel Zeit –«

»Und wenn wir alles wieder zurück ins Meer werfen?! Warum sollten uns die Piraten töten, wenn wir
nichts mehr haben?«

Chagrin starrte Ellen an, als spräche ein Geist zu ihm.
»Ins Meer zurück? 70 Millionen? Wie kann man so etwas auch nur denken?«

»Wenn man für diesen Preis weiterleben kann ...«

»Nein! Nein!« Chagrin schüttelte wild den Kopf. »Ich
weigere mich, daran zu denken! Ich glaube, daß Hans es
schafft! Alles andere ist verschwendete Kraft! Hans ist
unterwegs mit der besten Ausrüstung, die ein Schwimmer haben kann. Er kommt zur Küste ...«

»Und die Haie ... die Barrakudas ...?« Ellen warf
beide Hände vor das zuckende Gesicht. »Sie haben ihn
mit Ihrem Wahnsinn angesteckt, Chagrin!« schrie sie
durch die zitternden Finger. »Erst haben Sie Peter umgebracht, jetzt Hans! Ich schwöre Ihnen: Auch Sie werden

nicht überleben. Was mit mir passiert, ist mir jetzt völlig gleichgültig!«

Chagrin nickte. Das ist Ellen Herder, dachte er. Eine Frau, um die ich Faerber beneide. Eine Frau, die die Türen der Hölle eintreten würde, um ihren Geliebten zu retten.

»Wir werden leben, Ellen!« sagte er eindringlich. »Mit der Kraft Ihrer Liebe schwimmt Hans jetzt hinüber zur Küste. Verraten sie ihn nicht, indem Sie ihn aufgeben –!«

Es war der erste Satz, für den Ellen Chagrin dankbar war.

Eine Stunde später tauchte Chagrin wieder zum Wrack hinab. Ellen bediente die Winde, Pascale das Funkgerät. Die Mädchen trugen Männerkleidung, hatten die Haare hochgebunden und unter breitkrempigen Hüten versteckt. Das war Chagrins Idee gewesen. Und sie war gut.

Pedro Dalingues und das Halbblut Paulus hockten in dem vordersten Boot und beobachteten durch Ferngläser die ›Nuestra Señora‹.

»Alle drei Kerle sind im Einsatz«, sagte Pedro. »Sie sehen aus wie gut genährte Bullen! Verdammt, ihr Wasservorrat muß doch zu Ende gehen, und ihr Benzin auch! Aber sie tun so, als könnten sie noch hundert Jahre auf dem Meer bleiben.«

»Das wird ein schwieriges Unternehmen!« Paulus setzte das Fernglas ab. »Es ist das erstemal, daß wir es mit Europäern zu tun haben, Pedro.«

»Es sind auch nur Menschen, Idiot!«

»Aber zäh wie Büffelleder.«

Pedro schwieg. Das Halbblut hatte recht, dachte er. Die da drüben entwickeln eine nervtötende Ruhe ...

Die vom Sonnengold überstäubte, dreieckige Flosse warf sich plötzlich herum und verschwand unter Wasser. Auch Hans Faerber, mit der Taktik der Haie vertraut, tauchte sofort unter, ließ sich schnell sinken und machte dabei seine Harpune schußbereit. Dann tastete er nach dem langen, spitzen Dolch und war zufrieden, daß sein Griff so gut am Gürtel hing, daß er ihn blitzschnell aus der Scheide ziehen konnte.

Der Hai, ein kapitaler Bursche mit einem breiten Maul, beobachtete mit bösen, tückischen Augen den unbekannten Gegner. Er war länger und dicker als Faerber, schneller und wendiger, das Meer war seine Heimat, er kannte alle Tricks ... gegen ihn war ein Mensch ein lahmes Bündel, das herumpaddelte und auf seine mechanischen Waffen vertraute. Er, der König der Meere, hatte nur sein Maul, und das genügte. Ein paar unendliche Minuten starrten sie sich an, standen sich im Wasser gegenüber mit leichten, ausgleichenden Flossenschlägen ... dann stürzten sie aufeinander zu, schnellten vor und setzten ihre Waffen ein.

Faerber schoß. Der Pfeil seiner Harpune bohrte sich in den glatten, schimmernden Fischleib. Er traf den Hai unterhalb des aufgerissenen Maules mit den furchtbaren, spitzen Zahnreihen.

Es war kein tödlicher Treffer, er riß nur eine Wunde in das Fleisch. Der Pfeil mit seinen Widerhaken blieb stecken und brachte den Hai zur Raserei.

Er schnellte über Faerber hinweg, schlug mit dem Schwanz nach ihm, warf sich dann herum und kam wieder zurück. Gähnend, ein Tor zum Tode, wuchs das Maul vor Faerber auf ... Zahnreihen wie gebogene Sägen, wie hundert aneinandergeschweißte Messer, die mit einem Zuschnappen einen Körper durchtrennen konnten.

Mitten in dieses Maul hinein schoß Faerber den zweiten Preßluftpfeil. Dann riß er den langen Dolch aus dem Gürtel und stieß ihn mit aller Kraft nach oben.

Der Riesenhai drehte sich, bäumte sich auf, sein weißer Unterkörper leuchtete hell ... wenn er eine Stimme gehabt hätte, würde er jetzt gebrüllt haben, daß das

Meer erzitterte. So aber brach nur ein Blutstrom aus seinem Maul, und an seiner Seite klaffte ein breiter Schnitt, wo Faerbers Dolch den Körper aufgeschlitzt hatte.

Aber da war die Kraft, dieser unheimliche Wille zum Überleben, diese höllische Kraft des Hasses! Mit zwei Harpunenpfeilen im Körper, mit einem aufgeschlitzten Leib, aus dem Blut und Därme quollen, warf sich der Hai noch einmal herum und kam zurück. Er taumelte zwar, aber er traf mit einem gewaltigen Hieb seiner Hinterflosse seinen Gegner genau vor die Stirn. In Faerbers Kopf explodierte das Meer. Er kippte nach hinten weg, warf die Arme verzweifelt nach oben, trat unter sich das Wasser weg und tauchte ein in einen blutigen Wirbel.

Das ist das Ende, dachte er mit einer verzweifelten Nüchternheit. Mach es schnell, Hai . . . mach es schnell . . .

Dann klebte das kochende Blut an seiner Taucherbrille, er spürte neue Schläge über seinem ganzen Körper und wartete auf die Zähne, die ihn zerreißen würden . . .

*

Er wachte auf und wunderte sich, daß er lebte. Er trieb auf dem Rücken in einer mäßig bewegten See, der Wind strich über ihn hinweg, durch den dicken Gummianzug spürte er die Kälte des Wassers. Nach dem Stand der Sonne mußte er über eine Stunde besinnungslos umhergetrieben sein, sein Körper war unterkühlt durch die mangelnde Bewegung.

Ächzend drehte er sich, versuchte zu schwimmen und merkte, daß seine Muskeln bretthart waren, wie vereist, und keine Kraft mehr entwickelten. Die Strömung hatte ihn näher zur Küste getragen.

Er konnte sie als grünen Strich deutlich erkennen, wenn er aus der flachen Dünung auftauchte, und er schätzte, daß es zum Land vielleicht noch dreitausend

Meter waren. Eine lächerliche Entfernung für einen guten Schwimmer wie ihn, aber eine Mondreise mit steifen, vereisten Muskeln ...

Die Wellen hatten das Blut des Hais von ihm abgewaschen. Er mußte ein Einzelgänger gewesen sein, denn sein Blut hatte keine weiteren Haie angelockt. Er war nicht von seinen Artgenossen zerrissen worden, er war einsam gestorben, nachdem er seine letzte Kraft an seinem armseligen, aber siegreichen Gegner ausgetobt hatte. Eine Kraft, die nicht mehr ausgereicht hatte, den Feind mit in den Tod zu ziehen.

Faerber sah sich mehrmals um, aber er konnte keinen treibenden, silbernen Fischleib entdecken. Er versuchte vorsichtig, seine Muskeln zu lockern. Er zwang sich, gegen alle Kälte und Härte seines Körpers mit Schwimmstößen anzugehen und seufzte in das Wasser, wenn seine Muskeln nicht mehr mitmachten und Arme und Beine an ihm hingen wie schwere Gewichte. Dreitausend lächerliche Meter, dachte er. Nur daran dachte er. Nicht daran, daß es noch mehr Haie gab, daß die schnellen Barrakudaschwärme ihn überfallen und zerfleischen konnten. Nicht daran, daß die Strömung nahe der Küste ihn vielleicht so weit abtreiben konnte, daß er in die gefährlichen Strudel in der Nähe der flachen Sandbänke geriet, wo er überhaupt keine Chancen mehr hatte, wo Unterströmungen ihn durch Priele wieder ins Meer rissen und wo es Seelöcher gab, die ihn wie einen Kreisel hinabziehen und in den Sand drehen würden.

Dreitausend Meter, dachte er nur. Dann habe ich es geschafft, dann ist Ellen gerettet.

Ellen!

Der Gedanke an sie war wie ein heißer Strom, der das Eis in seinen Muskeln schmolz. Er versuchte wieder zu schwimmen, trat das Wasser weg, stemmte sich gegen die langgezogenen Wellen und durchschnitt mit den Armen das Meer. Jeder Schwimmstoß ließ ihn jetzt freier werden, er spürte das Blut kribbelnd durch seine Adern fließen und schrie vor Freude in die Wellen.

»Ich schaffe es! Ich schaffe es! Ellen, ich schaffe es!«

Aber das Meer dachte gar nicht daran, ihn zum Sieger zu machen. Nach einer halben Stunde, in der Faerber gegen die immer stärkere Strömung ankämpfte, frischte der Wind auf, wurde zu einer steifen Brise und ließ das Meer aufwallen. Die Wellen schlugen auf Faerber ein, warfen ihn hoch und ließen ihn fallen und machten ihn zu einem Spielball ihrer nie zu bändigenden Kraft.

Über den Himmel jagten graue Wolken, die Sonne lag hinter einem flatternden Vorhang, der immer dichter wurde, bis der Himmel auf das Meer zu stürzen schien und ein Regen mit dicken Tropfen herunterprasselte.

Faerber gab es nach einer Stunde auf, gegen die Natur anzukämpfen. Er ließ sich treiben, tauchte in dem Wellengebirge auf und ab und behielt nur die Küste im Auge, die an ihm vorbeischaukelte.

Ich treibe nach Süden ab, dachte er. Zur Landzunge von Xcalak. Das ist günstig. Xcalak ist eine kleine Stadt, wir kennen sie, dort haben wir die ›Nuestra Señora‹ gechartert und umgebaut. Dort liegen Motorboote der Seepolizei ... Aber dort gibt es auch gefährliche Klippen, eine Art Barriere vor der Küste. Sie sind ungefährlich bei Ebbe, denn dann sieht man sie, aber gemein bei Flut, wo man nicht weiß, wie hoch die Spitzen unter die Wasseroberfläche ragen ...

Xcalak ... mein Gott, wenn ich Xcalak erreiche! Das wäre eines der Wunder, die auch heute noch geschehen und von denen keiner spricht ... Das Meer begann zu brüllen. Die Strömung trug Faerber zur Küste, aber je näher er herankam, um so höher wurden die Wellen. Dann sah er plötzlich greifbar nahe eine lange Linie weißer Schaumkronen vor sich und wußte, daß er auf eine jener Sandbänke zutrieb, die diese Gewässer hier zu einem Mordmeer machten. Die Sandbänke, die seit Jahrhunderten die Schiffe vernichteten, wenn der Sturm sie auf ihren Rücken schleuderte, diese Buckel des Meeresbodens, an denen auch die Goldschiffe der Spanier zerschellt waren, wie 1540 die ›Zephyrus‹ des Admirals da Moya.

Es war sinnlos, diesen wirbelnden Schaumkronen auszuweichen. Die Kraft eines Menschen reicht nicht aus, sich gegen meterhohe Wellen zu stemmen und seinen Weg zu bestimmen ... mit ungeheurer Gewalt schleuderte das Meer auch Hans Faerber gegen die Sandbänke, warf ihn wie einen Ball in die kochende See, hieb ihn auf die harten Sandbuckel und rollte ihn wie Treibholz in dem zischenden Gischt herum.

Es gab keine Möglichkeit mehr, sich zu wehren. Faerber ergab sich dem tosenden Meer. Ein paarmal schrie er auf, wenn er auf den harten Sand prallte, und was der Hai nicht geschafft hatte, erledigte das Meer mit brüllender Freude: Es vernichtete den Menschen, der so vermessen gewesen war, gegen es zu kämpfen. Es zerschlug seine letzte, armselige Kraft ...

Am Abend fand der Fischer Manuel Torques einen blutigen, in Tang eingewickelten, besinnungslosen Menschen im Ufersand, dreihundert Meter südlich seiner Hütte. Der Mensch atmete kaum noch. Er trug die Gummikleidung eines Tauchers, auf dem Rücken das Gestell, von dem die Sauerstoffflaschen abgebrochen waren, einen breiten Gürtel mit einem Dolch und eine Schwimmflosse am linken Fuß.

Er lag auf der Seite, in verkrümmter Haltung, und als Manuel Torques ihn auf den Rücken drehte, stöhnte der Mann in seiner Ohnmacht, und sein blutverschmiertes, aufgeschlagenes Gesicht verzerrte sich.

Torques sah keine andere Möglichkeit, den Mann wegzuschaffen, als ihn in das Netz zu wickeln, das er über der Schulter trug. Den Fremden aufzuheben, war unmöglich. Torques war nur 1,60 m groß, wog unter hundert Pfund, war schmächtig und vom Hungerleben ausgezehrt und wäre unter der Last zusammengebrochen. So aber ging es gut ... er schleifte den Mann durch den pulverfeinen Sand hinter sich her wie einen riesigen Fisch, von dem Manuel Torques zeit seines Lebens geträumt hatte, daß er ihn einmal aus dem Meer holen würde.

In der Hütte schrie seine Frau Anna Maria auf, als Manuel von draußen rief: »Ich habe einen Sterbenden gefischt!«, und bekreuzigte sich dreimal, ehe sie half, den fremden Taucher ins Haus zu zerren. Dort legten sie ihn vor den Ofen, zogen den Reißverschluß des schwarzen Gummianzuges auf, und Manuel tat etwas, von dem ihm niemand gesagt hatte, daß es gut und gerade jetzt das Beste war.

Er ohrfeigte den sterbenden Mann, boxte ihm in die Brust und in den Magen, bis der Fremde würgte und kotzte und einen Schwall stinkenden Meerwassers erbrach. Damit rettete Manuel ihm das Leben.

Anna Maria wusch dem Fremden dann das Gesicht und den zerschlagenen Körper, aber da er auch den beiden Torques zu schwer war – sechzig Jahre Hunger hinterlassen ihre Spuren – ließen sie ihn vor dem Ofen liegen, deckten ihn mit einer Filzdecke zu und warteten darauf, daß er aufwachte oder starb ...

Hans Faerber starb nicht.

In der Nacht regte er sich, spürte Schmerzen wie Flammen in seinem Körper – der beste Beweis, daß er lebte – und hörte eine Stimme, die ihn auf Spanisch fragte:

»Señor, wachen Sie auf ... wachen Sie auf ... Können Sie mich hören?«

Und eine weibliche Stimme sagte: »Sie müssen die Suppe essen, Señor. Sie wird Ihnen helfen ...«

Und die Männerstimme fügte hinzu: »Bestimmt! Glauben Sie Anna Maria. Ihre Suppen machen Tote lebendig ...«

Hans Faerber streckte sich und gab sich ganz dem wohligen, warmen Gefühl hin, das ihn durchströmte. Es war sogar stärker als die Schmerzen. Er spürte, wie ihm jemand eine Tasse an die Lippen setzte, er machte den Mund auf und schluckte.

Die Suppe. Scharf gewürzt, ein belebender Feuerstrom, der durch die Kehle rann. Ich bin gerettet, dachte er dabei. Das Wunder ist geschehen. Ich lebe.

»Ich muß sofort nach Xcalak –«, sagte er mühsam. Er wußte nicht, ob seine Stimme überhaupt einen Klang hatte, ob man die Worte verstand, oder ob nur er sie in seinem Hirn hörte.

»Bringen Sie mich nach Xcalak. Sofort. Jetzt gleich. Ich muß zur Polizei! Wie komme ich nach Xcalak?«

»Zu Fuß oder mit einem Maultier.« Manuel Torques sah seine Frau Anna Maria kopfschüttelnd an. »Aber nicht Sie, Señor . . .«

»Dann schnallen Sie mich auf einen Maulesel! Ich *muß* nach Xcalak! Ich gebe Ihnen eine Million Pesos, wenn Sie mich sofort nach Xcalak bringen . . .«

Manuel Torques setzte die Suppentasse auf die Erde und zog die Filzdecke über den Kopf Faerbers. »Das Meer hat ihm das Gehirn zerschlagen –«, sagte er dabei. »Eine Million Pesos . . . armes Herrchen!«

Und Anna Maria faltete die Hände und begann, leise zu beten.

»Zwei Millionen –«, sagte Faerber unter der Decke.

»Heilige Mutter Gottes, bete für den Armen . . .« stammelte Anna Maria.

Hans Faerber schob mit ungeheurer Anstrengung die Decke von seinem Gesicht.

»Ich mache euch zu den reichsten Menschen von Mexiko! Bringt mich sofort in die Stadt . . .«

». . . und vergib uns unsere Sünden –«, betete Anna Maria.

Manuel Torques trank die Suppe aus und wischte sich über den Mund.

»Armes Herrchen –«, sagte er traurig. »Sei still. Fange nicht an, zu toben. Es ist schlimm, wenn man verrückt ist. Man wird sogar eingesperrt, wie José, der wurde auch verrückt, weil er zuviel soff, und dann lief er herum und wollte alle Leute beißen. Sei still, Herrchen ... das Meer hat dich vernichtet. Man kann's nicht mehr ändern ...«

»Fünf Millionen Pesos!« schrie Faerber mit letzter Kraft.

Manuel Torques seufzte tief, schlug Faerber dann unters Kinn und in eine neue Bewußtlosigkeit.

»Es ist besser so für ihn«, sagte er zu Anna Maria. »So ein Mensch ist glücklich dran, wenn er schläft –«

Manuel Torques verbrachte eine unruhige Nacht. Noch fünfmal mußte er den fremden Weißen mit einem gezielten Schlag gegen das Kinn beruhigen. Er tat es jedesmal mit einem tiefen, traurigen Seufzen, entschuldigte sich vorher bei Faerber, indem er sagte: »Señor, ich bin kein Arzt, es ist für uns alle die einzige Möglichkeit, zusammenleben zu können, wenn der eine verrückt ist und der andere normal ...«, und ließ dann Faerber wieder ohnmächtig vor den Ofen sinken.

Nach dem fünften Betäubungsschlag kamen Anna Maria Bedenken. »Vielleicht sollte man ihn anhören?« sagte sie. »Manuel, es gibt Dinge, die man nicht mit Netzen fangen kann. Und mehr hast du nicht gelernt.«

So kam es, daß gegen Morgen Hans Faerber endlich zum Sprechen kam. Manuel Torques erfrischte ihn mit einem süßlichen, aber eiskalten Kakteensaft und wusch ihm noch einmal den Kopf, da die Wunden wieder zu bluten begannen. Anna Maria flößte Faerber eine neue Suppe ein, diesmal einen wässrigen Fischbrei, der abscheulich stank. Gehorsam schluckte Faerber alles hinunter, froh, nicht wieder niedergeschlagen zu werden.

»Hast du ein Maultier?« fragte er endlich, als er kräftig genug war, sich gegen einen eventuellen Angriff wehren zu können.

»Einen alten, halbblinden Esel!« Manuel hob die

Schultern. »Wir sind froh, daß er so wenig frißt ... aber er kann noch Netze schleppen.«

»Kann er mich nach Xcalak bringen?«

»Er fängt schon wieder an!« schrie Torques. »Anna Maria, einen Knüppel. Mit der Faust schaffe ich es nicht mehr!«

Es dauerte eine Stunde, bis Faerber erklärt hatte, warum er an Land gespült worden war. Dann saß Torques sprachlos neben dem Ofen, starrte den Weißen an und sagte nach langer Zeit des Nachdenkens: »Von den Chinchorro-Bänken bis zur Küste? Durch die Haie? Durch den Sturm? Und er lebt! Heilige Mutter, ein Wunder ist in meine Hütte gekommen! Ich werde bis zum Ende meiner Tage gesegnet sein ...«

»Du wirst ein Millionär sein, wenn du mir deinen Maulesel gibst ...«

»Einen Knüppel, Anna Maria!« stöhnte Torques. »Ich glaube ihm kein Wort! Er lügt so schamlos, wie ich arm bin, und das ist allerhand!«

Eine Stunde später ritten sie los. Das alte Maultier, wirklich ein knöcherner, halbblinder Geselle, aber gutmütig und für sein Alter erstaunlich stark, trug sie beide auf dem zotteligen Rücken: Torques saß vorne am Hals, Faerber dahinter. Es gab keinen Sattel, sie klemmten sich einfach auf den nackten Rücken. Als Zügel diente ein dicker Hanfstrick, der mit einem Stück Eisenstange im Maul des Tieres lag. Mit lauten Rufen und Hackentritten trieb Torques den Alten an, und manchmal sprach er auch zu ihm wie zu einem Menschen, nannte das Maultier »Mein lieber Genosse« oder sagte zu ihm: »Nun stolpere nicht, du zahnloser Esel. Hörst du, du mußt uns nach Xcalak bringen. Das ist etwas anderes, als Netze einholen! Wir kommen in die Stadt, mein Alterchen! In die Stadt! Wann waren wir zum letztenmal in der Stadt? Vor sieben Jahren? Oder sind's schon zehn? Was macht auch ein armer Fischer wie ich zwischen den hohen Häusern? Lauf, Genosse, lauf ...«

»Wie lange noch?« fragte Faerber. Er schwankte hin und her und hielt sich an Torques Hüften fest.

Neben ihnen, gleich am Rande des Uferpfades, dampfte der Dschungel. Eine höllische, feuchtheiße Hitze lag über ihnen. Das Atmen war zur Qual geworden. Aus den Poren brach der Schweiß. Ihre Herzen hämmerten wie Schmiedehämmer. Ein faulig-modriger Geruch stieg aus den Sümpfen, wo aus Fäulnis grandioses, üppig blühendes Leben wurde. Eine Hochzeit von Tod und Geburt —

»Noch fünf Stunden, Señor.« Torques streichelte sein Maultier zwischen den Ohren. »Ist er nicht ein einmaliger Bursche? Wackelt auf den Beinen, sieht kaum noch etwas . . . aber er bringt uns nach Xcalak! »Manuel wandte den Kopf nach hinten. Faerber hatte vor Erschöpfung die Augen geschlossen und seinen Kopf gegen Torques Schulter gelegt. »Wieviel bekomme ich, sagten Sie?«

»Eine Million Pesos . . .«, antwortete Faerber mechanisch.

»Ich trete Ihnen eine Million Mal in den Hintern, wenn das nicht wahr ist!« sagte Torques drohend.

»Das dürfen Sie —«

»Und Pepito, mein Maultier, wird Sie anspucken und anscheißen.«

»Auch das darf er!« Faerber lächelte schwach. »Sie werden Pepito einen goldenen Stall bauen können . . .«

Mit kreischendem Schreien trieb Torques den guten Alten zu einer schnelleren Gangart an . . .

Chagrin war nach dem Sturm noch einmal getaucht, obgleich er eigentlich wußte, daß es Wahnsinn war. Ellen ließ den Korb hinunter, Pascale saß am Funkgerät . . . aber schon nach zehn Minuten kam von unten das Signal zum Hochziehen.

Chagrin stieg aus dem Schutzkäfig, warf das Atemgerät auf Deck und setzte sich mit finsterer Miene auf eine Kabelrolle. Ellen ahnte, was unten geschehen war.

»Dieser Miststurm!« schrie Chagrin plötzlich. Es brach aus ihm heraus wie ein wilder Schrei. »Alles zusammengebrochen ... das Mitteldeck, der Einstieg, das Heck. Nur noch Sand, Sand, verfluchter Sand! Die ›Zephyrus‹ ist so total zusammengebrochen, daß im Meeresboden eine neue Senke entstanden ist!« Chagrin hieb mit beiden Fäusten auf die Deckplanken. Er war außer sich. »Es ist nichts mehr zu holen. Wir kommen nie mehr an die anderen Kisten und Säcke heran. Fast 250 Millionen liegen noch da unten! Für alle Zeiten unantastbar.«

»Und Peter Damms hat endlich sein Grab gefunden«, sagte Ellen leise.

»Endlich hat er Ruhe –«

Pascale drehte sich abrupt um und rannte unter Deck. Erstaunt blickte Chagrin ihr nach.

»Hat sie gedacht, wir holen ihn wieder hinauf?« fragte er.

»Nein. Chagrin, Sie mögen hundert Frauen gehabt haben – von der Seele einer Frau verstehen Sie einen Dreck. Jetzt erst ist Peter für Pascale endgültig tot.«

»Aber er war doch –«, stotterte Chagrin ratlos. Ellen nickte.

»Natürlich war Peter tot ... aber jetzt hat Pascale ihn verloren. Da ist etwas ganz anderes.«

Chagrin erhob sich und zuckte mit den Schultern. »Sie haben recht, Ellen. Von Frauen verstehe ich wenig, wenn Sie mit solchen Spinnereien kommen. Da ist mir ein Hai lieber – bei ihm weiß ich genau, was er denkt und was er will!« Er blickte hinüber zu den Booten, die den Sturm anscheinend gut überstanden hatten, denn sie waren näher herangekommen und zogen den Ring um die ›Nuestra Señora‹ enger.

»Holen Sie alle Waffen rauf, Ellen. Und die ganze Munition. Und gewöhnen Sie sich daran, in Kürze auf

Menschen schießen zu müssen. Unsere Wachhunde werden ungeduldig.« Er reckte sich. Aus dem Kabinengang tauchte Pascale wieder auf. In der Männerkleidung sah sie wie ein hübscher, braungebrannter junger Bursche aus. »Richten wir uns auf die Verteidigung ein. Wenn Hans bis zur Küste gekommen ist, könnte die Hilfe in zwei Tagen hier sein. Solange müssen wir uns halten, Ellen!«

Ellen sah Chagrin mit großen Augen an. Seit sie wußte, daß Faerber als Verlierer der Auslosung Meer, Haie, Sturm und Entfernung überwinden wollte, um Hilfe zu holen, lag dieser unbeschreibliche Ausdruck von Leere und untergründiger Hoffnung in ihrem Blick, den selbst Chagrin nicht lange aushalten konnte. Er mußte jedesmal wegsehen.

»Haben Sie noch Hoffnung, daß Hans es geschafft hat?« fragte sie. Ihre Stimme schwankte.

»Wenn ich keine Hoffnung mehr hätte, würde ich die weiße Fahne hissen! So aber schieße ich zuerst, wenn die Piratenbrüder auftauchen. Ellen, ich glaube fest daran, daß Hans die Küste erreicht hat.«

»Nach diesem Sturm?«

»Der Sturm ist weniger gefährlich als die Haie! Und in Küstennähe gibt es die Barrakudaschwärme . . .«

»Sie haben das alles gewußt, Sie Schuft, und ihn trotzdem schwimmen lassen?« schrie Ellen und ballte die Fäuste. »Geben Sie es zu: Ihre Wette war Betrug! Sie hatten nicht einen Rubin und einen Smaragd in den Händen, sondern zwei Smaragde! Hans hatte gar keine Chance, zu gewinnen! Sie haben ihn betrogen! Sie haben ihn in den Tod gejagt auf die gemeinste Art: mit dem Lockmittel des Ehrgefühls! Sie Lump! Geben Sie doch zu, daß Sie Hans betrogen haben!«

Chagrin starrte Ellen eine Weile stumm an, dann schüttelte er langsam den Kopf.

»Bedaure, Ellen, ich kann Ihnen den Gefallen nicht tun«, sagte er langsam. »Auf so einen Gedanken wäre selbst ich nicht gekommen – nicht in dieser verdammten Situation! Denken Sie von mir, was Sie wollen – aber ich will auch weiterleben, und das hängt jetzt ganz allein von Hans ab. Von seiner Kraft – und von seinem Glück!«

Er ging unter Deck und streichelte im Vorbeigehen Pascale über das Gesicht. Sie schlug seine Hand weg und spuckte nach ihm.

Nach zehn Minuten war Chagrin wieder an Deck. Er rieb sich die Hände und machte den Eindruck, als könne er die für immer versunkenen 250 Millionen doch noch vom Meeresboden holen.

»Wir haben noch zweihundertvierzig Liter Benzin im Tank«, sagte er. »Das ist viel zu wenig für die Strecke, die vor uns liegt. Aber wir können damit Hans ein Stück entgegenfahren – und vor allem Verwirrung unter unseren Belagerern auslösen.« Er blickte über das Meer, das noch immer unruhig war und lange Wellen gegen das Schiff spülte. »Zuerst hinaus zu den Chinchorro-Bänken, dann scharf nach Süden, so weit wir kommen. Mädchen, es wird eine Schießerei geben! Benehmt euch wie Männer!«

»Das brauchen Sie uns nicht zu sagen!« antwortete Ellen.

»Ihnen nicht, Ellen! Ich weiß. Sie ersetzten drei Männer!«

»Dann meinst du mich?« Pascale lehnte an der Wand zum Ruderhaus. Sie trug ein Schnellfeuergewehr in der Hand und im Gürtel zwei Pistolen. »Ich habe tagelang Zielen geübt . . . Auf deinen Körper! Ich habe jetzt eine ruhige Hand!«

Chagrin verzog sein Gesicht und setzte sich auf den Steuersitz. Er drehte an ein paar Schaltern . . . Im Inneren des Schiffes begann ein Rumoren und Stampfen, ein lange vermißtes Geräusch. Die Motoren liefen.

»Die Anker hoch, Ellen!« rief er durch das offene Fenster des Ruderhauses. »Und wenn die Boote nahe genug sind, feuert ihr! Denkt daran, es geht um unser Leben!«

Ellen winkte zum Zeichen, daß sie verstanden hatte. Dann rasselte die Ankerwinde — aus dem Meer tauchte langsam der schwere, eiserne Anker auf. Pascale hockte auf dem Dach des Ruderhauses und beobachtete die Boote der Piraten.

»Anker hoch!« schrie Ellen. Chagrin warf einen Hebel herum.

»Lebt wohl, Millionen!« brüllte er.

»Adieu, Peter ...«, sagte Ellen leise und blickte ins Meer, wo tief unter einem Gebirge von Sand die Leiche von Peter Damms in einem zusammengedrückten Schiff lag.

Die ›Nuestra Señora‹ schoß vorwärts, fuhr einen knappen Bogen und rauschte auf die Chinchorro-Bänke zu.

In Boot 4 sprang Pedro vom Sitz und warf beide Arme in die flimmernde Luft. Neben ihm schrie Paulus in das Walky-Talky.

»Alle Boote ihm nach! Alle Boote volle Kraft!«

»Sie hauen ab!« brüllte Pedro und raufte sich die Haare. »Sie hauen ab! Vollgas, ihr Idioten!«

Dann klammerte er sich irgendwo fest, denn sein Boot machte einen Satz nach vorn und flog über die Wellen, als habe es keine Wasserschraube, sondern unsichtbare Flügel, die es trugen.

Das Wettrennen auf Leben und Tod begann.

Manuel Torques mit seinem torkelnden Gast im Rücken erreichte die kleine Stadt Xcalak am frühen Nachmittag. Pepito, das alte Maultier, hatte den Weg ohne drei Erholungspausen nicht geschafft. Es hatte sich beim drittenmal sogar hingelegt und die Augen verdreht, als wolle es sterben.

»Ich kenne das!« sagte Torques gemütlich. »Jetzt will der alte Bursche Schnaps haben! Señor, ich sage Ihnen, der Schuft säuft mich noch arm. Aber ich brauche ihn!«

Er holte aus der Tasche eine flache Blechflasche, schraubte sie auf, setzte sie Pepito an die dicken Lippen, und das Maultier nahm einen kräftigen Schluck des Kakteenschnapses. Danach sprang es wieder auf, gab so etwas wie ein wieherndes Grunzen von sich, hob den Schwanz und furzte.

»So –«, sagte Torques zufrieden. »Jetzt können wir weiter! Pepito fühlt sich wohl! Señor, die Welt ist voller Wunder . . .«

Nach einigem Herumfragen fanden sie die Kommandantur der Küstenpolizei. Sie lag am Ende des kleinen Hafens, und an dem Anlegesteg schaukelten zwei schöne, weißleuchtende, mit kleinen Kanonen bestückte Schnellboote.

Es war ein Anblick, bei dem Faerber hätte in die Knie sinken können. Er umarmte Torques, gab dem Alten einen Kuß auf das stoppelige Kinn, drückte den Kopf des mummelnden Pepito an seine Brust und rannte dann schwankend die letzten Meter zum Eingang des langgestreckten, flachen Hauses.

Zwei Schnellboote! Mit Kanonen! Das war Leben! Leben! Leben!

Nie hätte der Antimilitarist Hans Faerber geglaubt, daß er jemals ein militärisches Objekt mit Jubel begrüßen würde.

Jetzt aber stürmte er die Kommandantur, rannte den Posten, der sich ihm in den Weg stellte, einfach um und schrie schon in der Vorhalle:

»Wo ist der Kommandant?! Wo ist . . .«

Dann ergriffen ihn sechs kräftige Fäuste und schleiften ihn weg . . .

*

Der Kommandant der Schnellboote, ein Kapitänleutnant mit einem flotten Bärtchen auf der Oberlippe und einer blitzsauberen weißen Uniform, ließ Faerber zunächst nach Waffen und versteckten Bomben durchsuchen. Als sich herausstellte, daß der Fremde wahrscheinlich nur ein harmloser Irrer war, der das höllische Klima der Urwälder von Yukatan nicht vertrug, ließ der Offizier ihn auf einen Stuhl drücken, hielt ihm eine flache Blechschachtel mit dünnen, langen Zigarillos hin und winkte nach einem Glas Eiswasser. Gierig trank Faerber es leer und spürte, wie ihm im gleichen Augenblick der Schweiß aus allen Poren brach.

Unterdessen hatte man in einem Nebenraum den Fischer Manuel Torques verhört.

»Ein Verrückter!« sagte Manuel. »Er hat Pepito für 1 Million Pesos gemietet!«

So einen Blödsinn sagt man nicht zu einem ernsthaften Soldaten. Der verhörende Obermaat gab Torques deshalb auch eine kräftige Ohrfeige, und der schmächtige Alte fiel wie vom Blitz getroffen vom Stuhl.

»Wieder klar im Kopf?« brüllte der stämmige Obermaat. Er riß Manuel am Hemdkragen hoch und wuchtete ihn wieder auf den Stuhl. »Wer ist der Kerl?«

»Ein Taucher!« keuchte Torques. »Er lag nach dem Sturm zweihundert Meter von meiner Hütte entfernt am Strand. Zerschlagen, blutig, mehr tot als lebendig! Aber als er aufwachte, bot er mir für Pepito ...«

Er schielte zu der Hand des Obermaats, aber diesmal blieb sie unten. Anscheinend wurde die Lage jetzt klarer.

»Eine Million –«, sagte Manuel schnell.

»Aha! Ein Taucher mit einer Million! Weiter –«

Torques kratzte sich den weißen, stoppeligen Kopf. Wenn er jetzt alles erzählte, würde es Ohrfeigen hageln. Sollte man es wagen?

Manuel war kein Feigling. Er hob nur die Unterarme schützend vor sein Gesicht und sagte:

»Dann ging es los . . . `zwei Millionen für Pepito, drei . . . am Ende waren wir bei fünf.«

»Millionen Pesos?« fragte der Obermaat entgeistert. »Für einen lahmen, halbblinden Esel?«

»Maultier —«

»Warten und sich nicht rühren!« kommandierte der Obermaat. Er gab einem Matrosen einen Wink, auf Manuel aufzupassen, und rannte aus dem Zimmer.

Im Büro des Kommandanten hatte Faerber unterdessen auch noch zwei Gläschen Schnaps getrunken. Er wischte sich den Schweiß vom Gesicht. Der Obermaat kam herein, beugte sich zu dem Kapitänleutnant und flüsterte ihm ins Ohr. »Ein Irrer! Er hat fünf Millionen Pesos für ein Maultier geboten. Kam als Taucher an Land! Was er trägt, hatte er in einem Plastiksack bei sich. Eine undurchsichtige Sache, Herr Kapitänleutnant.«

Der Offizier nickte und schickte den Obermaat hinaus. Dann musterte er Hans Faerber wieder, aber diesmal mit einem sehr interessierten Blick.

»Sie haben nach mir gerufen, als Sie die Kommandantur erstürmten?« fragte er mit der Höflichkeit eines mexikanischen Granden. »Señor, darf ich wissen, was Sie von mir wünschen?«

»Ich brauche sofort Ihre Schnellboote—«, sagte Faerber schwer atmend.

Der Offizier nickte. »Warum nur sie? Dürfen wir Ihnen die ganze mexikanische Marine zur Verfügung stellen? Bitte, wo steht der Feind?«

Faerber starrte den Kapitänleutnant an. Das Lächeln um seinen Mund mit dem flotten Lippenbärtchen war deutlich: Einem Verrückten soll man zunächst immer recht geben. Nicht aufregen! Reden lassen! Es wird eine amüsante Stunde werden. Eine fröhliche Abwechslung im täglichen Einerlei, denn Xcalak ist ein Drecknest. Selbst die Huren sind dritte Wahl.

»Sie glauben, ich sei verrückt, was?« sagte Faerber

und beugte sich vor über die Tischplatte, die zwischen ihm und dem Kapitänleutnant stand. »Ich flehe Sie an: Helfen Sie mir! Helfen Sie uns! Es geht buchstäblich um Minuten! Draußen, zwischen der Küste und den Chinchorro-Bänken, liegt unser Schiff, die ›Nuestra Señora‹, von Piraten umzingelt. Wir haben keinen Treibstoff mehr und können nicht wegfahren. Wir haben an Bord noch einen Mann und zwei Mädchen ... und· für etwa 200 Millionen Gold und Edelsteine. Mein Gott, begreifen Sie es doch: Wir haben ein spanisches Schatzschiff entdeckt und konnten einen Teil des Goldes bergen. Es ist unmöglich, daß mein Freund« – er nannte Chagrin jetzt wirklich seinen Freund –, »und die beiden Mädchen sich auf die Dauer gegen die Piraten wehren können! Ich bitte Sie ...«

Der Kapitänleutnant starrte Faerber mit offenem Mund an. Dann – nachdem ihm klar geworden war, daß hier kein Verrückter saß und man bei 200 Millonen an Bord gut eine Million für ein Maultier bieten konnte – sprang er hoch, riß die Tür auf und brüllte in den Flur:

»Alarm! Alle Boote klar zum Auslaufen! Stufe I!«

Im Haus klingelten schrille Alarmglocken. Am Hafen antwortete ihnen Sirengeheul. Der Obermaat stürzte ins Zimmer, offensichtlich außer Fassung, denn Stufe I bedeutete kriegsmäßiges Auslaufen.

»Wer greift an?« schrie er.

»Amerigo Santilla ...«

Das Wort genügte. Auch wenn es ein Irrtum war und man damit dem kleinen Gauner Pedro Dalinques, der ein einziges Mal auf eigene Rechnung arbeiten wollte, zu viel Ehre antat. Zwanzig Minuten später legten die beiden weißen Schnelboote ab und rauschten mit hoher Bugwelle aus dem abgesperrten Militärhafen von Xcalak. Die Planen waren von den Kanonen genommen, die Bedienungsmannschaften trugen Stahlhelme. Auch hinter den beiden Vierlingsmaschinengewehren saßen die Schützen.

Kapitänleutnant Errico Caballos stand unterdessen in einem regen Sprechfunkverkehr mit dem Flottenstützpunkt Chetumal und dem kommandierenden Admiral von Yukatan, Miguel de Barra. Von dort wurde die große Neuigkeit nach Mexiko City gefunkt, wo sich sofort das Finanzministerum – wie konnte es anders sein? – mit der Sache befaßte und sehr munter wurde.

Einsam, vergessen von dem militärischen Schauspiel überrollt, blieben Manuel Torques und sein alter Maulesel Pepito am Quai zurück. Manuel setzte sich auf einen Polder, drehte sich aus Tabakkrümeln eine dicke Zigarette mit Zeitungspapier und blickte traurig den davonrauschenden Schnellbooten nach.

»Wo ist unsere Million?« sagte er und streichelte Pepito über die dicken, zitternden Nüstern. Das alte Maultier schnaufte und legte die Ohren zurück. »Ja, so ist es! Recht hast du.« Manuel wischte sich über die Augen. »Immer wir Armen! Sie haben uns betrogen, Pepito. Das wird sich nie ändern . . .«

Zu diesem Zeitpunkt ahnte der Fischer Manuel Torques noch nicht, daß er wirklich ein Pesos-Millionär werden würde . . .

Das Wettrennen zwischen den Piratenbooten und der ›Nuestra Señora‹ dauerte nicht lange. Wie zu erwarten wurde es von Pedro gewonnen.

Eine knappe Stunde torkelte das Schiff durch die See, der alte Motor fraß den Sprit, als sei er ein Faß ohne Boden, die ›volle Kraft‹ wirkte geradezu zerstörerisch auf Kolben und Gestänge. Nach einer halben Stunde rappelte und rasselte es an allen Enden im Maschinenraum, und Chagrin rief sarkastisch zu Ellen und Pascale, die in ihren Männerkleidern in Deckung lagen und die Boote beobachteten, die sie verfolgten: »Betet, daß wir nicht auseinanderfliegen! Wir sitzen auf einer wahren Höllen-maschine!«

Nach eine Stunde war der Tank endgültig leer. Der Motor schluckte noch einmal auf, so, wie ein Säufer zu-frieden rülpst, bevor er vom Stuhl fällt, begann dann zu stottern und stellte seine Arbeit ein.

Chagrin band das Ruder fest, stellte den Gashebel auf Null und verließ das Ruderhaus. Er drückte das Schnell-feuergewehr unter den Arm und ging hinüber zu Ellen, die hinter einer großen Taurolle lag.

In breiter Front knatterten Pedros kleine Motorboote heran. Zehn schnelle Wespen, die jetzt über ihr Opfer herfallen wollten.

Chagrin warf sich neben Ellen auf die Deckplanken.

»Wofür entscheiden Sie sich?« fragte er verdammt sarkastisch. »Eine Kugel in das schöne Köpfchen, beten oder abwarten?«

»Sagen wir: abwarten. Beten und uns erschießen können wir immer noch.«

Petros Boote schwärmten aus und kreisten die ›Nue-stra Señora‹ wieder ein.

»Wie lange können wir uns halten?«

»Das kommt darauf an, ob der Erzgauner da vorn mutig ist und einige seiner Kameraden opfern will — oder ob er uns weiter aushungern will. Entscheidet er sich für das letztere, dann beten Sie, daß Hans durchge-kommen ist und uns hier rausholt. Ich nehme an, von uns allen können Sie als einzige richtig beten.«

»Wenn Sie meinen, es hilft?« Ellen sah Chagrin von der Seite an. Sein braunes, wettergegerbtes, scharfes Gesicht war sehr ernst. »Und wenn sie angreifen?«

»Denken wir nicht daran, Ellen.«

»Erschießen Sie mich vorher, René. Bitte. Ich weiß, was mich bei den Piraten erwartet . . .«

»Sie sollen nicht davon reden!« knurrte Chagrin. »Ich möchte fast wetten, daß es Hans geschafft hat.«

»Und wenn nicht?«

»Ihre Unkenrufe können weniger harte Nerven als meine zum Zerreißen bringen.«

»Ich will nur Gewißheit, René.«

Der Lärm der kleinen Motorboote erstarb. Pedros Streitmacht war wieder aufmarschiert und wartete auf das Angriffssignal. »Ich bin so etwas wie ein Ordnungsfanatiker. Auch jetzt. Ich weiß, daß ich mich nie selbst umbringen kann, dazu fehlt mir der Mut, auch in der schrecklichsten Situation. Das weiß ich ganz sicher. Aber Sie dürfen mich nicht den Piraten ausliefern, René. Sie müssen mich vorher töten! Warum zögern Sie mit dem Ja? Wochenlang hatten Sie doch nichts anderes im Sinn, als uns alle umzubringen – wegen des Goldes. Jetzt dürfen Sie es. Ich bitte Sie sogar darum –«

»Ellen, Sie sind eine phantastische Frau!« Chagrin zielte auf das Boot. Es trieb langsam auf die ›Nuestra Señora‹ zu. Pedro saß hinter dem Maschinengewehr und hatte ein Megaphon griffbereit in der Hand. Er war bereit, erst wieder zu verhandeln. Das Risiko, bei einem Entern selbst erschossen zu werden, war ihm zu groß.

»Ich verspreche Ihnen, Ellen«, sagte Chagrin, »daß ich um Sie und um Pascale so lange kämpfen werde, bis es wirklich keinen Zweck mehr hat. Dann sehen wir weiter.«

»Danke, René . . .«

Ellen lächelte schwach. Sie nickte Chagrin zu und blickte dann über ihren Gewehrlauf hinüber zu dem vorsichtig herantreibenden Pedro.

»Damit machen Sie vieles wieder gut . . .«

»Ich weiß nicht. Idealisieren Sie mich nicht, Ellen. Ich bin und bleibe ein Ungeheuer –«

Er warf den Sicherungsflügel herum und drückte den Kolben fest in die Schulterbeuge.

»So, und jetzt Feuer frei! Auf die Boote unter die Wasserlinie zielen!«

Die erste Salve knatterte los. Auch Pascale, auf dem Dach des Ruderhauses in bester Positon, schoß. Aber sie zielte auf den Mann, und das war der Mexikaner Domingo.

Pedro machte einen Satz, als die Kugeln in sein Boot schlugen, warf sich hinter dem MG in Deckung und brüllte die säuischsten Flüche, die die spanische Sprache kennt. Domingo hinter ihm schrie auf, faßte sich an den rechten Oberarm und sank ohnmächtig um. In den anderen Booten entstand Unruhe. Gewehre und Revolver tauchten auf.

»Zurück!« brüllte Pedro. Seine Chance, zu überleben, war gering. Die ganze Aktion war überhaupt eine verdammte Sache. Sie konnten ja auch nicht das Schiff versenken, weil dann das ganze Geld wieder im Meer versinken würde.

Das Boot ruckte, der Motor heulte auf, und unter den nächsten Schüssen von Chagrin und Ellen raste es von der ›Nuestra Señora‹ weg. Zufrieden bemerkte Chagrin, daß zwei Männer damit beschäftigt waren, die Schußlöcher mit Stoffetzen abzudichten . . .

»Das war unsere Grußbotschaft!« sagte er und lachte. Ellen wußte genau, daß es ein gequältes Lachen war. »Es hat gewirkt. Nun werden sie beratschlagen und auf die Nacht warten. Wir haben ein wenig Ruhe.« Chagrin erhob sich aus seiner Deckung. »Jetzt sind Sie dran, Ellen: Beten Sie, daß Hans die Küste erreicht hat!«

Es war fast zur gleichen Stunde, in der die beiden Schnellboote den Hafen von Xcalak verließen und Manuel seinem Maultier Pepito das Lied von der Schlechtigkeit der Menschen vorsang . . .

*

Die Sonne färbte sich blutrot und überzog das Meer mit rotgoldenen Streifen. Ein Abend, an dem man dasitzen und mit offenen Augen träumen konnte. Da tauchten am Horizont die beiden Schnellboote auf. Im Radarbild hatte man die ›Nuestra Señora‹ schon längst geortet, aber an einer ganz anderen Stelle, als Faerber angegeben hatte. Wenn das Objekt auf dem Radarschirm das Taucherschiff war, dann lag es weit südlicher als angenommen.

»Sie haben versucht, mit dem letzten Sprit zu flüchten!« sagte Faerber. Er stand neben Kapitänleutnant Caballos auf der Brücke und blickte durch eines der starken Seegläser. Der Matrose, der oben neben dem Radarmast stand, meldete, daß es ein flaches, breites Schiff mit niedrigen Aufbauten sei.

»Sie sind es!« rief Faerber glücklich. »Sie haben sich aus eigener Kraft durchschlagen können! Das vergesse ich Chagrin nie!«

Caballos sah kurz zur Seite und drückte dann auf einen Knopf auf dem Amaturenbrett. Im ganzen Schiff begann ein wildes Klingeln. Von der Brücke gab ein Matrose Flaggenzeichen zu dem Nachbarboot.

»Alles auf Gefechtsstation!«

»Im Radarbild flimmern auch noch zehn kleine Punkte«, sagte Caballos ruhig. »Señor, gehen Sie unter Deck und lassen Sie sich vom Sanitäter Watte für die Ohren geben. Gleich knallen die Kanonen ... Das kennen Sie noch nicht.«

»Seh ich aus wie einer, der von einem Kanonenschuß umfällt?« Faerber rührte sich nicht vom Fenster. »Im übrigen habe ich meine zwei Jahre bei den Panzern abgeklopft. Ich bin ausgebildeter Kanonier.«

»Arzt, Taucher, Langstreckenschwimmer, Kanonier ... was sind Sie eigentlich noch, Señor?«

»Müde, Herr Kapitänleutnant. Verflucht müde. Ich könnte umfallen und schlafen.«

»Keiner hindert Sie daran. Sie haben es verdient.«

»Erst auf meinem Schiff!«

»Und in den Armen Ihrer Braut ...« Caballos lächelte breit. Ein mexikanischer Kavalier hat für so etwas immer Verständnis.

»Auch das.« Faerber lächelte zurück. »Ich glaube, ich werde 48 Stunden schlafen . . .«

Noch bevor die Boote des kleinen Gauners Pedro, von dem man annahm, er sei der große Santilla, die beiden Kriegsschiffe sahen, donnerte die erste Salve der Kanonen durch den goldenen Abendhimmel. Sie schlugen mitten zwischen den Booten ein, trafen keines, aber Wasserfontänen zischten in die Höhe. Chagrin vollführte vor Freude einen irren Tanz auf dem Deck, riß Ellen an sich, küßte sie, holte Pascale an den Beinen vom Ruderhausdach und drückte auch sie an sich. Diesmal ließ sie es sich gefallen, aber sie war steif wie ein Stock und erwiderte Chagrins Küsse nicht.

Es gab für sie keine Rückkehr mehr zu Chagrin. Vielleicht ein Verzeihen, aber nie ein Vergessen.

Pedro und seine Piraten gerieten in Panik. Wie so oft geübt, stoben ihre Boote nach allen Richtungen auseinander. Den Angreifer brachte man dadurch in Verlegenheit, weil er nicht wußte, wen er nun verfolgen sollte.

Pedro und Domingo sowie zwei neue angeheuerte Helfer schrien sich die Kehlen wund, winkten, schossen in die Luft und heulten schließlich vor Wut. Ihr Boot, von Chagrin, Ellen und Pascale so beschädigt, daß es keine schnelle Fahrt mehr überstand, trieb mit tuckerndem Motor im Meer und wurde allein gelassen.

»Die Hunde!« brüllte Pedro und schüttelte die Fäuste zu den davonrasenden Booten. »Diese elenden Hunde! Madonna, strafe sie mit Aussatz und Syphilis! Domingo! Vollgas! Vollgas!«

Es war vergeblich. Schon nach wenigen Metern drückte das Wasser die zugestopften Löcher wieder ein, und das Boot lief voll. Resignierend winkte Pedro ab. Der Motor wurde abgestellt. Dann kniete sich Petro hinter das Maschinengewehr, faltete die Hände und betete für sein Seelenheil. Die anderen, die das sahen, machten es ihm nach. Und so kam es, daß Kapitänleutnant Caballos neben einem schaukelnden Motorboot alle Maschinen stoppen ließ und verwundert auf die betenden Männer herunterstarrte.

Es ist ein Märchen, daß Piraten ungläubige Halunken sind. Vor allem die mexikanischen Piraten nicht. Aus allen Rohren schießend verfolgte das zweite Kriegsschiff die flüchtenden Boote und schnitt ihnen den Weg zur Küste ab. Es war wie bei einer Hasentreibjagd ... das Wild lief im Zickzack voraus, und der Jäger zielte und schoß, drehte sich, zielte und schoß ... und jeder Schuß traf.

Dann hatten die Matrosen Mühe, die schwimmenden und schreienden Piraten aus dem Meer zu fischen, bevor die ersten Haie auftauchten ...

Über eine schwankende Planke, die man von Bord zu Bord gelegt hatte, lief Faerber auf sein Schiff. Ellen stürzte ihm entgegen und weinte plötzlich, hing an seinem Hals wie ein kleines Mädchen. Aller Mut, alle Kraft fielen von ihr ab, und es blieb nur das Gefühl des Glücks übrig, zu leben ... zu leben ... zu leben ...

Auch Pascale lehnte sich weinend an Faerber, wandte sich dann ab und ging schluchzend in die Kajüte. Dort setzte sie sich vor das Bild Peter Damms', schlug die Hände vor das Gesicht und weinte laut in ihre Handflächen hinein.

Abseits, neben den Goldkisten und den Ledersäcken mit Juwelen, stand René Chagrin, das Schnellfeuergewehr noch in den Händen. Er lehnte es an seinen rechten Schenkel, als Faerber sich von Ellen losmachte und zu ihm ging. Über die Planke kamen jetzt Kapitänleutnant Caballos und zwei Offiziere an Bord und grüßten Ellen militärisch zackig, aber doch mit südländischer Grandezza.

»Sie haben es geschafft, Hans«, sagte Chagrin ruhig. »Gratuliere. Ich habe fest an Sie geglaubt. Ich stehe zu Ihrer Verfügung –«

»Was soll das heißen, René?«

Faerber blieb dicht vor Chagrin stehen.

»Übergeben Sie mich der Staatsgewalt.«

»Warum?«

»Fragen Sie nicht so dämlich! Sie wissen genau, daß ich Sie alle schon abgekreuzt hatte. Nach mexikanischem Recht bin ich ein toter Mann.«

»Wollen Sie das unbedingt, Chagrin? Überlegen Sie sich das! Ein toter Taucher nimmt kein Gold! Und Ihnen geht es doch nur um das Gold. Chagrin, spielen Sie jetzt bloß nicht die große Heldennummer. Sie haben Ellen, das Gold, Pascale und natürlich auch sich selbst gerettet.«

»Sie, Hans, Sie, nicht ich.«

»Wir beide, Chagrin. In der Not haben Sie sich so benommen, daß Vegessen einfach wird.« Faerber lächelte und blinzelte Chagrin zu. »Ich weiß gar nicht, wovon Sie überhaupt reden, René! Wir sind doch eine Familie . . .«

Er umarmte Chagrin, zog ihn an sich und küßte ihn nach alter Sitte auf beide Wangen.

»Danke –«, sagte Chagrin heiser. Er warf das Schnellfeuergewehr auf die Taurolle. »Außer Arzt hätten Sie auch Missionar werden können! Es ist zum Kotzen!«

Er wandte sich schroff ab und ging schnell zum Heck.

Verwundert blickte ihm Caballos nach. »Was hat er?« fragte er.

»Er ist glücklich«, sagte Faerber. »Das ist so seine Art . . . Er ist unaussprechlich glücklich . . .«

Was ist aus allen geworden, wird man jetzt fragen?

Das ist schnell berichtet:

Das aus dem Meer geholte Gold – es waren nach gründlicher Zählung Münzen, Barren und Juwelen im Werte von genau 234 Millionen – beanspruchte Mexiko für sich, weil es in mexikanischen Gewässern gefunden wurde. Die Spanier hatten kein Recht mehr darauf, denn erstens war ihr Anspruch nach 432 Jahren verjährt, und zweitens waren es Schätze, die die Spanier aus Mexiko gestohlen hatten, erobert mit Mord und Brand.

Ein halbes Jahr hatten die Rechtsanwälte zu tun, dann einigte man sich: Hans Faerber erhielt 50 % des Schatzes, denn ohne ihn – so argumentierte logisch sein Anwalt Ponhares in Mexiko City – wäre der Staat ja nicht in den Besitz der anderen 50% gekommen. Geschenktes Geld.

Heute leben Dr. med. Hans Faerber und seine Frau Ellen in einer deutschen Großstadt im Süden und tragen sich mit dem Gedanken, eine Privatklinik zu eröffnen. Denn nichts zu tun und nur das Geld zu verleben ist nicht ihr Stil.

Chagrin tauchte unter. Er verschwand mit seinem Millionenanteil in der Weite der Welt. Ein paar Gerüchte schwirrten noch durch die Pariser Gesellschaft. Eines davon scheint der Wahrheit sehr nahe zu kommen: Chagrin – so sagt man – lebe auf einer Südsee-Insel wie ein kleiner König, umgeben von einem Schwarm hübscher, zärtlicher Mädchen. Sein großer Traum wäre damit Wahrheit geworden: Die absolute Freiheit und jeden Morgen ein Bad in goldenen Münzen . . .

Und Pascale? Man wandere einmal durch die exklusive Einkaufsstraße von Paris, die Rue Faubourg St. Honoré. Dort gibt es eine neue Boutique mit den ausgefallensten Moden und den höchsten Preisen von Paris.

Und was in Paris Rang und Namen hat, wird sogar von Mademoiselle Pascale persönlich eingekleidet.

Der große Sieger aber blieb das deutsche Finanzamt. Es kassierte 55% Einkommensteuer und 11% Mehrwertsteuer . . . ohne zu tauchen, ohne mit Haien oder Kraken zu kämpfen, ohne sich gegen Piraten zu wehren oder durch Hairudel zur Küste zu schwimmen, durch Fiebersümpfe zu wandern. Es tat nichts . . . und steckte am meisten ein.

Die mexikanischen Piraten sind wirklich nicht die
schlechtesten ...

Das ist ein Lieblingsausspruch von Hans Faerber geworden ...